五月病房

与

玫瑰画室

[英]玛莉安·克罗宁————著

Marianne Cronin

胡绯————译

The
One
Hundred
Years
of
Lenni & Margot

北京联合出版公司
Beijing United Publishing Co.,Ltd.

五月病房与玫瑰画室

[英] 玛莉安·克罗宁 著

胡绯 译

图书在版编目（CIP）数据

五月病房与玫瑰画室 /（英）玛莉安·克罗宁著；胡绯译 . – 北京：北京联合出版公司，2021.11
ISBN 978-7-5596-5607-0

Ⅰ . ①五… Ⅱ . ①玛… ②胡… Ⅲ . ①长篇小说一英国一现代 Ⅳ . ① I561.45

中国版本图书馆 CIP 数据核字 (2021) 第 205369 号

THE ONE HUNDRED YEARS OF
LENNI & MARGOT

By Marianne Cronin

北京市版权局著作权合同登记号 图字: 01-2021-5150 号

出 品 人	赵红仕
选题策划	联合天际·文艺生活工作室
责任编辑	李艳芬
特约编辑	张雪婷
美术编辑	王颖会
封面设计	木春

未 读 文艺家
DR

出　　版	北京联合出版公司 北京市西城区德外大街 83 号楼 9 层 100088
发　　行	未读 (天津) 文化传媒有限公司
印　　刷	三河市冀华印务有限公司
经　　销	新华书店
字　　数	280 千字
开　　本	880 毫米 × 1230 毫米 1/32 10.5 印张
版　　次	2021 年 11 月第 1 版　2021 年 11 月第 1 次印刷
I S B N	978-7-5596-5607-0
定　　价	58.00 元

关注未读好书

未读 CLUB
会员服务平台

第一回

伦 妮

　　当大家提到"终"字，我脑海里冒出的词语，是"终点站"；冒出的场景，是"机场"。

　　我想象一方广阔的值机区，配有挑高的天花板和玻璃墙，身着配套制服的工作人员只等记下我的名字和航班信息，询问我之前是否自己打包了行李，是否独自出行。

　　我想象乘客们纷纷木着脸查看屏幕，亲朋好友搂成一团，满嘴允诺"下次再聚"。

　　我想象自己也身处人群之中，我的带轮行李箱轻盈地从亮闪闪的地面滑过，而我正查看屏幕上的目的地，来去翩然。

　　可惜，我必须给自己喊停。上述种种场景，恐怕都与我无缘。为我量身定制的"终"字，不是"终点站"的"终"，而是"临终"的"终"。

　　其实，最近大家也已经开始改口，不再提什么"临终""绝症"之类的词，而是改提"危及生命"了，比如"患有危及生命的、重症的青少年与儿童……"

　　就在刚才，护士一不小心说漏了嘴，用上了"临终"这个词——她正轻声细语地向我解释，医院已经开始为身患绝症的"临终"患儿提供咨询服务。紧接着，她又赶紧住了嘴，脸涨得通红。"不好意思，我是说，患有危及生命的重症……"护士改口道。我是否愿意报名呢？患者可以要求咨询师前来病房，也可以自行前往为青少年特设的咨询室，那里还有台电视机呢。总之，医院提供多种服务。不过我对"临终"一词并不陌生。毕竟，我在想象中的"机场"已经待了好久好久，准确地说，已经好几年了。

只不过，我至今尚未启程离开。

我沉默片刻，审视着护士胸前口袋上那块倒垂的硅胶护士表。随着她一呼一吸，它也一起一伏。

"要我把你的名字记下来吗？咨询师叫道恩，她真的很招人喜爱。"护士劝我。

"多谢，不过不用啦。我自有心理治疗之道。"我说。

护士眉头一皱，把头一歪。"是吗？"她问道。

伦妮与神父

　　我刚去见了上帝，原因是医院里可去的地方不多，教堂算是其中一处。据说某人若要死去，是因为上帝准备把此人召回身边，所以我想，何不提早一步去打个招呼呢。再说，我听人提过，假如你有宗教信仰，又想去医院的小教堂，工作人员按规定绝不能拦你。我才不会错过这个绝佳的机会，让我既能见到某个从未踏足的房间，又能见到全能的上帝呢。

　　一名我从没见过的护士挽着我的手臂，陪我走过属于死者与濒死者的过道。她长着一头樱桃红的秀发。我贪婪地留恋着途中的每一眼、每一种陌生的气味、每一套从身边经过的睡衣，尽管有些睡衣并不配套。

　　至于我跟上帝的关系，可谓一言难尽。据我所知，上帝酷似一口取之不尽的许愿井。我曾经向上帝发过几次愿，有几次他给我圆了梦，又有几次他一言不发。不过，最近我开始在心里嘀咕，或许我认定上帝"一言不发"的那些时刻，他其实是在默默地朝我身上加料，谁让我胆敢挑战他呢。于是，我才会后知后觉地发现，我的身体里原来埋藏着一些"宝贝"。

　　护士和我走到小教堂门口，我并没有觉得眼前一亮：本以为会见到一道优雅的哥特式拱门，没想到眼前却是两扇厚重的灰色大门，配着方形磨砂窗。上帝为什么非要用磨砂窗？他到底在教堂里忙些什么？

　　红发护士和我一头扎进了静寂的教堂。

　　"嗯，"有人开口说道，"你好！"

对方在六十岁上下，身穿黑衣黑裤，配着白色罗马领[1]，一副欢天喜地的样子。

我赶紧跟他打招呼："神父大人。"

"这位是伦妮……彼得斯，对吧？"红发护士扭过头，向我求证。

"是佩特森。"我说。

护士松开我的胳膊，柔声补了一句："她来自五月病房。"

护士把话说得真婉转。依我猜，她觉得该给神父提个醒，谁让他看上去活像圣诞节早晨收到一套玩具火车（玩具火车上还扎着一个大蝴蝶结）的小屁孩那么兴奋呢。只可惜，在现实里，护士给他送来的是件不可救药的礼物。假如乐意，他大可以把这件礼物当个宝，可惜它早已千疮百孔，恐怕连下个圣诞也撑不到了。

我挽起点滴管（点滴管又连着滚轮点滴架），迈步走向神父。

"过一个小时我再回来。"红发护士告诉我。她又补了几句，但我没有注意听。我正抬头凝望：阳光照进室内，我的眼前一片姹紫嫣红，悦目极了。

"你喜欢这扇窗户？"神父问我。

圣坛后方，一扇十字形玻璃窗辉映着整间教堂，十字窗零星地点缀着几片玻璃，有紫罗兰色、梅子色、桃红色、玫瑰色。

整扇窗流光溢彩，五颜六色的光线洒在教堂地毯、长椅和我们身上。

神父不急不躁地在我身边等待，直到我向他扭过头。

"很高兴见到你，伦妮，"他开口说道，"我叫亚瑟。"他跟我握了握手，手指碰到了扎进我手背的点滴管，但他连眼睛也没有眨一下——这应该算是他的加分项吧。

"你要不要坐下？"他说着，向一排排长椅一指，"见到你我真的很高兴。"

"您刚才说过了。"我说。

---

1 罗马领，一种可拆式衣领，属神职人员衣着的一部分。

"是吗？真抱歉。"

我向长椅走去，在身后滑动着点滴架，又把晨衣在腰间系紧了些。"能拜托您转告上帝，我很抱歉穿着睡衣来见他吗？"我一边落座，一边问。

"你刚刚已经告诉他了。上帝无时无刻不在倾听。"亚瑟神父坐到我身旁说。我抬头凝望十字窗。

"伦妮，能不能告诉我，是什么风把你吹到了教堂？"亚瑟神父问。

"我在考虑买辆二手宝马。"我答道。

显然，神父不知道该如何回答，于是从身边的长椅上拿起一本《圣经》，瞧也不瞧地翻了翻，然后放下了。

"看来你……呃，很喜欢那扇玻璃窗。"他说。

我点点头。

一阵沉默。

"你们有午休吗？"我问。

"你说什么？"

"嗯，我在琢磨，您到时候是把教堂锁起来，跟其他人一起去餐厅，还是干脆在这里午休呢？"

"我，嗯……"

"不过，如果您一天到晚基本都在磨洋工，那午休期间还磨洋工，似乎就有点厚脸皮了吧。"我说。

"磨洋工？"

"对呀，呆坐在一间空荡荡的教堂里，这恐怕算不上什么苦差事，对不对？"

"这间教堂也不总是这么清闲，伦妮。"

我认真端详神父，想确认刚才的话是否伤到了他，但我看不出来。

"周六和周日，我们会做弥撒；周三下午，会给孩子们读《圣经》。来教堂的人多到超乎你的想象。医院会把人吓破胆，所以躲到一个没有医生、护士的地方感觉还不赖。"

我又扭头审视那扇彩色的玻璃窗。

"嗯，伦妮，那你今天来教堂是为了什么？"他问。

"医院会把人吓破胆，所以躲到一个没有医生、护士的地方感觉还不赖。"我回答。

我好像刚刚听见神父笑出了声。

"你要一个人独处吗？"他问我，但听上去不像哀怨的口吻。

"不是很想。"

"你有什么事要聊一聊吗？"

"不是很想。"

亚瑟神父叹了口气，说："你想听听午休时间我怎么过吗？"

"好啊，您说吧。"

"我从一点开始午休，直到一点二十。午餐吃白面包加鸡蛋、水芹，切成三角形的小块，是管家替我预先做好的。穿过那扇门，有一间书房，是我的办公室。"神父伸手一指，"我花十五分钟吃三明治，五分钟喝茶，然后就回到教堂。不过，就算我待在自己的书房里，教堂也会一直开着。"

"午餐时段也有人付您钱吗？"我问。

"没人付我钱。"

"那您怎么买得起鸡蛋水芹三明治呢？"

亚瑟神父哈哈大笑。

我们沉默地坐了一会儿，神父却又开了口。作为一位神职人员，他对沉默也太不能忍了吧？我本来以为，沉默会让我们得以揣摩上帝的旨意呢。不过，一声不吭似乎不讨亚瑟神父的欢心，于是神父跟我聊起了他的女管家希尔夫人，说她度假期间总给他寄明信片，等到度假回来，她又把明信片从他的公文格里挑出来，贴到冰箱上。我们聊起彩色玻璃窗后面的灯泡该怎么换（玻璃窗后方有一条密道），又聊起睡衣。虽然神父面露倦意，但等到护士来接我的时候，他却叮嘱我常来教堂。

不过依我看，次日下午，当我穿着一件新睡衣到达教堂时（而且没带点滴架），神父还是吃了一惊。我居然一连两天都想往教堂里钻，这惹得护士长杰姬不太高兴，但我与杰姬对视，嘴里小声说道："对我来说，去教堂很重要。"试问，有谁能对一个活不了几天的小姑娘说不呢？

杰姬要让护士陪我穿过医院的走廊。于是，新来的护士再度现身了，正是长着一头樱桃红秀发的那位，她的发色跟她的蓝色制服冲撞得真夸张啊！她才刚刚到五月病房上班，紧张得很，尤其是在绝症患儿面前，一心只盼着有人能夸她干得不赖。我们沿着走廊朝教堂走去，我大夸特夸她是多么懂得陪伴患者——依我猜，她应该很爱听。

教堂里依然空荡荡的，只有亚瑟神父坐在一张长椅上，黑西装外面罩着一件白色长袍。他在读书，那书不是《圣经》，而是一本 A4 大小的书，装订简陋，带有覆了膜的光滑封面。护士推开教堂大门，我满心感激地跟着钻了进去，亚瑟神父并没有立刻转身。护士任由教堂大门在我们身后阖上，一声沉闷的"哐当"声才让神父扭过了头，他戴上眼镜，露出微笑。

"牧师，嗯……牧师大人？"红发护士结结巴巴地说，"她，嗯……伦妮想问，她能不能在这里待上一个小时？"

亚瑟神父把书合上放在膝上。

"当然可以。"他说。

"谢谢您，嗯……教区牧师……"红发护士说。

"是'神父'。"我悄声纠正她。她做了个鬼脸，一张脸顿时涨得通红（与她的发色冲撞在一起），接着一句话也没说便离开了。

亚瑟神父和我坐到同一张长椅上。彩色玻璃窗跟昨天一样姹紫嫣红。

"今天还是没人嘛。"我说。我的声音在教堂里回荡。

亚瑟神父什么也没说。

"这里以前很热闹吗？比如，在大家更虔诚些的时候？"我问。

"这里现在也很热闹。"他说。

我向他扭过头，说："这里明明只有我们两个人。"

很显然，他就是死不承认。

"您不想提也没关系。"我说，"一定很尴尬吧？我的意思是，这就好比您办了个派对，结果连一个人影都没见到。"

"是吗？"

"是呀。我的意思是，您看您，身穿一件白色华服，上面还绣着葡萄之类的花纹，谁知道……"

"我穿的是法衣，不是'华服'。"

"'法衣'就'法衣'吧。所以，您穿好一袭派对专用法衣，摆好了午餐餐桌……"

"这是圣坛，伦妮。上面摆的也不是午餐，是圣餐。"

"怎么啦，不要分给大家吃吗？"我说。

亚瑟神父瞥我一眼。

"这是做主日礼拜用的。我可不会拿圣餐面包当午餐吃，也不会在圣坛上吃午餐。"他说。

"那是当然，毕竟您在办公室里备了鸡蛋水芹三明治嘛，我记得。"

"没错。"神父看似神色一振——我居然记住了关于他的细节。

"所以，您的派对万事俱备，有配乐……"我说着朝屋角那台可怜巴巴的磁带光盘一体播放机指了指，播放机旁边整整齐齐地堆着一摞光盘，"还有好多好多座位，容得下一大帮人。"我又朝一排排空荡荡的长椅指去，补充说，"可惜，最终却无人问津。"

"无人问津我的派对？"

"没错。一整天，每一天，您都在举办神之盛会，可惜场场无人问津，一定让人感觉很心酸。"

"那……嗯……嗯，也算一种看待此事的角度吧。"他说。

"如果我害您更加心酸的话，那很抱歉。"

"你没有害我更加心酸，不过，这不是什么派对，伦妮，这是个礼拜场所。"

"对。我当然明白这是个礼拜场所，但我的意思是，我懂您。我就举办过一次派对，当时我才八岁，刚刚从瑞典搬到英国格拉斯哥。妈妈邀请了我班上的所有同学，结果根本没来几个人。不过呢，那时我妈妈的英语说得有点烂，所以我班上的同学很有可能跑去了别人家，带着礼物，牵着气球，只等派对开场呢。至少，当时我是这么告诉自己的。"

我住了嘴。

"接着往下讲。"亚瑟神父给我打气。

"于是，妈妈把餐室椅子摆成了一圈，我坐在其中一张椅子上，眼巴巴地等着同学现身，感觉心酸至极。"

"很遗憾。"亚瑟神父说。

"嗯，所以我要跟您说的是，我明白：举办派对如果无人问津，会很令人伤心。我只是想说，很遗憾，但我觉得您不该拒绝承认。除非勇敢直面，否则您无法解决问题。"

"可是，这间教堂明明没有闲着啊，伦妮。因你在此处，所以它没有闲着；因主的灵无所不在，所以它没有闲着。"

我瞥了他一眼。

他在长椅上换了个坐姿。"再说，一时孤寂，又有什么可笑之处呢？这里或许是个礼拜场所，但也是个安宁之处。"他抬眼瞥瞥彩色玻璃，"我很喜欢一对一地跟医院患者交谈，因为这意味着，我可以全心全意地关注他们。另外，拜托别想歪了，不过伦妮，我觉得，你可能是上帝希望我全心关注的人。"

我哈哈大笑。

"吃午餐的时候，我还真想起了您。"我说，"今天您又吃鸡蛋水芹三明治了吗？"

"没错。"

"好吃吗？"

"好吃，跟平时一样。"

"还有，希……？"

"希尔，希尔夫人。"

"您有没有把我们的聊天内容告诉希尔夫人？"

"那倒没有。人们在教堂里所说的每一句话，都不会外泄，所以大家才爱来教堂。他们可以说说心里话，不用担心日后会走漏风声。"

"也就是说，这算是告解？"

"不，不过如果你要告解，我很乐意安排一下。"

"如果不算告解，那算什么？"

"你觉得算什么，它就是什么。本教堂将如你所愿。"

我凝望一排排空荡荡的长椅、罩着米色防尘罩的电钢琴、钉着耶稣像的布告栏。假如这间教堂能够摇身变为世间万物，我希望它变成什么样子呢？

"我希望，这里能变成一个拥有答案之处。"

"可以。"

"真的吗？宗教真能提供问题的答案吗？"

"伦妮，《圣经》告诉我们，基督可以指引你找到每个问题的答案。"

"可是，说实话，它能回答实打实的问题吗？您能回答我一个问题，但别用'人生是个谜''一切都是上帝的安排''你所寻求的答案终将随时间推移而浮现'之类的套话吗？"

"要不这样吧，你把想问的问题告诉我，我们一起努力，看看上帝如何点拨我们找到答案？"

我在长椅上往后一仰，长椅随之吱嘎作响。声音在教堂里回荡。

"我为什么就快死了？"我问。

伦妮与问题

　　把问题问出口时，我没有紧盯着亚瑟神父。我紧盯的，是十字彩色玻璃窗。我听见神父悠悠地长嘘了一口气。我以为他分分钟会开口回答，却只听见他的呼吸声。有可能，他本来不知道我快死了吧。但不对呀，护士明明告诉过他，我是五月病房的患者，试问五月病房的患者，哪一个能够幸福长寿呢？

　　"伦妮，"过了一会儿，神父轻声说道，"你这个问题，盖过了其他所有问题。"他往后一仰，长椅再次吱嘎作响。"知道吧，人们常问我'为什么'的次数比其他任何问题都多得多，这很有意思。但'为什么'很难回答；'怎么办''是什么'和'是谁'我都回答得了，但要回答'为什么'的话，我连假装知道也假装不了。想当初，刚开始当神父的时候，我还千方百计地想要回答'为什么'呢。"

　　"但到了现在，您已经不再想办法回答了？"

　　"我不认为这是我力所能及的问题，恐怕只有那位才能回答。"神父说着，伸手朝圣坛一指，仿佛上帝蹲在圣坛后，躲开我们的视线，倾听着我们的对话。

　　我朝神父做了个手势，意思是："瞧，我不早就告诉过您了吗？"

　　"不过，这并不意味着你的问题没有答案，"神父赶紧补上一句，"只不过，答案握在上帝手中。"

　　"亚瑟神父……"我说。

　　"怎么了，伦妮？"

　　"我还从来没有听过比这更瞎扯的废话。我马上就要死翘翘了！我怀揣着一个至关重要的问题，来求上帝的代言人回答，而您竟然打发我再去问上帝？我明明已经问过了，可惜没有得到答复。"

"伦妮，或许，答案尽在不言中。"

"嗯，那您刚才干吗说这间教堂是个拥有答案之处？干吗不老老实实地承认：'好吧，《圣经》理论并非滴水不漏。我们没办法把答案拱手奉上，但我们有漂亮的彩色玻璃窗啊。'"

"如果你找到了答案，依你看，答案会是什么？"

"或许，上帝会告诉我，我马上会小命不保，是因为我太闹、太烦人。或许，毗湿奴才是真神，但他被气得冒烟，因为我连试也没有试过向他祈祷，一直把大好时光浪费在你们基督教的上帝身上。或许，世上根本就没有神，古往今来从未有过，整个宇宙都掌控在一只海龟手里，而它根本就搞不定。"我说。

"这么想，会让你好受些吗？"

"大概不会。"

"有没有人问过你某个问题，你却答不上来？"亚瑟神父问。

不得不承认，神父的阵脚一点也没有乱，这不禁让我暗自叹服：他真是深谙如何以子之矛，攻子之盾啊。很显然，我已经不是第一个向他念叨"为什么我活不了几天"的倒霉蛋了。在某种程度上，悟到这一点，让我顿觉自己没那么特别。

我摇摇头。

"知道吗，若是不得不告诉别人我手里没有你所寻求的答案，那真是一件很可怕的事。"神父继续说道，"但是，那并非否认了'这间教堂是个拥有答案之处'。只不过，可能不是你想要的那种答案。"

"那就直说吧，亚瑟神父。答案是什么？我为什么就快死了？"我问。

亚瑟神父用温柔的眼神直视我。"伦妮，我……"

"不用拐弯抹角，直说吧，拜托您。我为什么活不了几天了？"

我本以为，神父马上就要开口告诉我，"直言"并不符合教会的规矩，谁知道，他伸手摸摸下巴上灰白的胡楂，说道："因为事实如此。"

一定是我皱起了眉，不然的话，一定是他后悔被逼说了实话，因为神父不肯抬眼正视我。"我能提供的答案，也是我能想到的唯一一个答案，"他说，"就是：你时日无多，因为事实如此。不是因为上帝决定要惩罚你，也不是因为上帝无视你，只不过事实如此。它是你故事中的一章，别无它故。"

一阵久久的沉默。亚瑟神父向我扭过头。"从另一个角度想想吧：你为什么活在世上？"

"因为我爸妈滚了床单。"我说。

"我问的不是你如何降临于世，是为什么。你究竟为什么存在？为什么会存活于世？你的人生意义何在？"

"我不知道。"

"依我看，死亡也是同理。生不可知，死亦不可知。生与死，尽皆神妙莫测，只有经历过生死，你才会明白。"他说。

"很有诗意，也很讽刺。"我揉揉手上昨天插管的地方——有点隐隐作痛，"我进教堂的时候，您是在读宗教书籍吗？"

亚瑟神父拿起身边那本书：一本黄色的书，线圈装帧，印着黑体字，毛了边——英国汽车协会版道路地图册。

"您是在找您的信众吗？"我问。

等到红发护士终于来接我的时候，我以为亚瑟会恨不得"啪嗒"一声跪倒亲吻她的脚尖，或者尖叫着从刚打开的教堂门抱头鼠窜。可谁知，神父竟耐心地等我走到教堂门口，并递给我一本小册子，说他盼望我下次再来。

我说不清，到底是因为神父居然高抬贵手没有吼我，还是因为神父不肯承认我惹怒了他，抑或是这间教堂又凉爽又舒服，反正接过小册子的时候，我内心确定：我还会再来教堂。

我离开了整整七天。我有条妙计：先消失一阵子，让神父认定我从此不见踪影。紧接着，等他在空荡荡的教堂安心过起孤零零的日子时——突然，我再度现身，迈着蹒跚的步伐缓缓走向他，身上穿着最亮眼的粉色睡衣，心里揣着一大堆跟基督教叫板的问题，只待开火。

可谁知，神父一定是隔着磨砂窗望见我穿过了走廊。因为就在我往教堂门口走时，神父正帮我扶着门，嘴里说道："你好，伦妮，我还在猜什么时候才能见到你呢。"好吧，顿时害我前功尽弃，再度亮相的大场面算是泡汤了。

"我本来准备出招，要欲擒故纵嘛。"我告诉神父。

神父对红发护士露出笑容，说："今天能容我陪伦妮多久呢？"

"一个小时，"红发护士微笑着说，"……牧师大人。"

亚瑟神父没有让护士改口，却依然扶着门，让我吧嗒吧嗒地穿过走廊。我挑了个前排座位，好让上帝留意到我。

"我可以坐在这里吗？"亚瑟神父问，我点了点头。他在我身旁落了座。

"伦妮，今天早上你感觉怎样？"

"嗯，还不错，谢谢。您呢？"

"你不想先念叨一下教堂有多空吗？"神父伸手指了指屋子。

"不。我觉得，等到某天，这间教堂有了我们之外的第三个人，那才真是值得念叨的一天。我不希望您为自己的工作难过。"

"你真贴心。"

"不过，您是不是得找人来负责一下公关？"我问。

"公关？"他问。

"是啊，这您知道吧，也就是市场营销：弄弄海报、广告之类的。我们必须广而告之，这样一来，教堂就会满座，您还可以从中盈利呢。"

"盈利？"

"对呀，就目前这副惨状，您恐怕连保本也做不到吧？"

"大家来教堂，我又不会收钱，伦妮。"

"我知道，但想想看，如果这间教堂变得熙熙攘攘，还能为上帝赚点钱，他岂不是会眼前一亮？"

神父对我露出一抹别扭的笑容。我突然闻到一股刚灭的蜡烛的味道：附近一定偷藏了生日蛋糕。

"要我给您讲个故事吗？"我问。

"当然。"神父双手合十。

"当初上学的时候，在格拉斯哥，我一度会在晚上跟一群女孩出去玩。当时有家天价夜店，简直没人付得起门票。夜店外面从来没有人排队，但只要瞧一眼这家的黑丝绒绳索、银色店门，人们就会明白：该店绝非一般之地。尽管看似无人出入，店门两旁还是各设了一名保镖。我们只知道一件事：门票要花 70 英镑。我们跟自己讲，入场费也太贵了吧，但每经过那家夜店一次，我们就变得更好奇：这家店为什么天价至此？店里到底有多么奢华？——我们非弄明白不可。于是，我们一帮人约法三章，攒了钱，带着假身份证，入了场。结果呢？"

"结果怎样？"神父问。

"那是家脱衣舞吧。"

亚瑟神父扬了扬眉，又颇不自然地收住，仿佛担心我会把他脸上惊讶的神色误以为是很感兴趣，不然就是很激动。

"我说不准自己是否理解了你讲这个故事的用意。"神父说。

"我想说的是，正因为它是个天价夜店，我们才觉得，进店必定值回票价。如果您也要收入场费，可能就会吊起大家的胃口，除此之外，您还可以雇几个保镖。"

亚瑟神父摇摇头。"我已经告诉你好几遍了，伦妮，我不觉得这间教堂人太少。我会花很多时间跟医院病患、病患亲属谈话，人们常来教堂，只不过……"

"只不过，我碰巧总在没人的时候来教堂？"我说。

亚瑟神父抬头向彩色玻璃窗望去，我仿佛可以听见他的内心独白：他在祈求上帝赐予力量，好让他忍住不吼我呢。"上次你来教堂跟我聊了一会儿，后来你有进一步思考过吗？"神父问。

　　"一点点吧。"

　　"上次，你问了我几个很好的问题。"他说。

　　"上次，您给了我几个毫无用处的答案。"我说。

　　一阵沉默。

　　"亚瑟神父，不知道您是否愿意帮我个忙？"

　　"你想让我帮什么忙呢？"

　　"您能告诉我一句实话吗，某个很酷、让人眼前一亮的真相？不要教堂的套话，不要华丽的辞藻，只要某个您从骨子里深知的真相，尽管它会让您于心不忍，尽管这些话要真落进了老板的耳朵，会害您被炒鱿鱼。"

　　"用你的话来说，我的'老板'，就是耶稣与上帝。"

　　"嗯，那您肯定不会被炒鱿鱼——耶稣与上帝钟爱真相嘛。"我说。

　　恐怕要花点时间，他才能想出某个真相？恐怕他要联系一下某教皇或某执事，查查能否避开教廷私下捅破真相吧？可谁知，就在红发护士快来接我之前，神父尴尬地向我扭过了头，活像他准备送出一件礼物，却又说不好那份礼物是否会讨对方欢心。

　　"您是准备说句实话吗？"我问。

　　"是的。"神父说，"伦妮，你说过，你希望这间教堂能够成为'拥有答案之处'……好吧，我也希望，它是个'拥有答案之处'。假如我手握答案，我早就双手奉上了。"

　　"我知道。"

　　"那你觉得这句怎么样？"神父说，"之前我真心希望，你能再来教堂。"

　　我回到自己的床位，发觉红发护士给我留了张字条：伦妮，拜托找杰

姬聊聊——社会福务部。

我用红发护士留下的铅笔改正了她的错别字，随后去了护士站，却没有看见头发活像苍鹭的护士长杰姬。正在这时，一幕奇观吸引了我的目光。

护士站办公桌旁边，一辆垃圾车正在苦等清洁工保罗归来。那是一个带轮大垃圾桶，手柄上一度用记号笔涂着"监狱疯波"[2]字样，但现在已经被涂掉了。通常，我并不觉得保罗的垃圾车很有趣，但今天它确实很有趣，因为一个老太太正一头扎进垃圾桶，双手并用，窸窸窣窣地在桶里翻找着什么，一双穿着紫色拖鞋的小脚几乎不沾地。

看上去，老太太似乎已经找到了要找的宝贝。她直起腰，一头灰发活像鸡窝，她把一张纸揣进她那件紫色晨衣的衣兜里。

正在这时，办公室门发出"咣当"一声——有人拉了一下门把手。杰姬和保罗迈步出门。

老妇人适时捕捉到了我的目光。我隐隐有种感觉：她并不希望刚才的一幕落到别人眼里。

杰姬和清洁工保罗走出办公室，都显得又烦又累，我发出了一声尖叫。

杰姬和保罗紧盯着我。

"嘿，伦妮！"保罗咧嘴一笑。

"怎么啦，伦妮？"杰姬问。杰姬的嘴恼火地抿成一条直线——那张嘴真该换成啄人的尖喙才对。

必须吸引住这两人的眼球：就在他们身后，身穿紫衣的老太太才刚刚爬下垃圾桶，开启她那速度极慢的逃跑之旅。

"我……有只……蜘蛛，"我说，"五月病房里有只蜘蛛哦。"

杰姬翻了个白眼，仿佛蜘蛛是我招来的。

"我会帮你把蜘蛛搞定，亲爱的。"保罗嘴上说道，他们两人从我身后进了五月病房，走掉了。

2《监狱疯波》，即 *Mean Machine*，2001年上映的一部英国喜剧电影，又名《劣等阵容》《神鬼团队》。

老太太停下脚步，转过身，手里紧攥着一个信封。她迎上我的目光，挤了挤眼。

让我大吃一惊的是，保罗竟然真在五月病房尽头窗户的角落里找到了一只蜘蛛。难道，这便是天兆？——若寻求，便寻见嘛。保罗把蜘蛛逼进了一个塑料杯，用手捂上杯子，让我们瞥上一眼。我发觉，保罗手指关节上的文身可以凑成"自由"一词。见到那只蜘蛛，杰姬不禁数落我，要"拿出点气概"，而且，假如我真想见识一下"算得上蜘蛛的蜘蛛"，那就该在夏日里趁她烤肉时，去她家的后花园里逛逛。很显然，杰姬家木头露台下的蜘蛛个头极大，如果你想用玻璃杯罩住它们，蜘蛛的脚会从杯底探出来，害它活生生被杯子截肢。我婉拒了杰姬的邀请，回到了病床上。

亚瑟神父刚给的小册子摆在我的床头柜上，压着一沓跟它一样惨兮兮的小册子，每一本都印有不同的耶稣——忧心的耶稣、耶稣与羊群、耶稣与白人小孩、岩石上的耶稣像，总之，一本比一本更像耶稣。

我拉起帘子，换上沉思的姿势。亚瑟神父说，他希望能给人们提供答案。依我猜，要是人们总问你一些无解的问题，只怕很让人沮丧吧。一个没有答案的司铎，简直跟不会游泳却又非得教人游泳的教练有一拼。除此之外，他显然非常孤独。我早就心里有数，而且一直心里有数：在教堂那扇沉重的大门背后，我不会找到答案。我找到的，是一个需要我伸出援手的人。

我花了好几天时间，终于定下了一条多管齐下的妙计，旨在吸引更多医院病患去教堂：我要弄几张亮眼又神秘的海报，说不定还能吸引媒体注意呢，医院的广播电台或许会被逼着替教堂打响知名度。海报不要聚焦宗教，而要强调我与亚瑟神父的谈话是多么暖心，或许顺便提一下那间小教堂有多凉爽——这招必定很讨医院其他病人的欢心吧，因为按规定，医院的温度似乎随时都不得低于某个"舒适的室温"，总之，会热得让你感觉身上有点黏糊糊的，但又没有热到可以烤棉花糖的程度。

红发护士带我去了教堂。为确认亚瑟神父的心情，确认是否方便聊聊营销事宜，我从教堂的门缝朝里偷看了一眼。不过，教堂里不止神父一个人。

亚瑟神父站在一名男子面前，男子的着装跟神父一模一样——白色罗马领、潇洒的黑衣黑裤。男子伸手与亚瑟神父相握，又用另一只手护住两人握着的手，仿佛死活不让寒气或强风把他们拆开，免得破坏两人刚刚达成的共识。

男子有着一对黑眉、一头黑发，他面露笑容，鲨鱼般的笑容。

"教堂里有人？"红发护士问。

"是啊。"我低声回答。

正在这时，看似年轻的男子迈步走向了教堂大门。我刚刚直起腰，门就开了，亚瑟神父和年轻男子正瞪眼盯着我。

"伦妮，真是没想到！"亚瑟说，"你在门口等多久了？"

"您成功啦！"我说，"教堂好歹有人来了。"

"你说什么？"亚瑟问。

"您又添一名信徒啦。"我说着，向年轻男子转过身，"您好，信友。"

"嗯，事实上，伦妮，这位是德里克·伍兹。"亚瑟神父介绍道。

德里克向我伸出一只手。"你好。"他语气温雅地说。我用胳膊夹住自己的"拯救教堂"方案，跟德里克握了握手。

"德里克，这位是伦妮，"亚瑟神父说，"这间教堂的常客。"

"伦妮，很高兴见到你。"德里克对我和红发护士露出笑容——护士正尴尬地在门口徘徊。

"其实吧，除我之外，还有外人来这间教堂，实在太让我开心了。整整好几个星期，您是我在这里碰见的第一个人。"我的话害得亚瑟神父垂眼向地板望去，"所以，我谨代表'拯救教堂'焦点小组，感谢您选择本教堂作为您的宗教归属。"

"焦点小组？"德里克一边问，一边向亚瑟神父扭过头。

"不好意思，伦妮，我没有听懂。"亚瑟神父瞥了护士一眼，嘴里说道。

"不要紧，下次见面的时候，我会一字不漏地讲给您听。"我又向德里克扭过头，"祝您早日康复。"

"德里克不是医院的病人，"亚瑟神父说，"他是从利奇菲尔德医院教堂来的。"

"嘿，不管从哪里来，都能为教堂增添人气嘛，再说了，我还有条妙计……"

"德里克刚刚同意接手这间教堂的职位。"亚瑟神父插嘴道。

"什么职位？"

"我的职位，真让人遗憾。我要退休啦，伦妮。"

我感觉脸上泛起了红潮。

"不过，我倒是十分愿意听听你的拯救教堂的大计。"德里克伸出一只手搁上我的肩，说道。

紧接着，我转过了身。

紧接着，我拔腿就跑。

伦妮与临时工小姐

去年九月，医院雇了个临时工。

当时，医院"病人体验与福祉"部的日子不太好过：该部门有两名员工辞职，一名员工怀孕。跟大多数临时工一样，新招的临时工堪称大材小用，毕竟人家刚毕业于一所知名大学，从一个知名专业拿了一个知名学位。可惜，棘手的是，就业市场上充满了同样来自知名大学的优秀毕业生，所以她欣然接下了格拉斯哥公主皇家医院的临时行政助理一职。这份工跟她的艺术学位和职业目标都扯不上半点关系，不过不要紧：她终于不用再跟其他瑟瑟发抖的 2013 届毕业生一道坐冷板凳了，难道不是乐事一桩吗？

临时工小姐立刻投入了工作，她花了好几个月辛辛苦苦地复印文件、录入数据，同时呆望着窗外的医院停车场，只恨再不能回校当个大学生。一天，她跟上司聊天，说起她最近读到的一篇文章，文中提到一家艺术慈善基金会，它正向各家医院和养老院提供一笔数目可观的捐款，帮助院方为病患设立艺术治疗项目。临时工小姐的话题立刻吸引了上司，竟让爱喷假名牌香水的他从手机上抬起了眼皮。

当天下午，上司告诉临时工小姐，他还是自己来复印自己的文件吧。紧接着，短短几周之内，临时工小姐原本在干的办公室杂活通通不见了踪影。她写了财务标书，列了承包商报价，谈了一串美术用品供应商，填了一堆没完没了的健康与安全文件，以便摸清如何让重病患者与工艺剪刀及铅笔同处一室，免得病人不小心扎到自己。

那家艺术慈善机构的款项申请展示会，设在其伦敦总部。等着被人领进董事会议室期间，临时工小姐的手心直冒汗，结果在文件下方留下了不少湿乎乎的汗渍，不得不求慈善机构的临时工再给她复印一份。

某周四上午，十一点刚过，医院收到了申请结果。临时工小姐干脆略过了信中废话连篇、感谢她申请该款项的第一段，径直从第二段读起，而第二段开头就写道："贵院获得的款项将包括……"临时工小姐成功了：格拉斯哥公主皇家医院将新设一间绘画教室。

临时工小姐以前所未有的干劲，一头扎进了绘画教室的筹备事务。酒吧问答比赛之夜，她揪着近期与医疗类工艺美术相关的新闻不放，害得一帮朋友大呼无聊；她花了一个又一个周末，给病人们写生要用的花卉绘制花盆；她设计了三张海报用以宣传新设立的绘画教室，又找来两家本地报社和一家地区新闻节目组作报道，给绘画教室造势。

绘画教室启用庆典的前一天，临时工小姐进了教室，检查是否一切妥当：教室由两间旧 IT 设备储藏室合并而成，因此够大，而且房间两侧都有大窗，采光也很不错。教室里摆着装满美术用品的橱柜、艺术书籍、给老师准备的一块白板、高矮各异且各有特色的桌椅（以满足病人的不同需求）、清洗画笔的水池，还有一面挂满展板的墙壁，展板上布满高低不同的挂绳和挂钩，好让病患晾画。

临时工小姐在绘画教室里兜了一圈。没错，它已准备就绪，它在等候。一支支铅笔完好无损，一张张课桌整洁如新，水池尚未染上污渍，地板尚未沾上颜料。"用不了多久，这间教室就会变得生气勃勃而又五彩斑斓，将会带给医院病人一个抚慰灵魂之处，一个吐露心声之处，一个让他们暂时忘却病痛、回归自我的地方。"她暗自心想。趁还没有锁上教室门，临时工小姐呼吸着墙上新鲜的油漆味，不禁提醒自己：就在几个月前，这里还是一间管理不善的 IT 设备储藏室呢。

绘画教室启用庆典当日，临时工小姐一早开车去上班，却有一种不适的感觉。她简直等不及想把绘画教室的事广而告之，但更重要的是，她简直等不及想向病患们展示那间教室。不过，有一件事她死活想象不出：

当病人们踏进教室开始学画，到底会是什么样的盛况？他们笔下的第一批画作，又会是什么样？

临时工小姐身穿特意购买的一套服饰，踏进办公室，却顿时感觉一头雾水：为什么上司的态度如此冷淡？为什么他不肯正视她的眼神？为什么办公室的气氛如此……压抑？临时工小姐用手机把推特上的报道给上司瞧了瞧，又交代了一下启用庆典的日程安排。

"听着，我并不想将你一军，尤其是在今天，"上司说着，伸手捋了捋所剩无几的头发，"可惜的是，我们还要雇个美术老师，预算又削减了，医院的临时工也要发假期薪水啊……"

临时工小姐的心顿时一阵狂跳：毕竟，谁说她没有盼过上司开口想雇自己的一天呢。很显然，绘画教室得雇个老师，上司却一直磨蹭着没雇。他可是知道她有艺术学位的——还有谁比她更合适呢？临时工小姐紧攥住自己的手。

"总而言之，新聘的这位女士薪资比我预料中的高，所以部门没钱了，本月底无法再跟你续约。不过，请务必等到绘画教室正式启用之后再走吧，毕竟你的合同还要等三周才会正式结束。"上司对临时工小姐说。

临时工小姐脸上的微笑停留了大约三四秒——在此期间，她那呆若木鸡的大脑千方百计地给她的嘴下令：眼下可不是微笑的时候。

紧接着，电视采访的时间到了。临时工小姐领着一帮记者进了绘画教室，又帮记者为受邀参加典礼的患儿拍摄照片（"找些断胳膊断腿的孩子就行啦，场面别搞得太惨，别找癌症患儿。"之前，上司对临时工小姐下令道）。新闻主播让临时工小姐跟孩子们一起入镜，结果，镜头先从她和患儿身上扫过（画面中，临时工小姐正教孩子们画星星，一帮小家伙有样学样，用浓稠的黄色颜料在黑纸上画起了星星），随后对准了她的上司——他带着一身假古驰香水味，刚刚特意赶到拍摄现场，昭告大家：本人才是本项目的部门主管呢。临时工小姐的上司戴上麦克风，为拍摄他的专访做准备，专访将于晚间六点的新闻和晚间十点半的新闻节目中播出。临时工小姐慢吞吞地起身离座，出了房间。

回办公室的路上，她都在拼命忍住眼泪。她倒空了一个复印纸包装箱，匆匆把自己的东西收进去：马克杯、相框、一盒纸巾。跟想象中相比，她的东西少得可怜，就算再加上她的个人文件和绘画教室的颜料样品，也能全部毫不费力地收进那个包装箱。临时工小姐把员工证搁在上司的办公桌面，关上了门。

她只觉得百感交集，恰似一团乱麻。她只想赶在摄制组、记者和患儿踏进走廊之前离开大楼，她受不了再跟他们碰面了。不过，没有员工证，她用不了员工通道，只能从公用大门进出，而她根本不记得公用大门该怎么走。于是，她沿着医院那迷宫一般的过道往前走，突然拔腿狂奔起来。

直到迎头撞了上去，她才发现这个身穿粉色睡衣的女孩。

临时工小姐好不容易站稳了脚跟，可惜，粉衣女孩却不太走运。她被临时工小姐绊了一跤，"啪嗒"摔向地面，仿佛一摊粉色的烂泥。

临时工小姐想道歉，可惜只挤出了一声哽咽的尖叫。陪同粉衣女孩的护士赶紧蹲下查看女孩的伤势，又高声叫住一个从旁经过的清洁工，让他推辆轮椅过来。临时工小姐根本没有来得及见到粉衣女孩的正脸，但当护士张罗着把女孩抬上轮椅，又推着女孩离开时，临时工小姐发觉：粉衣女孩有两条瘦巴巴的胳膊。她终于喊出了声，冲着两人的背影道了歉。

几杯梅洛葡萄酒下肚以后，临时工小姐却依然辗转难眠，满脑子只有粉衣女孩被抬上轮椅时露出的两条瘦胳膊。万万不能再回医院啦。但她非得再回医院不可。

次日，临时工小姐给儿童病房打了个电话，寻找那个身穿粉色睡衣的女孩。只可惜，她只能提供如下信息：据目测，该女孩大约十六七岁，金发碧眼，身穿粉色睡衣。紧接着，电话那头又是让她等，又是把她转接给其他人，又是盘问她为什么找人（害她撒了好几个谎，胡诌一通她跟粉衣女孩的关系），忙了近四十分钟以后，临时工小姐总算问到了粉衣女孩的病房号。

就这样，那位临时工小姐站到了我的床尾，脸上带着一抹歉意，手中握着一束黄色丝绢玫瑰。

伦妮与绘画教室

与你想象中的临时工小姐相比，她本人或许要美上几分，也要高挑几分。不过，她真不该紧张成现在这副样子。她一屁股坐到我床边，竟然没害我全身散架，这似乎让她吃了一惊。鉴于她父亲也是瑞典人（不然就是瑞士人？——她已经记不起来了），临时工小姐认定：我与她有着同样的传承。当然，这算得上一条重磅消息，不过还是比她随后告诉我的消息差了一点。

红发护士说，如果我真想去绘画教室，她必须先找杰姬寻求同意。杰姬说，去绘画教室不归她管，所以红发护士必须让某个医生点头，确保我可以去用新建的绘画教室，确保我不会感染或患病，也不会冒出一群狂狼大啃我的点滴管。

不过，红发护士迟迟没有回病房。我一边等她，一边读着早上收到的过时报纸——有些时候，清洁工保罗会放些报纸到我的床头柜上。我最爱本地报纸，因为在本地报纸上，世上其他地方都没被放在眼里，重磅新闻要么是本地小学的新花园，要么是某个老太太给慈善机构做了一床被子。总之，小屁孩们又长大了一岁，少年们即将毕业，祖父母们日近入土。总之，没有一件事不是鸡零狗碎，没有一个人逃得过坟墓。

读完报纸，我又继续等待。刚开始，我不急不躁，接着就忍不住认真琢磨起来。本院居然有间我从未去过的屋子，有个我从未抵达的空间，里面居然还有颜料、铅笔、纸张和闪粉。说不定，我还能搞到一把刀，实现乱涂乱刻的梦想呢。就在我的头顶，在由插座和开关堆成的"搁板"上，摆放着医院的一则温馨提示，提示着我有多么短命：那是一块白板，上面用红色记号笔写着"伦妮·佩特森",最后一个字旁边还被涂脏了一团。其实吧,白板有个缺点,它易于擦拭,毕竟白板本来就该一次又一次地写上某些入住五月病房的倒霉蛋的名字。总有一天,只消用一块白板擦匆匆一抹,我就会扑哧滚蛋,某个细胳膊、大眼睛的病人就会取代我的位置。

我又继续等待。

刚入院的时候,我有一块手表。但就算戴着表,我也会成天找人打听现在究竟几点钟,接着还要再问一次,因为我不信人家的答复。毕竟,我以为自己已经在五月病房待了足足两个月,其实却只待了几个星期。

不过,那已经是几年前的事了。

这一次,我整整等了七个星期,等待红发护士给我带回绘画教室的消息。因为护士撒手不管,我先是焦躁、沮丧、绝望,随后变得心平气和——好吧,其实是按上述顺序,煎熬了两轮。等到第五周的时候,靠临时工小姐的描述,我在脑海中打造出了那间绘画教室的模样,连窗户也没忘记给它装上。当初,临时工小姐曾经提过,绘画教室的两侧都有大窗。等待消息的几周里,我脑海中的教室窗户变得一天比一天大,直到整面后墙都变成了一扇敞开的大窗。教室另一侧,则是一面由无数画笔组成的墙壁,好几百支画笔从墙上支出来,只待被人挑选。

等到第六周,我重拾了热情。我在脑海中预演:红发护士来到病房领我去绘画教室的时候,我该说些什么台词?我费尽心思,思考该穿哪双拖鞋。(是扮日常休闲风好,还是扮周日盛装风好?)结果,等到第七周的时候,我已经稳如泰山。随着时间一天天过去,我的信心与日俱增。无须再筹谋,无须再想象,她定会现身,红发护士一定会来救我。

"不好意思,让你等了好久。"红发护士再度现身时,对我说道,"不会害得你一直在等我吧?"

"是啊。"我说,"不过没关系,你好歹来找我了嘛。"

红发护士看了看表。"天哪……已经过了两个半小时。很抱歉，伦妮。"

我微微一笑，摇了摇头。医院是只狠心的狐狸精，国际日期变更线势必就在五月病房的尽头与护士站之间。降服"医院时间"的唯一方法，就是永远不要跟"医院时间"开战。若是红发护士声称她只离开了两个半小时，那我就乖乖买账好了。若是你非要跟"医院时间"闹别扭，人家会担心嘛。他们会问你："请问，你觉得现在是哪年？请问，你是否记得首相叫什么名字？"

"不好意思，让你久等了，不过呢，等来的倒是个好消息。"护士对我说，"今天下午，我就可以带你去绘画教室。"

我心不在焉地穿上拖鞋，突然发觉我的脚明显已经放弃了周日盛装风拖鞋，而选了日常休闲风拖鞋。好吧，毕竟要穿什么鞋，还不是脚说了算。

"我们出发吧？"等我穿好晨衣，护士问道。

"好。"我一边说，一边挽起护士伸出的胳膊。

求生本能，堪称玄妙：不管要从五月病房去哪个地方，我都已经越来越爱记路线了——我的潜意识只怕很担心自己是被人关起来了吧。因此，我大可告诉你，想从五月病房去往绘画教室，你该在护士站旁边左拐，穿过一条长走廊，通过一扇双开门，再沿另一条走廊直走，右转，再穿过一条长走廊。紧接着，你会抵达一个由走廊交错而成的十字路口，随后左转，走进一条稍有点坡度的过道，绘画教室就在过道右侧。教室门很不起眼，我却并不介意：低调的大门后面，往往藏有佳品。

红发护士敲敲教室门，又推开教室门，于是，我们眼前出现了那间专供病患使用的绘画教室。它正一心等待：教室里一尘不染的课桌，在等待颜料、划痕和污渍。随着时间一天天过去，课桌终将伤痕累累，活像桌上文了刺青；不过，伤痕却又会让每张课桌都各富特色，而对绘画教室里那群生命垂危的"艺术家"而言，桌上的伤痕最能让人记起一只只握笔涂绘、泼墨挥洒的手。教室里一张张座椅，在等待将一群苦命人搂进怀中，让裹着石膏的腿搁在椅子上。至于窗户，正如之前临时工小姐所说，只有两扇。格拉斯哥公主皇家医院的大多数窗户都配有磨砂玻璃，既防病人看见室外，也防外人看见室内；绘画教室的窗户却明澈而又宽阔，阳光透过窗户洒进来，仿佛阳光跟我一样，正为找到一个从未去过的房间而雀跃。

白板前方是讲台，讲台后方坐着一名女子，她也在等待。女子面前摆着一块黑色石板标牌，她手握一支画笔，正凝神审视着它。察觉到有人进屋，女子吃惊地笑出了声。

"哎哟，真对不起！"她嘴里说道，"你们等多久了？"

"嗯，很抱歉贸然打搅，我们是来上美术课的。"护士说。

"我叫伦妮。"我说。

"嗨，我叫皮帕。"女子跟我握了握手。

"接下来我自己搞定吧。"我压低声音告诉红发护士，她点点头，离开了。

"嗯……呃……嗯。"皮帕紧盯着教室门，"她还会回来吗？"

"暂时不会。据说，美术课要上一个小时。"我回答。

"说得对。"女子说着拉过一把椅子，好让我坐到她身旁，"不过呢，美术课要到下周才开始。"

一阵沉默。

"没关系，"女子的口吻很爽朗，"你来帮我搭把手吧。"

要问皮帕是哪种人？皮帕，她会在火车站给素不相识的陌生人三十便士，好让对方去用洗手间；皮帕，她不怕淋雨，爱吃的佳肴是"周日烤肉"；皮帕，她看似属于养狗一族，养的是条沙色小狗，其实不然；皮帕，她会为聚会庆典自制耳环，坐拥数百幅绝妙的画作，却既没有展出也没有卖出，因为她还没有弄懂怎么使用自己的网站。

桌上的黑石板系了一根粗绳，分分钟会被挂起来。

"这是什么？"我问。

"是绘画教室的门牌。"皮帕回答。

"那你在等什么？"

"灵感。"

"要等多久？"我问。

"嗯……"皮帕瞥了一眼手表，"我本来是专程来下颜料订单的，结果我已经在这儿待了整整一个半小时。"

"要我帮你挂门牌吗？"

皮帕瞪大眼睛，端详了我一会儿。虽然不知道她想在我脸上找些什么，但她想必是找到了吧——她把石板门牌从桌上推过来，又递给我一支画笔。

"绘画教室有什么名字吗？"我问。

"嗯，这正是棘手之处。严格来说，应该叫 B1.11 房间。"

"真是诗意盎然。"

"没错。"皮帕回答，"所以，我正绞尽脑汁取名字呢。"

"给教室取名要守什么规矩吗？"我问。

皮帕回答："或许没什么规矩吧。"于是，我挥动了画笔。等我写完以后，皮帕又在教室名字周围画了几朵白花。我望着画画的皮帕，发现她的开襟毛衫衣袖上有一根沙色的毛发——难道来自那条她并没有养的狗？

"很不赖。"等到大功告成，皮帕开口说，"非常不赖。"

红发护士再度现身来接我时，皮帕和我已经挂上了门牌，正为格拉斯哥公主皇家医院刚刚命名的美术治疗室欢庆喝彩。

尽管她再也没有回过格拉斯哥公主皇家医院，尽管她花了多年时间苦苦寻找工作职位，尽管现实证明她的艺术学位一钱不值，而她也从未踏上艺术创作之路，临时工小姐始终心知：她在那家医院有个朋友，她也亲手改变了那家医院。谁说不该为她鼓掌呢？毕竟，她才是医院"玫瑰画室"的创始人。

逃

　　若是进了医院，通常来说，日子会扭曲失真，活像透过玻璃见到的一根吸管：曲直不一，并不协调，却又一气呵成。在医院外，太阳初升，宣告着一天的开始；在医院里，夜半却可能是最忙碌的时段。白昼时分，大家埋头呼呼大睡；夜色降临，他们却纷纷醒来，要么出去溜达，要么喝杯咖啡，要么偷偷抽上一根烟，结果发觉时间比预料中晚了好几天。另外还有一件事：其实，眼下已经是早上九点半了。

　　至于医院自身，倒是个不眠之地。医院走廊从来不关灯——入院后好几周，我才意识到这件事。当然，医院大门和医院的其他地方也从来不关灯。依我猜，清洁工偶尔会换上一个灯泡，医院处处都灯火通明。

　　从夜里两点钟，我就已经躺在床上无法入眠了，不过此刻感觉倒很像下午。刚才，我一直没有办法从脑子里赶走记忆中的某一幕：我在国外某家酒店的电视上见过的一则广告（我还不会讲该国的语言），是一家探险公司的广告。广告里，一群小孩正在河中漂流，戴着荧光橙色的头盔，一边戏水，一边欢呼——我告诉自己：总有一天，我也会奔向那幅美景，去水中漂流。

　　于是，我下定决心：是时候兑现诺言，前去漂流啦。我合上双眸，光着脚，踏上茸茸的草地，迈步走向水边，爬上橙色的充气筏。充气筏有点晃，但教练帮我稳住了它。我撑船离岸，划起桨来。等到筏子开始顺水漂流，我伸出一只手，拂过清凉的水波。河水溅上我的衣袖，意料之外地清爽。如果竖起耳朵仔细倾听，透过哗哗的水声，几乎还能听到一两声鸟鸣呢。

我划着充气筏顺流而下，经过一排排长在悬崖上的针叶树，却猛然发觉：我竟然是孤身一人。我竟然忘了给想象中的自己安排一帮好友，而现在呼朋引伴恐怕已经来不及了，于是我只好孤零零地继续漂流。

总之，在上述白日梦里，有时候，我会顺利漂流到河流尽头；有时候，我会掉下充气筏；有时候，帅气的漂流教练紧接着就会救我一命。但也有时候，我会一头撞上一块嶙峋的岩石，然后慢慢沉入黑漆漆的水中，头顶泛出一朵血花。

不知道什么时候，五月病房里已微明，我听见屋角那张病床的女孩有客人来访。至少来了五个人吧，她们通通换上了人们对死者 / 濒死者爱用的那种又轻又柔的口吻。可惜，我尽管使出了浑身解数，却没有办法把这群访客的话当耳边风，也没有办法再在脑子里上演漂流之旅。当然，也没什么大不了，毕竟漂流的场景已经在我脑子里上演了好几个小时。若不当心一些，说不定我会泡得脱皮呢。

这群人相互知根知底，她们讲八卦，讲笑话，又给屋角那张病床的女孩带了合心意的礼物，跟她一起自拍。她们很想她。

她们跟我在格拉斯哥念第二所学校时结识的女孩不一样。

其实，当初我认识的那群女孩人品很不错：能忍我多久，她们就忍了多久。她们准我晚上跟她们一起出去玩，准我参加她们的派对。只可惜，她们跟我的交情，没有深到交心的地步。我接不住她们的哏，她们也接不住我的哏。我一次又一次地说错话，尽管我心里有数：问题并非出在我的英文上。于是，等到我再也不去学校的时候，问题就迎刃而解了。

她们只怕是松了一口气吧。

反正，我知道自己松了一口气。

我听着同屋女孩的那帮访客聊天，她们千方百计地避开怜悯的口吻，又把大家一起度过的假期说得没那么紧要，没那么开心（毕竟，屋角那张病床的女孩偏偏错过了假期）；不过，同屋女孩开口说话时，我听出她的声音有点抖。

于是，我又努力把那帮访客的话当作耳边风，转而端详起病床与病床之间相隔的帘子。绿色的帘子，难看的帘子。不过，不管这副帘子有多丑，一想到对某人来说，它们竟然是绝佳的医院帘子，我就忍不住想要发笑。正是这位身份不明的厉害人物，曾经负责为本医院订购病床之间的帘子，而此人竟然从商品目录里挑了眼前这一款，下了订单，收了货，又把它们装好，结果，整个五月病房和医院各处都挂上了绿色格子帘，上面还有蓝花，点缀着片片花瓣。

"伦妮？"有人说。

居然有人在我的帘子上敲了敲，帘子发出一阵窸窣的响声。

"怎么啦？"我问。

"你醒了吧？"

"我就没有睡着的时候。"我说。

"方便见人吗？有人来探望你了。"红发护士低声道。

"方便见人。"我说着用手背抹抹嘴，以免不慎流了口水。

红发护士拉开我的帘子，我惊讶地发觉：刚才那帮访客已经不见了踪影。同屋女孩孤零零地躺在床上，用被子蒙着头。拥有死党，定然甜中带苦吧。

红发护士来到我的病床边，身后跟着我的访客。

"你好。"来人一边说，一边伸出一只手搁到我的床头，但又立刻拿开了手，活像被病床电了一下——或许，他是不想显得太过自来熟吧。

"一切还好吗，伦妮？"红发护士问我。

访客盯着我，我盯着访客。这一切究竟算"好"，还是不"好"呢？显然，这一点我说了算。我的意思是，此人绝非跟我年龄相仿的死党（那种死党会用瞎扯、闲聊和八卦打发掉我的时间），可话说回来，就连我想象中的漂流场景，也根本没有死党的踪迹。

"稍后我再回来。"红发护士说。不过，护士走时把我的帘子拉开了，我顿时失去了自己的绿色格子小天地，暴露在整间病房面前。

亚瑟神父正一动不动地站在我的床尾，恰似一尊神像。

"想坐就坐吧。"我说。

"多谢。"他说着从床头拉过访客椅，以便与我对视。

"你身体还好吗？"神父问道，我笑出了声。

"我……你……没有……"他清清嗓子，重新开口，"最近几天，教堂里有点冷清。"

我点点头。

"我很想念你的……"神父搜寻着字眼，我却没有开口帮他。

"《圣经》提到过某个人，他有两个儿子，却只爱其中的一个，那人叫什么名字？"我问。

"你说什么？"亚瑟问。

"是个男人，膝下有两个儿子，其中一个一直很听话，另外一个却离家出走了。但当离家的孩子又回到家里，父亲却爱他胜过爱另一个乖乖仔。"

"嗯，没错，'浪子回头'的寓言故事。"

"我一直觉得，这故事讲不通嘛。乖乖仔从头乖到尾，却什么也没有得到。浪子害他爸妈又担心又头痛，可人家一回头，却得到了想要的一切。"我说。亚瑟神父皱起眉，一言不发。"故事证明，"我说，"大家就爱翘家的浪子。"

"是吗？"

"当然啦！瞧瞧我们：我从您身边溜号，结果您来看我了。当初我一天到晚去教堂，您可从来没有探望过我。"

"我觉得吧……"神父凝神望着我，仿佛想要看出我到底有多记仇。

"依我看，伦妮，这则故事的寓意，在于提出疑问。提出疑问并回归上帝的人，胜过从不提出疑问、只爱动动嘴皮歌颂信仰的人。"他皱起眉，叹口气，紧接着又叹一口气，仿佛刚才那一声叹气让他意识到自己有多么喜欢叹气。"很抱歉，德里克接手的消息来得很突然，"过了片刻，神父开口说道，"我没想到你会……难过。"

"我才没有难过。"

"说得对，当然啦。"

"我明明是在生气。"

"噢。嗯，其实我本打算早点跟你谈谈我要退休，让德里克接手的事，只不过……"

"那家伙是不是给了人家一条鱼？"

"德里克吗？"神父问。

"不，故事里浪子的爸爸。他是不是把一条鱼给了乖乖仔，把他的商业帝国给了离家出走的浪子？"

"我不这么认为……"

"我应该没记错，一条鱼传给乖乖仔，整个商业帝国却传给离家出走的浪子。"我说。

"嗯……"

"拜托，亚瑟，您真该把典籍读熟一点。浪子的爸爸恐怕正高居天堂，搂着他的鱼，抱着他的浪子儿子，心里还嘀咕为什么您明明在推销宗教，却没把相关故事读得滚瓜烂熟呢。"

"我可没有'推销'任何东西。"

"嗯，其实您真该推销一下，赠送是一种很差劲的商业模式。"

亚瑟哈哈大笑，但笑容转瞬即逝。

"我只是想告诉你，我不是故意要骗你，也不是故意要惹你生气。"他说。

"好的。嘿，您刚才这句，算是今日的实话吗？"

"算吧。"

"很不赖。"

"多谢。知道吧，正式离职之前，我还要在医院教堂待上几个月，我想……"

"所以，跑一跑，大有好处？"我问。

"你迟早要害我伤透脑筋。"神父说。

"指的是'逃跑'啦。'浪子回头'的寓意在于，要是想逃跑就逃跑的话，会有好报。"我说。

"我可说不好……"

"亚瑟神父？"

"怎么啦，伦妮？"

"我得赶紧开溜了。"

"开溜"与"逃跑"，根本不是一回事。二者天差地别，可惜从来没有人管。大家只在乎给我敲警钟：如果我一而再，再而三地逃跑，院方就会罚我，不许别人来探访我。不过，我可一步也没有踏出过医院的大门，因此算不上逃跑吧。

其实，我也算不上是从亚瑟身旁拔腿开溜。因为，上次被临时工小姐狠狠撞了一下以后，我的屁股至今还在痛。我只是蹬上了一双日常休闲风拖鞋，慢悠悠地朝目的地挪去。亚瑟神父也并没有拔腿追来，他倒是挺贴心。因为他的步速比我快，要是我还没有溜出五月病房就被追上，岂不是很尴尬。

我之所以拔腿开溜，不是因为想要一个帝国，不是因为我不喜欢跟亚瑟神父聊天，而是因为我有个地方想去。

透过玫瑰画室大门上的小窗格，我望见皮帕正对三位上了年纪的听众亮出一张画布，她指指画布的边缘，又把手猛地向下一挥。她说完放下道具，接着才挥手示意我进屋。

我拖着脚进了教室，大家的眼神齐刷刷地落在我和我的粉色睡衣上。真该穿周日盛装风拖鞋才对。

"伦妮，你好！"

"嗨，皮帕。"

"什么风把你吹来啦？"

我绞尽脑汁想要告诉她，究竟是一阵什么风把我吹到了这里：一个好多好多年前就已经死掉的男人、他的两个儿子（他们爸爸还很偏心）、一条鱼、一位神父、一股"只要不在脑子里上演漂流场景做什么都行"的冲动……只不过，面对一群老头老太，说这些有用吗？

"想画画吗？"皮帕问我。

我点点头。

"拉把椅子坐下吧，我给你拿纸。本周绘画的主题是星星。"皮帕说。

我转身想找个地方坐，结果一眼望见了她。她正孤零零地一个人坐在教室后方的一张课桌旁，银发辉映着阳光，像一枚十便士一样亮闪闪。她身穿深紫色的开衫，紧盯着面前的纸张，正用炭条画素描。是那天翻垃圾桶的紫衣捣蛋鬼。"是你！"我脱口而出。

老太太从画上抬起头，瞪大眼盯了我片刻，审视着我。她终于认出了我，乐道："是你！"

伦妮与玛戈

我迈开小碎步，走到她的课桌旁。

"我叫伦妮。"我伸出一只手。

她放下炭条，跟我握了握手。"很高兴见到你，伦妮。"她说，"我叫玛戈。"

她手上的炭渍在我的手背印下了她的指纹。

"谢谢你，"她说，"那天你帮了我一个大忙。"

"不客气，"我说，"不值一提。"

"确实是大忙。"她说，"真希望能好好答谢你，可惜我名下也就只有几件睡衣和一块吃了一半的水果蛋糕。"

她做个手势，让我坐下。

"你到这儿来干吗？"她问。我明白，她指的是"玫瑰画室"，但还是说实话为好，所以，我告诉她实情。

"据说，我活不了几天了。"我说。

玛戈端详着我的脸，我们沉默了片刻。看上去，她似乎不信我的话。

"是绝症。"我补上一句。

"可你还……"

"还年轻，我知道。"

"不，你还……"

"很倒霉？"

"不，"玛戈依然审视着我，仿佛依然不买账，"如此生气勃勃。"

皮帕走到课桌边，在我们面前摆上几支画笔。"两位在聊些什么？"

她问。

"死亡。"我告诉皮帕。

皮帕皱起了眉头——皮帕恐怕该去上几节团建培训课，学学如何对待死者和濒死者。要是连"死亡"这个词都听不下去，她在医院的这份工作可撑不了多久。皮帕在桌边蹲下，拿起一支画笔。

"这个话题很宏大啊。"皮帕终于开了口。

"不要紧。"我说，"之前，我曾花了一整天经历悲伤的七个阶段，所以已经一举搞定了。"

皮帕用画笔戳着课桌，笔头的刷毛形成了滴溜溜圆的一圈。

在瑞典厄勒布鲁念小学的时候，我不小心撕掉了一本教科书的一角。当时，我和一个现在已经记不起名字的男生在比赛，看谁翻书翻得更快。于是我拼了命，结果可好，其中一页干脆被撕掉了一个角。班主任吼了我，又罚我去校长办公室——依我猜，可能是因为我看上去不肯认错吧。被送去校长办公室的路上，我感觉活像是要被送去警察局，我认定爸爸妈妈会收到通知，恐怕我从此就没好日子过啦。我的手心直冒汗：全校都在上课，我却沿着过道走向校长办公室，感觉十分诡异，活像踏进了某种禁区。

女校长有着虎背熊腰的身材、一头寒光闪闪的银发，紧抿的双唇总爱涂鲜艳欲滴的口红。我想象着她吼我的一幕，好不容易才忍住没哭出声。我来到校长办公室，校长正在开会，前台让我在校长办公室外的一把绿色椅子上坐下等待。谁知道，左侧椅子上已经坐了一个男生，比我大好几岁，名叫卢卡斯·尼伯格。

"你惹祸啦？"他问我。（当然，他讲的是瑞典语，不是英语。）

"是啊。"我感觉下巴微微发颤。

"我也惹祸了。"他说着拍拍身边的椅子。看上去，被罚待在校长办公室外面，他似乎既不慌，也不怕，反而有点自豪的样子。

我坐到他身旁，顿时松了口气。毕竟，有人跟你一样麻烦缠身，简直让人安心不少。卢卡斯和我成了一条船上的人，这感觉比独自上路强得多。

而在医院里，当玛戈打破沉默，说出那句话时，这种感受再次涌上了我的心头——刚才，玛戈俯过身，对我低声道："我也活不了几天了。"

有那么一会儿，我凝望玛戈蓝莹莹的双眸，只觉得分分钟会跟她变成同牢难友。

"其实，细想一下吧，你不能算是快死了。"皮帕终于搁下画笔，开口插嘴道。

"是吗？"我问。

"是啊。"她说。

"那我可以出院回家吗？"我问。

"我的意思是，这一刻，你并没有死。事实上，这一刻，你明明活着。"

玛戈和我双双向皮帕望去。"你的心在跳，你的眼睛在看，你的耳朵在听。你坐在这间教室里，活得好端端的。所以，你怎么能算快死了呢，你明明活着嘛。"她又向玛戈望去，"你们两个都是。"

皮帕的话好有道理；可惜，又全无道理。

于是，玛戈和我两个人，双双"活得好端端的"，坐在静谧的玫瑰画室里画星星，都画在正方形画布上。我还忘了涂自己那幅画布的边缘，害得自己生了一肚子气，因为后来皮帕把大家的画作挂上了墙。玛戈的星星画在墨蓝色背景上，我的星星画在黑色背景上；玛戈的星星画得很对称，我的星星画得很不对称。而在静谧之中，当玛戈小心翼翼地用金色给她那颗黄色的星星勾边时，我的心中突然涌上了一种从未有过的感觉：用不着急着告诉她任何事，不用急，不急。

小时候，我一度热爱画画。我有一个装满蜡笔的旧婴儿配方奶粉罐、一张专供我画画的塑料桌。不管画得有多烂，我都会在画作一角签上我的大名和年龄，因为学校曾经带我们去过一家画廊，老师曾一次次向我们展示画作底部角落的落款。当时，我一度认为：凭我的无双才华，有朝一日，我的画或许也会在画廊展出，因此，我的大名和日期万万不能少。才五岁零三个月，我就已经照着家用录像带封面画了一只歪瓜裂枣的斑点狗，难道不足以让艺术界拜倒在我的才华之下吗？圈内人会谈起某些熬到二三十岁才展露才华的著名画家，然后会说："人家伦妮·佩特森画出这幅作品的时候，才五岁零三个月，那时就已经如此才华横溢了吗？"拜虚荣心所赐，我用能找到的最细的画笔，在我的星星画作的底部，写下了几个黄字：伦妮，作于十七岁。看见这一幕，玛戈也落了款：玛戈，作于八十三岁。我们把两幅画并排摆在一起——正是一片暗色中的两颗星。

我对数字不敏感。长除法也好，百分比也好，我反正都不太喜欢，我弄不清自己的身高体重，想不起爸爸的电话号码，虽然我知道我一度记得。

不过，此时此刻，我面前的两个数字却至关重要；在我所剩无几的日子里，它们也将始终重逾千斤。

"不要说出去哦，"我轻声告诉玛戈，"我们两个人加起来，刚好一百岁。"

伦妮与同辈

数日后，我的床头柜上多了一块水果蛋糕。

一般来讲，我不太爱吃水果蛋糕。因为咬一口葡萄，感觉活像咬了一口潮虫：刚开始很筋道，可惜一旦咬破皮，汁液爆浆而出，你嘴里就只剩下一层没嚼头的皮了。

不过呢，天上掉蛋糕，总不能错过。

我一边吃，一边想着玛戈。

不要说出去哦，玛戈和我，加起来已经活了整整一百年，真了不起。

那堂美术课上，我发觉红发护士满脸通红地进了玫瑰画室，不小心一屁股撞到了门边的一张课桌上。护士压低声音告诉我，她发现亚瑟神父孤零零地坐在我的病房小隔间里。她说我还没有获准来玫瑰画室，而且严格来说，如果不立刻赶回病房，我可能会惹祸上身——她还真贴心哪。对红发护士而言，"惹祸上身"指的是被杰姬吼，而不是在大白天身穿睡衣，还给扎进静脉的点滴管取了名字。可惜，恐怕前者才算得上一宗大祸，而我已经惹祸上身了。

不过，我还是乖乖地跟着护士走了，毕竟还是让人有点盼头的好。幸好挨杰姬的训没什么大不了的，我认认真真挨了训，还答应杰姬不会再东逛西逛，或者换种说法，不会再东想西想——反正一字之差嘛，又有谁会在乎？

我刚把床上的水果蛋糕屑掸干净，帘子就被人拉开了。

"早上好，伦妮。"清洁工保罗笑着对我说道，"最近又见到蜘蛛了吗？"

我说没见到蜘蛛，于是，他朝我的床头柜做了个手势。"医院要在接下来几个月里把床头柜通通换掉，因为现在这批床头柜的底座不够重。"

我无聊地点点头。

"我动手喽？"保罗问。

他拉拉床头柜最上一层抽屉的把手，又使劲拽了拽，晃了晃——临时工小姐送我的黄色丝绢玫瑰仿佛跟着跳起了水兵舞。终于，保罗双手并用拉开了床头柜，一张纸随之飘了出来。

"情书？"保罗问。

"还用说吗？"我告诉他，"我会把这封跟别的情书搁到一起的。"

保罗拾起那张纸，又递给了我，一脸惊讶的神情藏也藏不住。

宽恕：上帝的光——几个花体字印在一张像素化的鸽子图片的上方，鸽子又以乌云密布的天空为背景，一束阳光正刺破云层。图片下方印着亚瑟神父的服务时段，最下方则写着龙飞凤舞的蓝色钢笔字：

事先声明，伦妮，这张卡虽颂扬宽恕，却并非为你量身定制，纯属巧合而已。若需倾谈，我将随时奉陪。

亚瑟

亚瑟的电邮地址也惨不忍睹：他用的是医院邮箱，账户名居然是"亚瑟"＋"他的职位"＋"316"。

我抬起头，保罗微微一笑。假如我再大上十岁，假如我能权当没看见他身上那些不上台面的刺青，清洁工保罗也许能跟我凑成很般配的一对呢。有点怪，但很般配，假如冷不丁碰上此类情侣，人们就会暗自嘀咕：这两人到底是怎么搭上的？清洁工保罗又关上抽屉，在写字板上记下一笔，叹口气说道："自己保重，好吧？"——说得好像我自己做得了主一样。

当天下午，或者几个星期后（谁能说得清？），红发护士来接我，算我第一次光明正大地去玫瑰画室。今天，我会见到一帮同龄人——用皮帕的话讲，他们属于我的"同伴"。其实，我拿不准"同伴"是什么意思，但我脑海中随即浮现出了一幕：一群让我高攀不上的人，比我酷，比我有身份，时常眼高于顶。

我迈步进屋时，玫瑰画室几乎空空荡荡的，窗外的天空看似一片混沌，并非灰蒙蒙，并非白生生，只是悬在众人头顶的一片斑驳。

"大家下午好。"我独自坐到常坐的课桌旁，皮帕偷偷对我一笑，开口说，"我是皮帕，欢迎来到玫瑰画室。画室的规矩很简单：洒了颜料请擦干净，不许乱闯，不许胡闹。爱画什么画什么，但画室也会提供一些道具启发大家，有时候还会设立主题。比如，本周的主题是树叶。"皮帕说着，举起一篮棕色树叶。"如果感觉身体不适或亟须治疗的话，拜托告诉我一声，还有……嗯……差不多讲完了吧？"皮帕有个习惯，每句话都爱用问句来收尾，害我总想给她打打气。

今天，绘画班上只有四名学生，其中只有我身穿睡衣。

窗边那张课桌旁，坐了两个跟我年龄相仿的女孩，都穿着日常户外服，化着亮眼的浓妆，正被手机内容逗得咯咯笑——其中一个女孩显得更高调些，手机是这位"高调女"的。两个女孩对面坐了个男生，年纪稍大几岁，身材敦实，穿着慢跑裤和配套 T 恤，衣服看似邋里邋遢却又价格不菲。男孩把一条打着石膏的腿搁到身边的椅子上，石膏上用黑色记号笔画了一个巨大的阳物。

皮帕让两个女孩收好手机。两个女孩把手机翻个个儿，屏幕朝下，却没有乖乖把手机收好，甚至没有发觉皮帕把树叶和颜料摆上了她们旁边的课桌。

男孩朝皮帕给他的树叶摇摇头，从衣兜里掏出了一支圆珠笔，埋头画画。

皮帕走到我的课桌旁。

"要树叶吗？"她问。

我点点头，她把一片树叶摆到我面前。我审视着它，翻动树叶想要找个视角，却发觉皮帕还没有走开。

她对我做了个口型。

"什么？"我问。

她向前探身，又对我做个口型，好像在说"跟他们打赏啊"。

"什么？"我又问一次。

"跟他们搭讪啊。"皮帕悄声说。

她说完离开了，埋头打理她桌上的东西。我端详着那帮"同伴"：两个女孩又拿起了手机，正露齿而笑，举着画笔自拍。男孩则埋头用蓝色圆珠笔涂色，涂得很用力，以致笔尖戳穿了画布。从我坐的位置望去，他似乎是在画一把刀。

我回头瞥瞥皮帕。她正用眼神给我打气，简直让人看得心痛。

"你的腿怎么会受了伤？"我开口跟对方搭讪。可惜的是，我的话才刚刚冲到半途，就已经悄然阵亡，根本没有落到对方耳朵里。

我回头望望皮帕。

她点点头，让我再试一次。

于是，我照办了。这一次我心里有数，对方一定有所察觉，但他们没有半点反应。片刻后，"高调女"轻叩了一下男孩的画布。

"干吗？"他问。

"她在跟你说话。""高调女"一边说，一边朝我一指。听上去她有点尴尬，跟当初在学校结识的那帮女孩一样。其实，当初在学校里，我说的有些话根本无刺可挑，而且十分逗乐，那帮女孩却依然会一脸尴尬地望着我。紧接着，我和她们再一起眼巴巴地把尴尬一刻熬过去。

画画的男孩转过身，他和两个女孩都审视着我。

"怎么啦？"男孩问。

"我问的是，你怎么会摔断腿。"我说。

"橄榄球。"他说完转过身，又埋头画起了画。

"你在哪个队？"二人组中的"低调女"问他。

"圣詹姆斯。"

"我男朋友刚加入那个队。""低调女"说。

"不是吧！他叫什么名字？"

结果呢，"低调女"的男友碰巧正是石膏男的新队友，而且深得石膏男的欢心，堪称一家亲。还用说吗，于是大家不得不拍张合影发到网上，再圈出"低调女"的男友——"看我们巧遇了谁！"

紧接着，不知怎的，他们三人转移了话题，聊起了某部"是个人就在看"的网飞新剧。石膏男已经看过了第二季，因为第二季已经在网上出了泄露版。谁知道，"高调女"尖叫出声，伸出食指塞住了耳朵——她可不想遭遇剧透。可惜，石膏男非要告诉她们剧中某个角色死翘翘了，非要活生生地把女孩们逼疯。他们三人根本没有回头看我一眼。

我拿起铅笔，在画纸中间写下几个骂人的字眼。

皮帕走到我的课桌旁，坐到玛戈的专座上。

"如果你非要逼我过去跟他们坐一桌，再多努力一下的话，我可要吼人啦。"我说。

皮帕脸色一沉——很显然，她正打算出招。

我把头埋到课桌上。

"怎么啦？"皮帕柔声问。

我睁开眼睛，却没有抬头；我瞥了瞥另一桌的三人组——两个女孩正被石膏男逗得乐不可支，快要笑翻过去，石膏男又朝刚描完的那把刀周围涂了些绿色颜料。

"她们还有大把时间。"我告诉皮帕。

"那又怎样？"

"但我没有。"

皮帕不敢正视我的眼睛。

"我这么说，不是为了扎你的心。"我说，"只是想让你理解我的感受。

我恨不得及时行乐呢。"

"你恨不得及时行乐？"皮帕问。

"是啊，非找点乐子不可，十万火急。"

"好吧，"皮帕终于开了口，"我能帮上什么忙吗？"

"之前我偷偷溜进过玫瑰画室，你知道吧？"

"知道……"

"当时我遇到了一群老人家。"

"八十岁以上组，对……"

"我遇到了玛戈。"

"没错……"

"我想麻烦你，把我调到她那个班，八十岁以上组。"

"可是，伦妮，那是专为年龄超过八十岁的老人家开设的课程，每周一次。"皮帕说。

"对，我知道。"

"所以，没道理把你调去那组。"

"为什么？"

"因为你又不到八十岁！"

"但抛开这一点呢？"

"毕竟画室有自己的规矩：每周上一次课，按年龄分组，每组的课程也正好配合大家的兴趣和能力。"

"嗯，依我看，这属于年龄歧视。"

我等着。皮帕在犹豫，我看得出来。

"我保证乖乖听话。"我补上一句。

皮帕露出了笑容。"我想想办法吧。"

十七岁

清洁工保罗拉开帘子，身穿紫色睡衣的老妇人从《休闲》杂志上抬起眼，凶巴巴地问："你是谁？"看上去，她似乎很不乐意人家破坏她的休闲时光嘛。

"不是她。"我低声告诉保罗。

"抱歉！"对方对我们怒目而视，保罗却用雀跃的口吻说道，"我们在找人。"他补了一句。

对方嘟囔了几个字。保罗拉上她的帘子，活像在游戏节目《价格猜猜猜》上避开某件遭人嫌的奖品。

保罗又拉开一副帘子，我们面前出现了另一位身穿紫色睡衣的老妇人：她在睡觉，嘴角略带笑意，床头柜上摆着纸碟，纸碟里摆着一块吃了一半的水果蛋糕。

"就是她。"我说。

"要给你一把椅子吗？"保罗问。不等我答话，他已经将一把塑料访客椅拖过了病房。椅子发出的吱嘎声没有吵醒玛戈，谁知道保罗扬声道别，说了句"再见！"——玛戈醒了。

她睁开眼睛。"伦妮？"她微微一笑，仿佛我正是她的梦中人。

她的床头柜上搁着几本精装书，最上面两本之间夹着一个拆开的信封，信封里的几页信纸隐约可见。玛戈头顶上方有块迷你白板，白板上写着她的姓名，全都一个劲地向左歪：玛戈·麦克雷。

隔着玛戈的帘子，一片低语声和轻柔的古典乐传到了我的耳边，播放音乐的收音机还发出阵阵静电声。透过帘子的缝隙，玛戈和我审视着一名高挑女子：她的发箍下探出一绺白发，身穿暗红色睡袍，上衣口袋上绣着金字姓名缩写 W. S，正靠着"齐默"助行架朝病房外走去。她长了一脸老年斑，因此看上去酷似一匹动作缓慢的花斑赛马。

"像我这么大的时候，你是什么样子？"我问玛戈。

"十七岁的时候吗？"她问。

我点点头。

"嗯。"她眯起眼睛，仿佛在她那半开半合的眼帘之间，多年前的一幕幕依然鲜活；仿佛只要眯起眼睛，角度刚刚好，她就能够望见自己。

"玛戈？"我说。

"怎么啦，亲爱的？"

"之前你提过，你得了绝症。"

"是啊。"她说。听她的口气，好像那是个诺言，而她乐于信守。

"你不害怕吗？"

她的眼神落到了我身上，一双蓝眸眼波流转，仿佛在审视我的面孔。收音机的静电声没了动静，只余下一支袅袅的摇篮曲。

紧接着，玛戈做出了惊人之举。她伸出手，握住我的手。

紧接着，她给我讲了一个故事。

格拉斯哥，1948 年 1 月
玛戈·麦克雷，时年十七岁

十七岁生日当天，我那位不招人爱的奶奶凑到我面前，问我最近是否在"择偶"。她的脸凑得好近，我可以把她下唇上那块深紫色的斑看个清清楚楚。我一直以为，那是一团涂歪的口红，但细看之下，却发觉并非如此：是一种泛蓝的紫色，酷似石头，深埋在肌肤之下。不知道世上会不会有医生愿意执刀剖开表层，告诉我们那块紫斑的底细呢？

我的回答显然不合奶奶的意，她在椅子上朝后一仰，用手指抹掉蛋糕刀刀锋上的糖霜，往嘴里一放。"恐怕得加把劲啦，如今的世道，男子比女子稀罕，漂亮姑娘才有的挑。"奶奶提点我。

一周后，奶奶表示：她已经为我撮合了一次约会，对方是教会里结识的小伙子，人品很像样。当然，鉴于我母亲和我一向不去教堂，我并不认识对方。按约定，我将于中午十二点整在格拉斯哥中央车站的大钟下跟对方会面。

沿着我住的街道匆匆赶赴车站时，我把事情向克丽斯塔贝尔交代了一遍，她是我最交心的密友，其实也是我唯一一个密友。

她皱起眉，脸上的雀斑跟着动了动，仿佛群星散落。"可我们从来不跟小伙子搭话啊。"克丽斯塔贝尔说。

"我知道。"

"那你打算对他说点什么呢？"

克丽斯塔贝尔的问题出乎我的意料，于是，我停下了脚步。克丽斯塔贝尔也停下了脚步，粉色裙子发出一阵"沙沙"声。我不知道她为什么也打扮得如此隆重，有约要赴的人明明是我嘛。奶奶给我穿了一件正统古板的碎花连衣裙、一双夹得我脚趾发麻的黑色尖头鞋，害我觉得自己活像个非要扮成大人的小孩。她还在我脖子上挂了一条金十字架，吩咐我"至少看起来要有个基督徒的样子"，真不知道到底是什么意思。

"你或许马上就要遇见你的丈夫啦。"克丽斯塔贝尔说着弯下腰，把左腿的袜子拉过瘦巴巴的膝盖。两只袜子依然不一样高，但她已经心满意足，伸手揽住我的臂弯。"难道不是很激动人心吗？！"克丽斯塔贝尔说，我却觉得心一沉，可还是任由她拖着我向车站走去。

十一点五十五分，我伫立在钟下，遥望着克丽斯塔贝尔。她正躲在报刊亭的墙后呢。真不明白她为什么非要躲起来，难道有人在追踪她？她又提了提右腿的袜子，踉跄着撞上了一个背驼得厉害的老头。驼背老头朝她挥动手杖，我忍不住笑出了声。

接下来一刻钟，我眼睁睁地望着克丽斯塔贝尔那张长满雀斑的面孔从一脸激动变成一脸不耐，又从一脸不耐变成一脸同情。隔着火车站，我望见她咬住了下唇。克丽斯塔贝尔的嘴唇正中有两道痕，因为她经常咬嘴唇。等到十二点一刻的时候，我心里已经清楚：对方不会来了。我只觉得掌心发烫，觉得所有人都瞪眼盯着我不放，要怪就怪我身上那套别扭的着装吧。我很想哭，很想回家。可惜的是，我却发觉自己纹丝不动，仿佛双脚生了根，毕竟，按照奶奶的吩咐，我必须乖乖地站在钟下等待。

我四处搜寻克丽斯塔贝尔的身影，谁知她也不见了踪迹。我的眼中涌出了泪水，我呆立原地，望着身穿大衣、拎着行李的人们匆匆穿过车站。于是，有几个路人发现一名身着花裙、没穿外套的姑娘正在大钟下抽噎；至于大多数行人，他们脚步匆匆，根本没有留心。

正在这时，我察觉到一只手搭上了我的肩，不禁吓了一大跳，恍然认定眼前定会冒出一张陌生的面孔，一张属于某基督徒小伙的面孔。只不过，来人却是克丽斯塔贝尔。她站到了我身旁，向车站望去。

"你有没有想过，"她没有挪开搂住我肩头的手，嘴里说道，"你的真命天子说不定已经在战场上丢了命？"

我问她，究竟在说些什么胡话。

"我的意思是，或许世上本来有个跟你天生一对的男子，本来有朝一日，你会与他相遇，坠入爱河。可惜的是，他当了兵，死在了法国的战壕里，结果你们再也没有办法相遇了。"

"你就这么编派我吗？"我问，"我永远也找不到心头所爱？"

"又不是专指你一个人，指的是所有人。"她回答道，"是那些我们终将错失的人。"

"嗯，我的心情算是好起来了。"我说。

克丽斯塔贝尔"咯咯"笑出了声，取出两张去爱丁堡的票。"我们去动物园玩吧。"她说，"我想去看看那只有军衔的大熊佛伊泰克。"

她拉起我的手，登上站台，又登上十二点三十六分开往爱丁堡的列车。

车厢里人头攒动，于是我们找了个座位，对面是一名身穿西装的年轻男子，大概二十五岁。他似乎并未留意到我们，直到克丽斯塔贝尔的粉色连衣裙拂过了他的腿——那件粉裙层层叠叠，活像个舒芙蕾。男子抬起头，露出一脸惊讶。

克丽斯塔贝尔把长裙披到膝下；真是谢天谢地，她好歹没有伸手去拽袜子。

"裙子很美。"对方开口夸道，克丽斯塔贝尔"唰"地红了脸。

我一声不吭，审视着西服男子。他长得格外瘦削，我隐约有种感觉：如果站起身，此人的身材定会十分高挑吧。他身穿一件白色衬衫，看似已经接连穿了好几天，头发却梳得一丝不乱，还涂了厚厚一层头油。

他迎上了我的眼神。

"我们要去爱丁堡。"克丽斯塔贝尔被男子夸得心花怒放，开口说道。

"我们同路。"男子一边说，一边高举他的车票，活像赢了宾果游戏。

"我打算带她去趟动物园，"克丽斯塔贝尔说，"逗她开心。"

"你需要开心起来啊，原因何在？"男子问我，克丽斯塔贝尔却已经飞快地答了话。

"玛戈今天有个约会，可是对方没有赴约。"

"你叫玛戈？"西服男子问道，嘴角泛起了一抹笑意。

我点了点头，一张脸红得发烫。

"其实吧，刚才你还说，你可能永远也找不到心头所爱了，对不对，玛戈？"克丽斯塔贝尔插嘴道。

西服男子依然凝视着我的双眸，轻声道："如果你愿意，我可以爱你。"

他亲手奉上了他的爱，仿佛奉上一块止咳糖，仿佛它无足轻重。

*

护士站在我们面前，眨着眼睛。看上去，他似乎已经呆立了好一会儿。

玛戈抬起紫色的衣袖，伸出了手。

"只是止晕用的。"护士一边柔声说，一边"啪"地摘掉针帽，把针扎进玛戈的手臂。

"嗯。"玛戈闭上眼睛，紧咬牙关，吸了一口气。

"好啦。"护士说。他朝玛戈的胳膊贴了一块创可贴，又帮她放下衣袖。"会客时间马上就到点了，要找人来接你吗？"护士问我。

"嗯，不，那倒不必。"我微微一笑。

护士前脚刚走，我又向玛戈转过身。

"然后呢？"我问。

"以后再告诉你吧。"玛戈向我身后一指，说道。

红发护士正站在玛戈的病床床尾。"好歹捉住你啦！"她说，脸上的神情半是开心，半是恼火。

我们走下过道，向五月病房走去，我问红发护士："你十七岁的时候，是什么样子？"

她停住脚步，思索片刻，微微一笑道："醉醺醺吧。"

当天夜里，等到该在脑海中上演漂流的时段（最近一阵，我想象中的帅哥教练刚刚新买了一条热带风情短裤哟），我感到一阵心动。并非为激流心动，而是为玛戈心动，并非向往水边绿草茸茸的小丘，或者躺上木筏，让阳光暖融融地洒遍我的肌肤，而是在脑海中上演了另外一幕：我迈开步伐，走到格拉斯哥火车站，登上了十二点三十六分开往爱丁堡的列车。我望见一位身穿花裙的漂亮姑娘、一名瘦削男子，以及一个开端。

紧接着，在奔赴爱丁堡的途中，我沉入了梦乡——真是多年以来头一回。

伦妮与玛戈同乐

加入绘画教室八十高龄组的第一天，有点出乎我的意料：我腿不酸，发未白，尚未痴迷薰衣草香，尚未朝袖中揣纸巾，尚未在玛莎百货咖啡馆吃过午餐，尚未在公交车上向陌生人亮过孙辈的照片。但是，我却依然到了玫瑰画室，融入了一帮年逾八十的"同伴"，准备动笔作画。

皮帕重新布置过课桌，目前成了四人一桌。我挨着玛戈坐，坐在我们对面的是沃尔特和艾尔丝。沃尔特是一名退休花匠，有着满头白发和红扑扑的脸颊，看上去活像花园矮人玩偶；艾尔丝肩披黑色帕什米纳山羊绒披肩，一头银发剪成波波头，看上去酷似法国时尚杂志编辑。

在我看来，隔壁桌倒跟本桌有一拼：隔壁桌的四位，都是货真价实的老头老太，个个年逾八十，身穿各色实用型睡袍；至于本桌，我们有一个花园矮人、一个杂志编辑、一个冒牌八十高龄人士，再加上一个玛戈。假如真有一场比拼的话（反正我很期盼），我敢说，本桌必胜。

就在窗外，医院的停车场一片灰蒙蒙，雨丝落在人们身上，人们纷纷向缴费机奔去，低下头，撑起伞，抵挡着细雨的侵袭。我竭力回忆上一次淋雨是什么时候。有那么一瞬间，我不禁暗自嘀咕：说不定我能说动红发护士，让她趁下次下雨的时候带我去停车场呢；要不然更棒，说不定她可以准我穿戴整齐去淋浴间，然后打开花洒，开到最小挡，装出一副下雨的样子。

"今天，我希望大家好好思考一下'幸福'，并以自身的幸福回忆为题，画出其中某些瞬间。"皮帕一边说，一边把花上衣的袖子朝上卷，"我先跟大家分享一下吧。"她千方百计想坐上桌子，却又立刻站了起来——课桌实在高得有点过分。"我回忆中最幸福的一幕，是有一次跟家人一起散步，还带着我家的老狗。当时是复活节前后，天气却出奇地热，我的祖父也在场，我们一家沐浴着阳光，沿着一条乡间小路漫步。"

"我就知道你属于爱狗一族！"我脱口说道。

皮帕咧嘴一笑，"咔嗒"一声拔下白板笔的笔帽。"因此，"她接着说了下去，"就这段回忆而言，我可能会画乡间小路上的一排绿树。画人不太容易，所以如果想要今天完成习作的话，建议大家不要画人，但话说回来，我可能会画一画透过树叶洒下的阳光。"她一边讲课，一边在白板上匆匆描了几笔。虽然只是白板上的匆匆几笔，看上去却依然颇有神韵。

"不然的话，"皮帕又说，"如果你更偏向于细致地刻画物体，那我家老狗的那条狗绳，再加上狗脑袋，也许是个不错的题材。"在第一幅画旁边，她又匆匆画了一幅素描，画中有一只手握着狗绳，再加上狗儿的后脑勺，还露出一对毛茸茸的狗耳朵。我顿时有种上当受骗的感觉，毕竟皮帕的画技如此出色，我只怕被她甩出了好几条街吧。

"我为本周的主题制作了一张 CD。"皮帕按下了 CD 机的播放键。朱迪·加兰的《收获快乐》(Get Happy)顿时越过重重时空,飘进我们的耳中。

周围所有人都开始埋头画画，我只觉得心头一暖。

沃尔特拿起一支铅笔，画起了素描。还用说吗，他果然长了一双干惯园艺活的手：食指的指节破了皮，指甲下绿渍斑斑。他用铅笔使劲涂抹画布，皱起眉头。真不知道他的笔下会是哪幕幸福回忆，说不定正是他许下心愿，结果从花园小矮人摇身变成人类的那天呢。至于艾尔丝，她正朝画布上涂抹黑色颜料，涂了一长条，又是一长条。玛戈则握着铅笔，轻轻划过画布，铅笔留下的痕迹好像一抹幽灵。

我的画布依旧是一片空白。我不知道该画些什么。假如你发觉，身边所有人全都胜利在望，那恐怕会让你感觉掉了队，恰似当初我在学校的遭遇，害我心痒难忍。

玛戈一笔接一笔地画出昔日的幸福回忆，画布上浮现的第一只眼睛简直栩栩如生——很清澈，但不知怎的又熠熠生辉。我倒没有气她深具天赋，相反，我只觉得为之倾倒：玛戈正用画笔绘出某些过往，绘出某个人，一个在她八十三年的人生中，让她最为眷恋的人。

紧接着，画布上又浮现出一双小手，其中一只蜷成了小拳头，另外一只张开来，伸向我们。

小家伙的小肚子上盖着毛毯，一顶黄帽子下面露出几缕头发，扁鼻头画得无比逼真，我真不敢相信玛戈仅凭记忆就能下笔。作画期间，玛戈始终显得一脸柔情，仿佛画中的小宝宝就躺在面前的课桌上，她凝神望着小家伙又笑又踢，并用一双好奇的大眼睛端详着自己。

等到玛戈收笔的时候，那幅画简直无可挑剔：整幅都用彩铅绘成，粉扑扑的小脸蛋和软乎乎的蓝色毯子还被画上了阴影。

玛戈放下铅笔，我遥遥望见：她从眼角抹去了一滴泪。不过，她应该没有察觉到这一幕落到了我眼中。

"画的是个男孩？"我问。

她点点头。

"叫什么名字？"

"大卫。"

法瑞尔·威廉姆斯的《快乐》在玫瑰画室响了起来，我拿起了画笔。可惜的是，大错特错——后来我才知道，跳过铅笔绘制素描的步骤直接涂颜料，那是万万不可的。不过，我并不在乎，谁让我想起了一件开心事呢，我非画下来不可。

我一边画着记忆中的一幕，一边把故事讲给玛戈听。

瑞典，厄勒布鲁，1998 年 1 月 11 日
伦妮·佩特森，时年一岁

那是我时常想起的一幕。

是我第一次过生日。妈妈在我头顶扎了小辫，用米妮老鼠发卡夹住。那一幕并不是透过我自己的眼睛看见的，而是透过摄像机的镜头，它捕捉到了我的脸，镜头中的我正伸手东指西指，嘴里嘟囔着不成字、听不懂的声音。

我坐在爸爸的腿上，抬头望着他，仿佛他是空中明月。他一边和摄像者说话，一边左右轻晃着我，我咯咯发笑，于是他也笑出了声。他向我扭过头，说了几句，可惜我一直没有从录像带里辨认出他在说些什么。但不管怎样，听了爸爸的话，我朝桌子一指，嘴里大喊："Da！"

阳光透过窗户照进来，有人关上了灯，蛋糕上孤零零地插着一支蜡烛，烛光一直从厨房照到客厅，也照亮了妈妈的脸。她把蛋糕摆上我面前的桌子，在我的头顶印下一吻，接着退后几步，站到我和爸爸身后，仿佛有点不知所措。我可以看出，她用英文说了一句"生日快乐，伦妮"（如非必要，她可从来不说英语）。爸爸则牢牢地抓住了我的手，以免我乱碰蜡焰。

在场众人一起唱起了生日歌——每次录像带播到这里，我总会跳过这一段。

Ja, må hon leva!

Ja, må hon leva!

Ja, må hon leva uti hundrade år!

Javisst ska hon leva!

Javisst ska hon leva!

Javisst ska hon leva uti hundrade år!

歌词大意是：

对，祝长寿！
对，祝长寿！
对，祝长命百岁！
必长寿！
必长寿！
必长寿百年！

等到我年纪渐长，懂得歌中意义时，这支瑞典生日歌总让我感觉心酸。我从未见过活到百岁高龄的人，我自己恐怕也活不到百岁高龄吧。因此，每年父母亲友为我唱起生日歌，我都会感觉心中酸楚，毕竟，他们所欢庆的理由终有一天成为泡影，他们的希望也终有一天成为泡影。我终究会让大家失望。

录像带中，我刚刚吹灭第一支生日蜡烛，爸爸把一勺糖霜喂到我嘴里。我并不知道那支歌在唱些什么，我看上去好开心。

伦妮与玛戈的一百年

那则妙计悄然进入我的脑海，仿佛一只蠹鱼。

可惜，床头柜上没有笔，只能趁它还没有溜走，赶紧找人讲一讲吧。

她的病房一片漆黑，颇为寂静，除了那个把姓名缩写绣上晨衣的老妇人不时发出震天响的鼾声。

我拉开玛戈的帘子。"故事，"我倒抽一口气，说道，"你的故事！"

玛戈睁开了眼睛。

"画出来才对！每一年画成一幅！"我说。

此刻在凌晨三点至四点之间，玛戈却从床上一跃而起，在黑暗中眯起眼睛，向我望来。

"我们两人加起来有一百岁，记得吗？"我说，生怕她忘个精光，"十七加八十三。一百年，一百幅。"

"伦妮？"玛戈说。

"怎么啦？"

"我爱死这主意了。"

我听了夜班护士的话（夜班护士是个彪形大汉，名叫皮奥特，左耳戴了一只亮晶晶的耳环），乖乖地回到床上，躺在黑暗中，沉思。

可惜的是，回到病房以后，我依然没有找到笔，于是我向天花板望去，只盼明天一早醒来，我们三人中（我、玛戈、皮奥特）至少能有一个记得我们的妙计。

医院的重重墙壁之外，世上某个地方，有着曾经碰触过我们、爱过我们，或者逃离过我们的人们。拜他们所赐，我们还将继续活在世上。若你前往我们曾经去过的地点，你或许会偶遇某人，而对方曾跟我们在走廊擦肩而过，却又立刻把我们忘到了脑后。我们的身影出现在数百张他人照片的背景中，要么正在走动，要么正在说话，总之融进了某张照片的背景里，照片又被两个陌生人镶了框，摆到客厅的壁炉架上。拜他们所赐，我们还将继续活在世上。可惜，那还不够。只做大千世界中的一粒沙，那还不够。我所期盼的，玛戈与我两人所期盼的，不止这些。我们期盼得到世人的了解，了解我们的故事，了解我们是谁，了解我们将成为何人。除此之外，在我们离世之后，也了解我们曾经是谁。

所以，我们要为我们曾经度过的岁月画画，每一年画成一幅。一百年，一百幅。就算最后，画作通通被扔进了垃圾桶，清洁工好歹也会寻思："嘿，这堆画还真不少呢。"

我们将讲述我们的故事，用一百幅画讲出一句：

伦妮与玛戈，曾从世上走过。

1940 年的一个早晨

病房里好静。太阳已经落山，访客们已经一个接一个被不情不愿地请出了医院。某访客今天给五月病房的患儿送了一只气球，于是整整一下午，我都沉浸在气球带来的一场骚乱中。结果呢，患儿的叔叔冷不丁发了火，气不过所谓的"健康与安全"和"政治正确"论调都"甚嚣尘上"，于是带着一只印有"早日康复！"字样的绵羊氦气球，扔下家人，一溜烟冲出了病房。至于他探望的那位小病人，人家虽然年纪轻轻，但在处理这场闹剧中体现出的成熟风度，只怕那位叔叔一生也无法企及。不过，我却依然感觉有点伤心，谁让这正是五月病房造的孽呢，正是五月病房，害得患儿个个稳如泰山、风轻云淡、进退有度、少年老成。

我漫步穿过大厅，向玫瑰画室走去，心里暗自嘀咕：我自己是否也属于少年老成的类型呢？推开画室门，映入眼帘的是七张八旬老人的面孔，我顿时意识到：至少，我离八十岁还有好一段距离呢。

"伦妮！"皮帕向我奔了过来，"瞧！"

在白板的一角，皮帕贴了一张纸，上面写着几个金字——"伦妮与玛戈之妙计"。她还替玛戈那张宝宝图和我那张素描做了标记，我画的是摄像镜头视角的一岁生日场景，实在烂得不得了。

"完成两幅，还剩九十八幅！"皮帕边说边拿起几张纸，跟在我身后走向课桌。玛戈已经动手画起了素描，看上去，画的是一面镜子，挂在花纹墙纸上。

我坐到玛戈身边，当皮帕又匆匆走开时，我们相视一笑。

"要不要给你讲个故事？"玛戈问。

格拉斯哥，克罗姆代尔街，1940年
玛戈·麦克雷，时年九岁

1939年一个下午，奶奶到了我家，恰恰是在我父亲入伍几星期后。那是个昏沉沉的周日下午，我母亲打开前门，赫然看见奶奶拎着一只手提箱站在门口，不禁惊呼了一声。我母亲有点摸不着头脑：奶奶怎么会知道我父亲被派遣到外地了呢？我父亲倒是从牛津附近的训练营寄了一封信回来，信誓旦旦地声称，他可没有向他母亲提过派遣的事，不清楚他母亲为什么会突然出现在我家门口。

"这下可好，我不知道是该为自己的安全祈祷，还是为你们母女的安全祈祷啦。"他写道，"家里有瓶威士忌藏在水池下面。"

我见过不少祖母一族，祖母们热情、贴心、和气。克丽斯塔贝尔的祖母会给她做漂亮衣裳；我的外婆在我五岁时离开了人世，但她给我织过一件开襟毛衫，又给我的洋娃娃织了一件一模一样的毛衫，好让娃娃和我能穿姐妹装。

我的奶奶则是另一种人。

我奶奶有款去教堂专用的香水，味道扑鼻，久久萦绕不去。每周日早晨，她会站在走廊那面镜子前方梳妆，打扮得一丝不苟。

1940年一个周日的早晨，我在卧室门口偷听。我可以听到奶奶正用梳子梳着浓密的头发，发出刮擦声，听上去很刺耳——其实，我经常暗自嘀咕：奶奶梳头梳得如此凶巴巴的，怎么还没有秃呢？

我也可以听见母亲在厨房里弄出的"当啷"声，听到她在使出浑身解数，想用平底锅把蛋粉弄成好歹入得了口的玩意儿。

我蹑手蹑脚地走下楼梯，只盼奶奶不会察觉。

她正把周日专用的帽子朝头上戴，又朝帽檐上别了一圈夹子。她直勾勾地紧盯着我。

我赶紧迈步下楼，发现母亲在厨房里，看上去脸色苍白，面容憔悴，正呆望着平底锅里的蛋粉，一动也不动。

"他死了？"我问。目前我父亲人在法国，当母亲的脸色差成这副模样，我便会感觉胸中翻腾，只等接到噩耗。

"没有。"母亲轻声道，双眸依然呆望着平底锅。

"你指的是你父亲吗？"奶奶从走廊高声喊道。她正瞪眼对着镜子，眼睛一眨也不眨，用一个吓人的金属夹在卷睫毛。

"他说不定真死了，知道吧。"奶奶说，"粉身碎骨，葬身在某处的田间地头。"

这话一入耳，母亲抬起了头，我看见她红了眼眶。

"谁让你连劳神为他祈祷都不乐意呢。"奶奶继续说道，又把金属夹狠狠夹上睫毛。

母亲张了张嘴，仿佛想说些什么，但又闭上了嘴。

"想想吧，"奶奶接着说，"身为妻女，连抽空向上帝与天使祈福都不肯，那可是为她们家的男人求个平安啊。"

母亲放下木勺，伸手抹去涌出眼眶的泪水。

"玛戈，眼下只有上帝，才救得了你的父亲。"奶奶说着放下睫毛夹，朝镜子凑近一些，端详自己的睫毛。她显然心满意足，从手袋里取出那瓶难闻的扁玻璃瓶香水，开始朝自己身上喷。左手腕喷三下，右手腕喷三下，脖子喷三下，腰上喷三下。她一边喷香水，一边唱起了歌。她的声音尖而细，却又远远传了出去。

"基督精兵，奋兴，快快披军装。"[3]

我母亲走到橱柜旁去取盐和胡椒，眼泪盈盈欲滴。

"依靠父神永恒圣子给你刚强力量。"奶奶将香水喷遍头发，最后再在帽檐上喷了三下，一边唱一边喷。

我母亲把盐和胡椒撒在蛋粉上，闭上了双眼。

---

3 摘自新《普天颂赞》版本。下同。

"仰赖万军之君，定必披靡，胆壮。"奶奶将红色胸针别到上衣左胸，总算收拾停当了。

我母亲一时泪如泉涌。

我迈步向奶奶走去。

"你有纸巾吗？"我问。

她伸手在身上那件羊毛长大衣的口袋里摸索——这件大衣是我母亲的宝贝，结果却不得不从我母亲的衣橱里取来奉上，以免奶奶在祈祷时受冻。奶奶掏出一条粉红色的手帕、一张揉成一团的纸。她满脸嫌恶地把手帕递给我，又把纸扔进了垃圾桶。

"你要手帕干什么？"奶奶问。

"妈妈在哭。"

奶奶闻言探身向前，朝厨房打量了几眼，想瞧瞧自己的手段是否见效。随后，她心满意足地去了教堂。

奶奶走后，我从垃圾桶里掏出那张纸，展平。纸上是我父亲斑驳的字迹，写着我母亲最爱的一支歌：

我爱你有几分？

我将据实以告。

海又有多深？

天又有多高？

我竭尽全力把纸展平，拿到母亲的卧室，放到她的枕下。

那是我们发现的第一封情书。

原来，父亲在家中各处给母亲留下了无数情书，在她最美的那双鞋的左脚里，在被瓶瓶罐罐塞满的食品储藏室深处，在客厅书架的书籍后面，在他们最爱的唱片之间，其中有几封抄录着歌词，有几封讲了笑话，有几封则叮嘱别忘了他。

我母亲把情书一封接一封收了起来，通通收到梳妆台上的玻璃罐里。每次我们找到一封，她就会微微一笑——父亲不在家的日子里，我还从未见她露出如此甜蜜的微笑呢。于是，当我在床头柜底层抽屉又发现一封情书时，我把它藏了起来。这样一来，一旦母亲和我翻遍家中再也找不到情书，我就还有办法留住她的笑容。又或者，一旦噩耗来临呢。

伦妮与红发护士

"伦妮，你在笔记本上记些什么呀？"

"这个笔记本？"我一边问，一边从床头柜上拿起本子，暗自寻思她是什么时候发现我记笔记的。红发护士正坐在我的床尾，蹬掉了脚上的鞋，一双古灵精怪的袜子在我的床边摇摆，其中一只袜子是粉色，印有红樱桃，另外一只袜子带条纹，脚趾上印有八哥犬的狗头。红发护士是想让我把笔记本给她看吧，不过，我没有接招。

"我在写故事。"我说。

"什么……故事？"

"我的人生。以及玛戈的人生。"

"你们俩的百岁人生？"

"没错。不过，在遇到玛戈之前，我其实就已经动笔了。"

"也就是说，相当于一本日记？"红发护士问。

我翻了翻笔记本。它的封面很亮眼，印有深深浅浅的紫色。不过，我不得不把每页纸的两面都写上字，不然总怕笔记本不够写嘛。因此每每一翻页，本子就会沙沙作响；有些时候，我就会忍不住来回翻开纸页，毕竟沙沙声听上去十分悦耳。"算是吧。"我告诉红发护士。

"以前我也有一本日记。"红发护士答道。她从护士服上衣口袋里掏出一根棒棒糖，剥开包装，递给我。真不记得上次吃棒棒糖是什么时候了，这根是可乐味的。

"是吗？"我问。

护士剥开另一根粉色棒棒糖，塞进嘴里。"嗯，"她说，"不过，记日记太没劲啦，里面写道：'某妞背着我嚼我舌根，所以我背着她嚼她舌根，结果她竟然跟我干架，所以我踢了她一脚。'"

"是吗？"我问。

红发护士看上去颇为自豪，嘴里却说"踢人可不对哦"——听她的口气，仿佛生怕我以为她给我开了绿灯，因此准备见人就踢呢。

"那你挨罚了吗？"

她转了转嘴里的棒棒糖。"说不准。"

"睡不着的时候，我就写日记。"我告诉她，"我画画不在行，所以我想，还是把玛戈和我的故事写下来吧，免得大家看不懂画的内容。"

"写到我了吗？"她问。

"如果写到你了，你想读一下吗？"

"当然啦！"

"那好，答案是'没有'，没有写到你。"我说。

"其实写到我了，对不对？"

"谁知道呢？"我回答。

她跃下病床，重新穿上鞋。"如果真把我写进去了，你能把我写高一点吗？"她问。

我瞥她一眼。

"晚安，伦妮。"她说。

于是，她抛下了我跟我的日记——马上就会写到她的日记。

1941 年的一个傍晚

"这一座是我在同一年修剪出来的。"沃尔特一边说，一边把手机照片亮给我和玛戈看（那部手机的按键图标个个大得不得了），照片上是一片修剪成天鹅状的树篱。

"你修剪出来的最怪的动物是什么？"我问。

"一只独角兽。业主是个要卖房子但又要留个印记的女人。"沃尔特回答。

"不就是我想当的那种人嘛。"我说。

"不过说真的，我的最爱是玫瑰。我千方百计收集了好些近乎完美的奥菲莉娅玫瑰，这在附近一带可不多见。玫瑰至今还种在我家花园的深处，可惜我没有办法尽心尽力地照料它们，毕竟膝盖不行嘛。不过，我的白玫瑰，也就是'佐伊特曼夫人'玫瑰，总是长得最好，十分饱满，活像枝上顶着的一只绵羊。"

"噢，我爱死佐伊特曼夫人玫瑰啦！"带着一股木调香氛，艾尔丝走过来跟我们坐到一起，嘴里说道。沃尔特向艾尔丝投去欢欣的眼神，好像她恰是一座独角兽树篱，因此，我们知趣地避开了这两人。

玛戈转身画起了画。

"画的是哪一幕？"我问玛戈，玛戈在一件东西黑漆漆的边角上涂着阴影，看上去像个马口铁桶。

"你会喜欢这个故事的。"玛戈一边回答，一边用拇指涂抹铁桶投在地上的阴影。"是我父母家，"她说，"1941 年的一个傍晚。"

格拉斯哥，克罗姆代尔街，1941 年
玛戈·麦克雷，时年十岁

空袭警报拉响时，我正在洗澡。母亲压低声音骂了一句，在肥皂盒上捻灭了香烟。

浴缸里的洗澡水还温着，水面高至浴缸里一道用黑色油漆画出的线。

"他们怎么发现得了呢？"一年前，母亲画完这条歪歪扭扭的线以后，我问她。

"嗯，"她说，"他们发现不了。"

"那浴缸可以放满水吗？"我问。

"不能高过溢水孔。"母亲一边说，一边千方百计想把手里的油漆刷绕过水塞链条，却又不把链条刷上漆。

"也就是说，其实我们可以拼命朝浴缸里放水？"

"没错，"母亲说，"按理讲，是的。"

"那我们干吗不放满呢？"

"因为，"母亲说，"*别人可能发现不了，但我们自己心里有数*。要是你用满满一浴缸水美滋滋地洗了个热水澡，结果学校里的同学知道了真相，而他们却没办法舒舒服服地洗个热水澡，那你心里过意得去吗？"

我一声不吭，不过，或许我不会像母亲预料中那般过意不去吧。

空袭警报厉声尖啸，母亲一把将我从温水里拎起来，用毛巾胡乱抹抹我的胳膊腿脚。我抱怨说她弄痛我了，她却说，她不是急着想要快点嘛。

"快走，玛戈。"她用抑扬顿挫的声调吩咐——每当竭力掩饰惧意的时候，母亲都会用上这种口吻。她匆匆带我下了楼，出了厨房，来到后院花园。

屋外好冷，脚下的草丛竟然结了冰。我呼出的一口口白雾在空中消散，我停下了脚步。

"快点。"母亲催道,她的声音里透出一股焦灼。

时值隆冬,我站在自家花园中,身上只裹了一条毛巾,根本不愿意钻到那又冷又湿的防空洞里去。我抽噎起来。

战争刚刚打响时,我母亲就把空袭活生生变成了一种游戏:我们每钻一次防空洞,她就在笔记本上记下一笔。"这是我们第十五趟防空洞之旅啦。"她说,仿佛我们正在玩乐,而不是在躲从天而降的炮火。

想当初,托地方当局的福,几个军队非战斗人员帮我们家修建了这座安德森式家用防空洞。我望着他们朝防空洞顶上盖土,眨眼间,一座方方正正、平平无奇的花园便摇身变成了一个可以藏人的兔窝。非战斗人员叮嘱我母亲,要让防空洞保持干燥,又叮嘱她该在里面存些什么必需品。他们警告她,不许在防空洞内吸烟,以免空气变得污浊。

离开之前,其中年纪较大的一名男子问我,是否有什么问题。

"我们可以钻出防空洞去上厕所吗?"我问。

他哈哈笑出了声。"除非不再拉警报,不然你们无论如何也不许出去。"

"那我们怎么上厕所呢?"我问。

答案是:你想怎么上厕所,就怎么上厕所。我母亲的解决之道,是一只大号铁桶,它被搁在防空洞的一个角落里,旁边还搁了几份杂志和报纸,主要用于阅读,但也兼作卫生纸。

"如果你能憋住不用这只桶,我会为你感到骄傲。"在摆放铁桶时,母亲告诉我,"只要我们钻进防空洞,你又没动这只桶,你就可以把当天要分给我的果酱吃掉。"当时,果酱堪称我的心头好,因此我从未用过那只桶。

"快点,玛戈。"母亲催道。我伫立在刺骨的寒风中,身上只裹着一条毛巾,绷着脸紧盯她,慢吞吞地跟在她的身后。母亲推开防空洞的瓦楞铁门,我们眼前赫然出现了奶奶的身影:她正蹲在防空洞正中,短裤褪到了脚踝，裙子堆在臀部，冲着地上的铁桶撒尿。

刹那间，就连防空警报也似乎突然没了声息，我的耳边只有奶奶的尿液溅在桶上发出的嘶嘶声。惨兮兮的灯光从防空洞顶投下来，我们可以看见尿液四散，在地上溅出星星点点。奶奶的脸定格成了一幅人像，像中人满脸惧色。

奶奶撒完了尿，又不得不四处摸索，想找几片报纸，毕竟，母亲和我根本没有动弹。奶奶拿起一张《每日电讯报》擦了擦身，抬脚跨过铁桶，穿上短裤。她拎起铁桶（桶里已经添了高达好几厘米的尿，不时轻晃，上面还漂着一条湿透的《每日电讯报》），小心翼翼地把它搬到防空洞的角落里。她没有抬眼跟我们母女对视，却在防空洞右侧的长凳上正襟危坐，又理平百褶裙，仿佛正坐在礼拜堂中。她从身边拿起一本小说，翻开，举到面前，一双眼睛却一眨不眨地瞪着远方。

母亲和我一句话也没有说，在奶奶对面的长凳上坐了下来。这时，我可以看出：奶奶的脸已经涨得通红。尿臭味在我的鼻间萦绕不去，母亲和奶奶恐怕也逃不过这一劫吧；毕竟，尿臭味已经活生生变成了这个小防空洞的第四名住户。

母亲轻拂着我湿漉漉的头发，哄我穿上她收在长凳下的备用连衣裙，那长裙本来就是应急用的。我的身上还没有干，防空洞里又冷得刺骨，我却没有抱怨。

"我还以为，"一片沉默中，奶奶又翻过一页书，开口说道，"你们出门了呢。"

母亲迎上了我的目光，我心里有数：如果我能忍住不笑出声，她会把整整一星期的果酱配额赏给我吃。

可惜，我依然笑出了声，母亲也一样。

伦妮与宽恕（一）

"您想我了吗？"我问。

亚瑟神父发出一声惊呼，听上去跟年高德劭的老神父很不搭。

"伦妮？"他说。

"我又来啦！"

亚瑟神父已经一跃而起，只手抚胸，毫无仪态地从靠背长椅间爬出来，喘得活像刚刚越过马拉松终点线。他吞了口唾沫，用沙哑的声音说道："没错，我看得出来。我年纪大了，知道吧，你可真不该这么吓老人家。"

"您想我了吗？"我又问了一遍。

他用手背抹抹额头，说："最近一阵，这里倒真有点安静。"

"您需要求医问药吗？"我问神父，"我入院好一段时间啦，多少学了几招。"

"不用了，谢谢。"

"我敢说，我可以给您打点滴。"

亚瑟神父转而问道："是什么风把你吹来了？"

"嗯，"我说，"可以容我坐下吗？"

"当然。"他指指靠背长椅上的一个座位，然后紧张地在一旁徘徊，直到我请他坐到我身旁。

"你还好吗？"神父问。

"当然不好。"我笑着回答，"我一直在思考宽恕的事。"

"真的？"

"《圣经》里有不少关于宽恕的故事，对吧？不是有个故事讲奶牛和藤蔓吗？还是一只不会干缝纫活儿的老鼠？总之，不管怎么说，我都不太擅长原谅他人，因为对我来说，遗忘并非易事。再说了，如果宽恕他人，你就享受不到复仇的快乐，在我看来，复仇可比宽恕快意得多。"我说。

"我明白了。"亚瑟神父绕着浑圆的肚皮交叠起双臂。我不禁暗自嘀咕：难道上帝是特意让所有神父都慢慢长成圣诞老人模样，以博得当地社区的喜爱吗？

"那您怎么看？"我问。

"看什么？"亚瑟神父说。

"这一切：宽恕、惩罚、救赎。"

"我觉得，你提出了一个有趣的观点：宽恕是基督为我们树立的表率之一，且其分量举足轻重。不过，我恐怕不太同意你那关于复仇的论调。"

"可是，《圣经》恐怕有一半篇幅都提到上帝之罚嘛，比如瘟疫、幽灵，还有鹦鹉？"我问道。

"鹦鹉？伦妮，我觉得……"亚瑟神父想了想，咳了咳，开口问道，"你到底是在哪里读的《圣经》，伦妮？"

"在学校。"我说。

"在学校。"神父重复一遍，"好吧。"

"嗯，是人家念给我们听的，知道吧，主日学校。我们被人领出教堂，一个个全都坐到地毯上，听人家给我们读故事。"

"读的全是《圣经》吗，还是他们有时候会读些别的书？"

"别的什么书？"我问。

"我说不清。"亚瑟神父摸摸下巴，"说不定是童话故事或者童书之类？"

"不，一向都只读《圣经》，那本书有金边嘛。"我说。

"好吧。"亚瑟神父看上去满脸狐疑。

"言归正传，再说说宽恕？"我问——还是给神父一点提示，把他拉回正轨吧。

于是，神父接过了话头："我恐怕不太同意你那关于复仇的论调：'复仇比宽恕快意得多。'另外，我要补一句，我衷心希望，我们这番谈话并不涉及你想要对我实施的任何报复。无论如何，或许在盛怒之下，似乎只有复仇才能平息你的怒火；不过，你或许会发现，随着时间的推移，宽恕对你才最为有益，最让你引以为傲。"

"可是，"我语速很慢，"我可能并没有好几个月或者好几年的时间来回顾自己的所作所为。我可能永远也等不到将宽恕引以为豪的一天。我活在当下，所以吧，难道我不该及时行乐吗？"

"你嘴里的'行乐'，指的是报复吗？"亚瑟神父问。

"算吧，在某种程度上。"

"伦妮，你能不能告诉我，你想要原谅的人究竟是谁？我知道不是我。"神父问。

"是吗？"

"是啊。"

"您怎么知道我已经原谅您了？"我问。

"因为你又来教堂了。"神父露出笑意，伸手朝空荡荡的教堂一指。

教堂没怎么变：地毯依旧脏兮兮的，屋角的电钢琴依旧罩着米色罩子，圣坛上依旧烛光摇曳，布告牌上的图钉依旧多过告示。或许，我正像一块布告牌：架势多过内容。手机里的联系人上限多过朋友。潜力多过现实。报复多过宽恕。

"嗯，你想要原谅的人究竟是谁？"亚瑟神父问。

"还是不要聊她的好，"我告诉亚瑟神父。"我已经好几年没见她了。"

"没问题。"神父嘴里说道，但我看得出，他很好奇。"话说回来，除了钻研宽恕话题，你还有什么别的乐子吗？"神父问。

"我交了一个新朋友。"

"那太棒啦！"他的语调中没有半点妒意。亚瑟神父果然配得上我的宽恕，亚瑟神父简直配得上《新约》版伦妮。

"您会喜欢她的。她……"我顿了顿，端详他的脸，"跟您年纪差不多。"

亚瑟神父放声大笑。"我先对此持保留态度吧，等到遇见……"

"玛戈。"我说。

"等到遇见玛戈的时候，再行揭晓。"神父说。

于是，我把事情一股脑地告诉了亚瑟神父：临时工小姐、美术课、玫瑰画室、玛戈，以及玛戈和我想在死之前留下画作的大计。

"麻烦在于，"我说，"如果还没有大功告成，我们就先嘎屁了呢？"

亚瑟神父摸摸鼻子："如果不是呢？"

我懂他的意思：或许，玛戈和我真能完成百幅画作。当然，如果我们俩在大功告成之前就双双嘎屁的话，那我们也无力回天。

"如果能帮上忙，"亚瑟神父说，"我也会帮你们说句话。"他伸手朝天花板一指。

"给人力资源部？"我问。

"我指的是上帝。"

我深吸一口教堂的空气——那是圣坛上凋零的花束的美与伤，地毯的霉味，靠背长椅上的灰尘。

"亚瑟神父？"我说。

"怎么啦，伦妮？"

"您想我了吗？"

"没错，伦妮。我很想你。"

玛戈与黑夜

格拉斯哥，克罗姆代尔街，1946 年

玛戈·麦克雷，时年十五岁

那颗炸弹从窗户投进我家时，正值午夜时分。炸弹将玻璃砸得粉碎，落在我父母的床脚。我父亲瞬间惊醒——毕竟，我父亲对战场还记忆犹新。他从床上一跃而起，在被褥里四处摸索，寻找着那颗炸弹，可惜屋里太黑了，他看不见。

"海伦，"他扯开嗓子高喊起来，"炸弹！家里有颗炸弹！"可是，她却一动不动。

我父亲心里有数：炸弹的安全插销定然已经拔掉了。他能听到"嘀嗒"声，心知轰天巨响即将到来，心知烧焦的面孔和双眼是多么凄凉，心知胳膊腿脚散落在地却无人认领，又是多么惨烈。在炸弹爆炸之前，他只有几秒钟。

我父亲从床上跃起，向炸弹扑去，竭力想用身体挡住炮火，护住他那熟睡的太太，护住隔壁房间的宝贝女儿。

紧接着，灯亮了。等到回过神来的时候，他正趴在卧室的地板上，背对着梳妆台，浑身大汗淋漓，怀中抱着我母亲的拖鞋。

嘶吼声和咣当声惊醒了我，我站在父母的卧室门口，在一片寂静中凝望着我母亲：她正凝望着我父亲。我暗自心想：也不知道他们两人是否有办法治愈父亲的心伤呢。

自此以后，他都睡在客厅的沙发上。

伦妮与宽恕（二）

玛戈看上去气定神闲，只等着我讲故事。她面前摆了一张草草画成的铅笔素描，我则一边画着自己的大作，一边琢磨故事该怎么讲。毕竟，我的故事背景基本都是瑞典语，必须确保措辞妥当嘛。玛戈身穿一件梅子色套头衫，看上去又暖又痒。我有点想穿，却又有点不想碰。

我的画不太拿得出手，不过，我还是在画中那张歪歪斜斜的餐桌上添上了最后一只餐碟。其实吧，现实中的那张桌子既不斜，也不歪，却十分笨重；它是一张光滑的深色木桌，介于长方形与椭圆形之间。桌上时常铺着一块白色桌布，桌布四边绣有精致的黄色花纹。不过，其实我家有着无数块跟它一模一样的桌布，如果哪块染上了污渍，我妈妈不会拿去洗，只会扔掉完事。一天，我爸爸发现了真相：家里好几个橱柜里，竟然藏着无数块一模一样的桌布，于是，那天家里闹得很凶。"不是钱的问题"，他在吵架时这样对她说，可惜我一直没有弄懂到底是什么"问题"，因为吵架的两人发现了楼梯上的我，又打发我回房间去玩。

我开口讲起故事，玛戈全神贯注地听着——真讨人爱啊。她双手合十，用湛蓝的双眸向我望来。

瑞典，厄勒布鲁，2002 年，凌晨二点四十二分
伦妮·佩特森，时年五岁

夜半时分，我被一声巨响惊醒。要怪就怪厨房那乱糟糟的橱柜，橱柜里的锅碗瓢盆恐怕都一股脑地摔到地上了吧。但在五岁的我看来，刚才的巨响必是惊天祸事：可能是炸弹爆炸，可能是汽车冲进了屋，可能是某个陌生人砸碎了一扇窗户，闯进我家，打算拿几块糖果哄我上他的厢型车呢（毕竟，学校刚给我们上了关于陌生歹徒的一课）。

紧接着，我的耳边又传来阵阵咣当声、刮擦声、碰撞声。

不管是在电影里，还是在小说里，好奇的小孩总会有麻烦。可惜，我根本没想过要乖乖躺在床上。从楼梯顶，我可以望见：家里居然亮着一盏灯，在远远的地方。再也听不见咣当声了，但我听到了另一种声响——嘶嘶声，以及切剁的声音。

我呆立在楼梯顶，竖起耳朵偷听，培根的香味缓缓地飘上楼梯，向我袭来。紧随其后，又飘来一股酸味，是橙子和洋葱吧。我一屁股坐到楼梯顶，侧耳倾听：烤面包机发出叮的一声，接着又是刮擦声，一声接一声。

我千方百计想象着楼下的"歹徒"：学校把我们召集起来教过我们，歹徒会身穿深色服饰。据校方声称，歹徒会设法让我们自己乖乖上钩，会给我们糖果、猫咪或玩具，又哄我们说，他的货车后厢里宝贝更多呢。他会哄我们跟在他身后，然后把我们推进货车劫走。我不知道接下来他还会出些什么招，但无论如何，似乎都不是什么好事。据校方声称，歹徒会想尽办法骗我们。但学校并没有提过，他会趁着夜晚偷偷溜进我家下厨。

我屁股着地，蹭下了一级台阶，接着又是一级台阶。我听见对方打开冰箱，瓶子随之发出一阵碰撞声，袋子发出一阵沙沙声。可能是装沙拉的袋子吧。我继续往下蹭，一级台阶接着一级台阶（爸爸曾经教我别这么蹭，因为这样会把地毯掀起来）。我终于来到楼梯尽头的时候，烤面包机再次"叮"响了一下，但对方按下了控制杆，我又听到了面包片卡入到位的声音。

我轻手轻脚地穿过餐室，半点也不觉得害怕。

只不过，眼前人却是她。身穿一件脏兮兮的白 T 恤，配着一条短裤。是我妈妈。

妈妈把一口平底锅放上炉灶，朝锅里打鸡蛋，又发出一阵哐当声。她的眼睛有点异样，好像真正的眼睛已经开小差给自己放了个假，留守的是一双赝品，只是暂时滥竽充数罢了。一股烟从烤面包机里蜿蜒腾起，焦味越来越浓。可是，我怕得不得了，不敢告诉她。

正在这时，我的耳边传来有人下楼的响动——我父亲身穿褪了色的睡裤，走了过来，站到我身边，一只手搁上我的肩，我们双双望着她。他的脸上有种神情，好像正在遥望远方大海中一个不会游泳的人。他心里有数：她正一寸寸往下沉，直至溺毙。

紧接着，火警报警器发出了尖啸。

我妈妈吓了一大跳，失手掉了木勺。她转过身，想找条毛巾挥开烟雾，却猛地发现了我们父女，于是愣在了原地。

次日晚上，耳边再次传来"哐当""咚咚"和"嘶嘶"声时，我用毛毯塞住了门缝，免得听到或闻到厨房上演的那场大戏。可惜，我依然躺在床上睡不着。到了早晨，爸爸叫醒我，还吩咐我不要把东西朝门缝里塞，以免埋下火灾隐患。

于是，那诡异的景象，迅速成了佩特森一家的日常。每到夜晚，我会竭力在大戏上演之前入睡，因为一旦大戏开场，她可能会连着下厨好几个小时。

每当清晨来临，爸爸总会过来叫我起床，抱起我，尽管我已经重得快让他抱不动了。他抱着我下楼梯，我可以闻到他脖子上须后水的味道。

餐桌总是一成不变：白色的桌布，配套的餐碟，餐碟上又摆着叠成扇形的芝士火腿、按颜色摆放的各种水果、砂锅里一排笔直的焦香培根、切成心形的白面包片。煎蛋卷煎得无可挑剔，上面厚厚一层浇头，隐约露出蛋卷夹着的辣椒和洋葱。除此之外，还有一只盛满麦片粥的大碗，旁边叠放着三只条纹碗。餐桌上方摆着咖啡罐和果汁罐，餐桌两旁的席次牌上用黑字写着我们的姓名。

随后，爸爸与我双双落座，他穿着一身西装，我穿着一身睡衣。

爸爸会从盛宴之中挑出一份早餐吃：一块煎蛋卷、几颗葡萄、偶尔加上几片酥脆冷培根、一碗麦片粥，或许再加一片心形面包、一层薄薄的干酪。不管他挑些什么，我都会照搬过来，就算整整一周他都没换食谱，就算我其实并不爱吃。我总得有样学样吧，而爸爸，就是我的榜样。爸爸也心里有数，因此他总挑果汁，不挑咖啡，好让我照着学。

她从来不跟我们父女一起吃早餐，一次也没有；她会待在厨房里。夏日里，她透过水池上方的窗户，朝外遥望我家的小花园。冬日里，她会遥望昏暗的屋外，呆望镜中自己的身影。我记得，曾经有几次，我想拉她跟我们一起吃早餐，却说不清正凝望窗外的她眼中是种什么神色。一位老师曾经告诉我，我的黑眼圈很厉害，结果我认定：那不就是说，我跟妈妈得了一样的病吗？有些时候，妈妈的黑眼圈甚至会在光下泛出绿色，总之，她那美丽的双眸似乎总少不了黑眼圈。当时我还认定，总有一天，我也会下楼加入妈妈的行列，在日出之前为那些越来越怕我的人们大办宴席。

有些时候，如果认定我没有留心，爸爸就会审视她，脸上的神情跟她首次夜间下厨那天一样，好像他想把快要溺毙的妈妈拉上岸，她却已经陷得太深了。每逢这种时刻，他的脸色便显得很阴沉。

她必定还是去看了医生，也许是自愿，也许是被逼的（也许是被她父母逼着去，也许是被我爸爸逼着去）。不过呢，应该不是我爸爸吧，他一向对劝人不在行。我快满六岁的时候，一天清晨，爸爸和我下了楼，竟然发觉餐桌上空空荡荡：既没有桌布，也没有一大堆吃的。只有我妈妈，瘫在餐桌上，头枕着胳膊，一头黑发与木头桌面几乎显得浑然一体。我以为她断气了，不禁抽噎起来，但爸爸告诉我，她只是在睡。从他的语调，我听得出来：这是个好兆头。"快点，小不点。"爸爸说着拿来麦片和碗，我坐到厨房料理台旁，他站到窗边，我们父女吃上了第一顿属于寻常人家的早餐。"你得原谅你妈妈。"他说。

我不知道该怎么回答，于是我说："好吧。"

"她之前身体欠佳嘛。"他说。

"那她好点了吗？"我问。

"也许吧。"爸爸把勺子朝麦片粥里一放，"她爱你，宝贝。"

玛戈·麦克雷的初吻

去找玛戈的路上，清洁工保罗和我冒出了一个念头：再去拜访一下那位凶巴巴、读《休闲》杂志的女士吧，恐怕会很好笑。于是，我们到了那位女士的病床边，保罗把帘子拉开；谁知道，病床上却空空荡荡。

一点也不好笑。

保罗又把帘子拉上，我们继续迈步去找玛戈，一路上都无法直视彼此。

"要是玛戈也不在人世了呢？"我们穿过通往"牛顿病房"的走廊，我一遍又一遍地暗自寻思。

尽管并未亲眼所见，我却仿佛可以望见玛戈的空床：她的名字被人从白板上抹掉了；她的旧书被人收拾装袋，准备捐给慈善机构；她的紫色睡袍叠得整整齐齐；她的拖鞋再也用不着了。

多亏保罗的工作证，我们才可以在医院里通行无阻，根本无须被人用对讲机盘问，甚至大可四处转悠，想进哪个病房，就进哪个病房。我又在心里暗自嘀咕：要不我也试试，给自己弄个工作证吧。保罗朝坐在护士服务台旁边的另一名清洁工友好地挥了挥手，对方没有搭理，我们俩径直拐进了玛戈所在的病房。

"不。"这时，我低声自言自语，生怕玛戈不见了踪影。

幸好，她就在我的眼前，正用圆珠笔在一页纸的背面画素描，纸是从字谜书上撕下来的一页，她画的则是一扇门。于是，我一屁股坐到她身边，等着。

格拉斯哥，克罗姆代尔街，1949 年
玛戈·麦克雷，时年十八岁

火车上那名随口向我示爱的清瘦男子，比看上去要年轻得多。他才刚刚二十岁，当初乍一眼看去，我还以为他已经二十五六岁了呢，或许该怪他身上那套西服。当时他正搭车赶往城里，去一家玻璃厂参加学徒面试。

他与我料想中的并不一样：我本来暗自疑心他有点无赖，谁知道，他却是个寡言的人，体贴、周到、肯用心。我曾在火车上告诉他，我从未收到过年轻小伙送来的花，惹得奶奶连声哀叹，结果他竟然默默地记在了心里，跟我第一次约会时，他就用丝带在我腕上系了一束粉色鲜花。

他与我并肩在格拉斯哥绿园漫步，却又没有挨到彼此。走到麦克伦南拱门时，他告诉我，每次他和弟弟托马斯从麦克伦南拱门下经过，他母亲都要逼他们许个愿。于是，我们双双走到拱门下，许了个愿，我暗自寻思：不知道他许下的愿望，是否跟我是同一个愿？或许吧，因为随后一周他就打来了电话，约我周日共进晚餐，他会在晚八点到我家接我。

我家衣柜门的镜子上贴着"书籍、音乐、圣诞节"几个词，向我提示着聊天话题——因为，我觉得自己恐怕用得着开场白。我使出了浑身解数，涂上母亲的紫红色唇膏。

母亲在我的房间门口走来走去，端详我。"想要件外套吗？"她问，"屋外很冷。"

学着奶奶的模样，我用一张纸巾抹抹嘴唇，然后摇摇头。

"我是不是早该见见他父母啦？"母亲问，"我是不是早该请他父母来喝茶啦？你单独跟他待在一起，安全吗？"

"妈，别说了！"

我母亲紧张兮兮的，害得我也紧张兮兮的，打开前门的时候，我发觉自己在微微颤抖。

强尼站在门口，却显得有点异样：他的微笑似乎很陌生。他散着鞋带没有系，衬衫上有一大团墨渍。

我心里有数，母亲正在打量他呢。不过，我也一样，而且不知怎的，我竟感觉如在梦中。在此人身后，另一个强尼正一溜烟沿着小径朝我家前门奔来。

"玛戈！"他跑得上气不接下气，"很抱歉。"

门阶上的年轻小伙咧嘴一笑——他酷似强尼，却不是强尼。他与强尼差别之细微，让人心惊。他们有着同样的眼眸、同样的鼻子、同样的头发，但门阶上的年轻小伙脸上带着一抹坏笑。

"这是我弟弟，托马斯。"强尼一边说，一边赶上门口的托马斯，狠狠一拳揍在他的胳膊上。我母亲倒吸了一口凉气，托马斯却咯咯一笑。强尼和托马斯并肩站着，我看得出来：强尼比托马斯至少高出 3 厘米，或许更高一些。

"实在抱歉。"强尼说，"我告诉托马斯我要来接你，结果这小子就想开玩笑，先赶过来了。"

这时，强尼一眼望见了我母亲，脸上露出笑容，却一句话也没有说。我母亲也一样。

"很高兴见到你。"托马斯伸出手跟我握手，脸上的笑容依然灿烂。"你真漂亮。"他说。

"滚蛋！"强尼嘘他。托马斯躲过强尼朝他脑袋挥来的拳头，风一般奔下街道，一路哈哈大笑，双手插在衣兜里。

"对不起。"强尼又说了一遍。

紧接着，尽管我母亲还站在我们身后的门厅里，强尼却探身向前，吻了吻我。只是匆匆一吻，但当他温暖的唇贴上我的唇时，我感觉滋味是那般奇妙，我感觉到——或许是酒劲吧。

"我们走吧？"强尼问。我点了点头，因为我根本说不出话来。他牵起我的手，我关上门，连望也没有望母亲一眼，我实在太不好意思了。

玛戈出嫁

"你父母结婚了吗?"玛戈问我。

"结了,我在妈妈肚子里就出席了婚礼。"

"那……他们现在在哪儿?"

"你要吃虫虫软糖吗?"

"你说什么?"

"红发护士在礼品店买给我的。"我把包装袋递给玛戈,她却摇摇头。

"软糖会粘掉我的假牙。"玛戈哈哈大笑,朝她已经画好的金色结婚戒指上添了几团浅色,又问我是否想听个故事。

格拉斯哥,克罗姆代尔街,1951 年 2 月
玛戈·麦克雷,时年二十岁

"玛戈要出嫁啦。"

母亲悄声自言自语。我们坐在厨房餐桌边,强尼和我坐在餐桌的一侧,母亲坐在另一侧。母亲噙着眼泪告诉我们,她很欢喜;母亲告诉我们,未来是如此、如此美好可期。

她递给我们一碟摆成半圆形的饼干,当强尼和我"嘎吱嘎吱"吃着饼干时,她又拜托强尼请他母亲来喝茶,好让大家见见面。她问强尼,他弟弟托马斯是否会做伴郎,他觉得他家里人最中意哪个教堂。她问我们,到底想在夏季还是秋季办婚礼,她是否该给婚礼早餐做三明治。

强尼竭尽所能一一回答。随后，母亲把外婆的结婚礼服给了我。"恐怕得清洗一下，但很适合你。"母亲说。其实，假如能博她一笑，就算身裹纸袋出嫁，我也会一口答应。

"我还可以给你做几副蕾丝手套。"母亲伸出手，握住我的手。我已经忘记握住母亲的手是什么感觉了，忘记了母亲的肌肤是多么柔软，母亲的触摸是多么清凉。

她的手换了个姿势，手指从我那只订婚戒指的金色戒圈上抚过。戒指镶着一块小小的方形祖母绿，戴在手上有种奇异的感觉。

"好漂亮的戒指。"母亲说。我垂头凝望着自己的手，竭力想象戴上另一只戒指的场景，那只允诺一生的结婚戒指。

"是我母亲的。"强尼接过了话头。紧接着，他又补上一句，仿佛刚才说漏了嘴："嗯，我的意思是，原来是我母亲的，现在是玛戈的了。"

"嗯，"母亲说，"你母亲人真好，把它给了玛戈。"

强尼冲我笑笑——有时候，一想到过不了多久，这名年轻男子将会见到赤身裸体的我，我便一时喘不过气来。

"对了，"我母亲开口提议，"要不大家喝点茶？"

她端起茶壶，朝家里最上乘的瓷器茶杯倒了些茶。每逢想让客人惊艳时，母亲才会搬出这套宝贝。我却对这套瓷器心有余悸，因为它会让我想到来看病的医生、一帮不好相处又跟我家不沾亲的"姑姑"，再加上我奶奶——苦于再也无法在我父亲身上找到宝贝儿子的影子，眼下，我奶奶已经搬回了海边自己的家。

母亲呷了一口茶，我只觉得一股负罪感涌上心头。是我辜负了母亲，把她抛下，身边只剩下我父亲。可惜的是，这便是人间常理。邂逅良人，共结连理——不就该是这样吗？当今年代，强尼追求我花的时间已经不算短啦。他和我坐在母亲厨房的餐桌旁时，克丽斯塔贝尔已经结婚快一年了，眼下住在澳大利亚，跟一个某次茶舞会上绊她一跤的士兵在一起。由此可见，克丽斯塔贝尔未来的丈夫并没有死在法国的战壕里；或者换个角度，她至少夺走了某人的丈夫。

"要不，等我们结了婚，我们干脆住在这儿？"我对母亲说。

可惜，这个法子行不通。

"不，宝贝。"母亲拍拍我的手，祖母绿映着日光闪闪发亮，"结了婚的小两口，得有自己的房子住。"

我点点头，心知再也无法博她一笑了。

母亲微微起身，准备把茶具托盘端去水池。正在这时，第五级台阶传来了一阵吱嘎声，宣告着另外一个人刚刚到场。

母亲停下脚步，瞥了瞥走廊，又坐了下来。强尼伸手捏捏我的腿。

我父亲走进厨房，光着上身，显得一脸倦色，肚皮耷拉在他那污渍斑斑的条纹睡裤的裤带上。

"玛戈要出嫁啦。"母亲一边说，一边向父亲望去，寻找着他的眼神，却发现他根本无心搭理。

他从水池里捞起一只没洗的玻璃杯，倒满一整杯水。

"我知道。"他说。

"是吗？"母亲问。

"小伙子求我应允婚事了嘛。"父亲朝强尼所在的方向挥挥手，却没有回头看我们一眼。

母亲对我们挤出一抹笑容。"嗯，那当然了。"她说，"你们竟然拜托家长应允婚事，实在太贴心不过。竟然如此守着老规矩，刚才是我失言了。"

"眼神茫然，逾越千里"——在一本关于"战斗应激反应"的书中，我曾经读到过这种描述。我父亲便会呆坐着，直勾勾地呆望好几个小时，一副"眼神茫然，逾越千里"的模样。他正呆望着楼下的花园，呆望那片曾是家庭防空洞的褐土；想当初，母亲、奶奶和我曾经一起守在那里，苦等死亡或者清晨的来临。

望着厨房窗边的父亲，我不由得心中暗叹：尽管他死活不让母亲和我把他的睡衣拿去洗，尽管他已经好几个星期没出过家门一步，尽管自从那颗炸弹进了我家，他就再没有在自家床上躺过一天，但强尼要一辈子牵我的手，毕竟还要他先行点头。至于此刻，我的手上，却已经戴上了订婚戒指。

亚瑟神父与三明治

亚瑟神父坐在办公桌边吃鸡蛋水芹三明治，一言不发。

"您竟然先吃面包皮？"我问。

"天哪！"

亚瑟神父吓得向后推了一下椅子，三明治的面包屑一不小心卡进了他的喉咙。

"伦妮！"他呼哧呼哧地说，整张脸涨得通红。

他咳了一阵，头埋在两腿间。

"我去叫红发护士！"我高喊出声。

我就快走到门口的时候，他有气无力地说："不用啦，我没事。"他又喘了一阵，拧开红色保温壶的瓶盖，倒了些茶。

"对不起。"我说。神父挥挥手，示意我回来，仿佛刚才我根本没有害他噎到。

他又喝了一口茶，抹抹眼泪，我则审视着他的办公室。办公室里有两个深色木质书架，上面摆放着《圣经》、歌集和各种文件。还有一张镶框耶稣像，像中十字架上的耶稣看似一脸倦色，相框玻璃的一角还粘着一张撕碎的价格标签。除此之外，有一张亚瑟与别人的合影，照片中的亚瑟穿着一件花得出奇的套头衫；另外一张照片里，是一只黑白相间的狗。

亚瑟神父办公室的窗户很小，百叶窗半开半合，板条上积了一层灰。我拉起一扇百叶窗，顿时望见了停车场。可是，事情讲不通啊：为什么停车场又在医院教堂办公室的窗外，又在玫瑰画室的窗外，还在玛戈病房的窗外呢？我刚入院的时候，医院大楼周边明明只有一侧是停车场，其余几侧覆盖着草地,零星散落着树木和长凳。医院的另一侧是高速公路,再往前则是一家名叫"大超市"的超市,恐怕只有赶上圣诞节或开派对的时候,你才会光顾那店。在超市的另一头,假如真能摸清门道,你会找到一座横跨克莱德河的桥。不过,或许这一切都已经成了前尘往事,取而代之的,正是宏伟的停车场。

"前几天我还读到,"亚瑟神父发现我正盯着窗外的停车场,于是开口说,"世界上的车居然比人还要多。"

"您真该掸一下百叶窗上的灰啦。"我告诉他。

我在那片灰尘上写了个"L"。

亚瑟神父咬了口三明治,我千方百计想要憋住,免得再去吓他一跳。

我在"L"旁边写了个"E"。

"依您看,如果耶稣当初有辆车,他会开着车到处逛吗?"我问神父。

一时间,亚瑟神父几乎又是皱眉,又是微笑。

"我的意思是,"我说,"这样一来,他岂不是就不用到处露面了?"

"我不太……"

"很奇怪,他竟然没有向耶路撒冷的民众知会一下汽车的事。知道吧,给他们预示一下未来,指引一下汽车的发明,帮他们走上捷径。"我说。

"你怎么知道他没有呢?"神父问。

我向亚瑟微微一笑,表示他答得很妙。

我只等神父再次开口,可惜,尽管我不准备再插嘴,他却一声不吭。我在百叶窗那片灰尘上写了两个"N"。

"说实话,伦妮,"亚瑟神父说,"我想象不出耶稣开车的场景,似乎太过怪异。"

"可是,当他重返人间的时候,如果他真要重返人间的话,难道他不想开车去某个地方吗?"我问。

"我……"

"依我猜,他也可以求搭便车。毕竟,谁又会对耶稣说不呢。"我说。

我在百叶窗那片灰尘上写了个"l"[4]，然后转过身。

"不过，话说回来，假如他穿得像个老乞婆，大家不知道他是耶稣，结果没人愿意伸出援手——毕竟这年月，谁还搭理要搭便车的人啊？到了最后，害他在 M1 高速公路上困了好几个小时，那该怎么办？再说，就凭他那把胡子和派头，看上去越邋遢，就越像个流浪汉，他要是迈步上路，说不定就会被警察带走，因为警察怕他是个'瘾君子'嘛。人家如果试图把他送进戒毒所，他又告诉对方'我是神之子'，但是根本没有人信。谁会信呢？于是，他说不定会被关进拘留所，跟一群自称耶稣的人待在一起，根本没人分得清谁才是真正的耶稣。"

一小片面包屑沾在了亚瑟神父的嘴角。他擦掉面包屑。"耶稣为什么要打扮成老乞婆的模样呢？"

"瞧瞧人们究竟是骨子里善良，还是因为他是耶稣，才对他好。"我回答。

"他必须打扮成老太太的模样，才能发掘真相？"

"是啊。如果对方心善，他就送对方一朵玫瑰。"

"那不是《美女与野兽》里的情节吗？"

"嘿，您才是神父，您说了算。"

---

4 Lenni，伦妮的瑞典语写法。

第一个冬天

格拉斯哥，教堂街，1952 年 12 月
玛戈·多彻蒂，时年二十一岁

1951 年 9 月 1 日中午十二点半，在借来的戒指与发颤的双腿见证之下，强尼·爱德华·多彻蒂与我结为夫妻。我母亲动不动就哭上一场，逮住什么由头哭什么。紧接着，强尼和我搬进了教堂街附近一间丁点大的公寓。

我在一家百货公司工作，强尼则已经结束学徒生涯，在"达顿氏"找到了一份工作。"达顿氏"是一家专攻窗户和镜子的玻璃制造商，倒是跟强尼很登对，因为对我来说，强尼既是一扇窗户，又是一面镜子。有时候，我只觉得一眼就能看透他，而有些时候，当我的眼神寻觅着强尼，或者当我的眼神落在强尼身上时，我却只看见自己的倒影。

他依然挺拔、清瘦、周到，但我心里清楚，我眼中的他已变了模样。当沉入梦乡时，他会呆呆地张着嘴，他爱用口哨吹一支曲子，吹了一遍又一遍。他不再那么引人入胜，他会跟我一起同坐好几个小时而一声不吭。他不再那么风度翩翩，当没办法把客厅的灯泡拧回原位时，他会张嘴骂人。我眼中的他也傻了几分，因为我亲眼见到，到了礼拜天，他会穿着不太合身的西服去教堂，头发梳成偏分，朝他弟弟托马斯的小腿踹上一脚，谁让那小子偷了他的赞美诗集呢。

每周日，强尼的母亲非要全家都去教堂，其中包括强尼的母亲、强尼的姨妈、托马斯、强尼和我。我们一家总是坐在同一条长椅上，也就是教堂右侧那一条，紧挨着圣母玛利亚怀抱圣子耶稣的雕像。为了赶上九点的礼拜，我们必须在八点二十分之前就座。

为了庆祝结婚一周年，强尼攒了一笔钱，以便让我们搭夜行列车去高地旅行。我们打包了吃的，准备在湖边野餐，谁知道出发时只有我们夫妻二人，回家时却成了"一家三口"。不正是人间常理吗：我出嫁了，孩子也即将出生。

直到12月，我才开口告诉强尼。其实，我根本没有开口告诉他，只让一条裙子说出了该说的话。那是一条用帆船图样镶边的白裙，丝绸质地，柔软而精致，男孩女孩都能穿。到了平安夜，当我用薄纸裹好这条白裙，小心翼翼地收进盒子里时，我不由得感到一阵心酸：从此以后，肚子里的宝宝和我，就将不再是只属于彼此的秘密了。此时此刻，世上知晓宝宝的人，只有我一个。而对宝宝来说，我就是全世界，宝宝的所听所感，全都由我而来。

12月25日早晨，强尼掀开那层薄纸，直勾勾地紧盯着盒子里的宝贝。我原本以为，我会望见他露出笑容；我原本以为，我会望见他由衷开怀。不过，那或许只是我"自以为"罢了。

于是，我和肚子里的宝宝等着他的回答。到了最后，他放下了白裙，走到我身旁，一把将我搂进怀中。他说，真是个天大的好消息，随后就坚持要跟我一起穿上外套，出门去告诉他母亲一声。

伦妮搬到了格拉斯哥

厄勒布鲁至格拉斯哥，2004 年 2 月

伦妮·佩特森，时年七岁

当时，我们还拍了一则视频呢：

我站在妈妈身旁，身穿一套恐龙睡衣，睡衣外面又罩着一件大衣，一只手拽着我的豆袋玩偶猪"笨尼"，另一只手拿着我的护照——现在，我已经不再是个小屁孩啦，因此家人准许我拿着护照上路。

"跟老宅挥手再见吧，伦妮！"躲在镜头后面的爸爸说。

我敷衍了事地照办了。

"来说一句，'再见，老宅！'。"爸爸教我。

我干脆直勾勾地盯着摄像机镜头。

妈妈在我身旁蹲下，伸出胳膊搂住我软绵绵的外套。"Hej då huset！"[5] 我们母女一起朝锁着的房屋前门挥了挥手。

妈妈和我钻进出租车的后座，镜头一路追随着我们。出租车司机似乎等得有点心烦；爸爸把摄像机递给妈妈，使出浑身解数给我系上安全带。

紧接着，画面一片漆黑。

机场候机室里，摄像机重获了生机：我爸爸俨然摇身变成了专业电影制作人，镜头一路扫过一家家打烊的商店：香水店、冲浪服店、天价零食糖果店。现在是凌晨四点钟，难怪家家店铺都已经打烊，有谁会在这个时段去买香水和昂贵泳裤？我妈妈在椅子上睡着了，她的肌肤白得

---

5 瑞典语，意在跟房子道别。

几近透明。即使犹在梦中，她也依然握着我的手。我坐在她身边，抽抽搭搭。

"别哭啦，宝贝！"爸爸说，我抬眼向镜头望来。

紧接着，画面一片漆黑。

从飞机窗口拍摄的起飞画面晃得令人难以置信；夜色昏沉，因此只能看见一片晃动的红点白点，随后又在屏幕底部消失了踪影。"我们出发啦。"爸爸对着镜头轻声说，好像那是他与镜头之间的一个秘密。他又把镜头对准了我：我紧搂住笨尼，鼻头紧贴在豆袋猪的鼻头上。

"不会有事的，宝贝。"爸爸柔声说。

摄像机镜头从前门一路扫到了客厅：客厅里摆满纸箱和行李箱，却偏偏少了些家具。爸爸嘴里说着"嗯，我们到啦！"，手里的摄像机则把整栋房拍了一圈：先是厨房（厨房的灯泡只有一个能用），再是浴室（前任屋主留下了桃色卫生纸和一台海马状浴室收音机），随后是带双人床的卧室（妈妈正在卧室里打开行李箱取衣服），最后进了我的卧室（我正搂着笨尼呼呼大睡）。

镜头转到了大约一星期后：我身上穿着新校服，从前门一溜烟奔进屋。出乎意料的是，在厄勒布鲁从未穿过校服的我，竟然对身上的蓝色套衫和蓝色百褶裙颇为自豪。

"伦妮笑啦！"爸爸对着摄像机镜头说，"第一天上学，感觉怎么样？"

我冲着镜头举起一根棒棒糖——那种粉黄相间、颇有嚼劲的棒棒糖。我看上去笑容满面，仿佛世上一切都不及此刻美妙。

"你是交了新朋友吗？"爸爸问。我张嘴想要回答，紧接着，画面变成了一片漆黑。

五月花

艾尔丝和沃尔特正在照着木制人体模型写生，那是皮帕放在我们桌上的。艾尔丝身边是一朵长茎白玫瑰，系着黑丝带，长得很大，恰似花枝上顶了一朵棉花糖。艾尔丝和沃尔特故意避开对方的眼神，但我敢打赌，在艾尔丝那雅致的妆容下，她必定红了脸。

看到白玫瑰，皮帕微微一笑，却什么也没有说，只在我面前摆了一个人体模型，又解释说，艺术家们就靠这些小玩意儿来揣摩人体比例呢。她还让我用毡头马克笔在我那个人体模型上画了一张脸。于是，我给他画上了一双大眼睛、一抹微笑。我又摆弄了一下模型，让他高举双臂，冲着对桌的人体模型挥手；我给他画上一双鞋，鞋带系成一个蝴蝶结，再画上时髦的衬衫和领带——权当他在追求对桌的人体模型吧。

一片寂静中，玛戈正潜心作画，画布上画满黄花。可惜的是，不管用英语，还是用瑞典语，我都说不出那种花叫什么名字，但它很美。画中是一片金灿灿的花海，好像只容她一人出入，只供她一人观赏。花朵密密匝匝，她的画布上只余下几处空白；花朵鲜艳夺目，仿佛正熠熠生辉。

格拉斯哥，圣詹姆斯医院，1953 年 5 月 11 日

玛戈·多彻蒂，时年二十二岁

他出生时是个大胖小子，胖得不得了，害我们带到医院的衣服一件也穿不进去。我母亲给他织了整整一衣橱的衣服，她的最爱是一条工装裤，

（强尼曾私下嘀咕："真到了夏天，孩子拿羊毛工装裤派得上什么用场？"）可惜的是，我们唯一能够套到大胖小子身上的是一顶黄帽子，可就连这区区一顶帽子，也只熬过了一小会儿，没多久就从胖小子头上掉了下来。

强尼找工厂老板达顿先生借了一部照相机，以备孩子降生的大喜之日使用。在玻璃厂，厂方每装一扇玻璃，就会拍上一张照片，还干脆贴满了整整一面墙，供顾客检视厂方的大作。据强尼称，此举有助于建立信心。借来的相机四四方方，比看上去重得多，带有拨轮和读数——之前，强尼曾经向达顿先生一口允诺，说他绝不会瞎摆弄。

"笑一笑。"强尼吩咐道。我照办了，搂着我们的宝贝儿子，小家伙裹着毛毯，身上只有尿布和一顶黄帽子。

我们给孩子取名叫大卫·乔治："大卫"取自强尼的父亲，"乔治"取自去年过世的国王。"出色的人生楷模"，当时，我们这么认为。此后，经多年反思，我却依然说不清这两个名字是否预示着不祥，毕竟叫这两个名字的男子都已经不在人世，而且都与战争有着不解之缘。强尼的父亲大卫死于 1941 年，而乔治国王，正是大卫效忠的君主。

我们的宝贝儿子大卫降生大约三个小时后，我母亲带着一束黄色康乃馨来到了医院。"四月雨催开五月花啦"，她说着吻了吻我的脸颊，康乃馨被我们母女夹在中间，散发出一丝芬芳与阳光的味道。

我父亲没有跟她一起来，他已经自愿入住了一家治疗中心，专治弹震症。他偶尔会给我们写信，最近一封信里压根儿没有提到他打算回家，结果我松了一口气，又不由得暗自感到内疚。

"笑一笑吧。"强尼再次告诉我们。我母亲伸出胳膊，搂住我。我低头凝望熟睡的大卫，小不点还在做梦呢。这个粉嘟嘟的小家伙，我是如此爱他，爱意深如大海。还有我的母亲，我也如此爱她——她也曾经生养过儿女，而且大多数时候，靠的是自己独力支撑。

"该你啦。"母亲说。强尼在我床边坐下，我把宝宝递给他，他忐忑地搂住孩子，好像他正搂着一摞边角锋利、尚未镶进窗户的玻璃。我们都笑了。

"再多拍一张吧，求个吉利。"我母亲说。

这一次，她只拍了我和大卫。我把黄色针织帽又戴到儿子头上，这便是我的孩子——一想到他是我儿子，是强尼和我的爱情结晶，我依然感觉非常陌生。我母亲这个照相生手摆弄着方方正正的黑色照相机，我朝它露出微笑，余光却瞥到大卫的黄帽子正越冒越高。闪光灯刚刚亮起，黄帽子便应声而落。

相片中的我面带笑意，而大卫，或许是被闪光灯吓了好几次，第一次睁开了眼。

那张照片，此刻还在我钱包里。

伦妮·佩特森的初吻兼唯一之吻

    海报中是克里姆特的名作《吻》，躺在玫瑰画室中我们的桌子上。这幅名作我曾在哪里见过，或许是在学校吧，不过，此刻我才第一次审视它。海报版本并不具备闪光效果[6]，画中的金色却依然如此热烈，仿佛金光会四散流溢。皮帕跟我们提起伴随克里姆特早期作品的那些丑闻，又提起相形之下，这幅《吻》是多么备受追捧。画作体现的是一对相拥的恋人。

    可惜，我半点也不同意，我也不信其他人都是睁眼瞎：画中的女子明明已经咽了气。

    女子的秀发簪着花，她紧闭双眸，尽管男子正在拥吻她，她的脸上却没有一丝表情。她脚边的树叶缠绕着脚踝，正将她拽向大地花海之中，而那里，才是她真正的归宿。大地就要将她埋葬，而他死活不肯放手。他的吻是一种企盼，盼望着佳人未逝、挚爱犹在。

    于是，我动笔画起了画，用的是毡头马克笔，谁让笔筒里的马克笔看上去魅力难挡呢。我一边画，一边把故事讲给玛戈听。

格拉斯哥，阿比菲尔德中学，2011 年
伦妮·佩特森，时年十四岁

    据学校传闻，我们班的英国文学老师曾在毕业舞会上吻过一名学生。我反正不太买账，毕竟邻校还有一则猛料，号称某科学老师曾在生物用

---

6 原作因使用了金箔，有闪光效果。

品橱柜里跟学校学生做爱呢，教学所用的人体骨架就眼睁睁地在旁围观。在我的脑海中，上述画面简直挥之不去：伴随骷髅骨架那空洞而震惊的笑容，一对缠绵的恋人在忘我地翻云覆雨。

我一度对这位英语老师起过疑心。有次在讲解《罗密欧与朱丽叶》的课上，我对他的怀疑指数顿时爆表。当时，他一屁股坐到我跟一个陌生女孩同坐的课桌边，装出不经意的口吻问全班学生："你怎么知道某人该吻不该吻？"全班被他问得一头雾水，沉默了片刻。

"你怎么知道某人该吻不该吻？"——整整一年，他反复问起该问题，仿佛对多年前某一吻遭受的评价还窝着一肚子火。结果，他每问一遍，我的脸就会红上一次，部分原因在于传闻居然有可能属实，这一点实在很好笑；但主要在于，我不知道答案。因为，我还从来没有吻过任何人。

或许，人人都对初吻有着种种憧憬。不知道什么原因，我总认定，我的初吻会发生在一棵树下，至于男生的面孔、发型与外表，却都通通无关紧要。在我的想象中，那棵绿树总会苍翠繁茂，我们二人脚下带露的草丛总会青翠欲滴，而我，则总会光着一双脚。

虽然已经设想出了如此逼真的一幕，我却从来没有打算付诸行动。我才不会去一家家青翠的公园里闲逛，到处找人上演"初吻"大戏呢。

因此，当事实证明，我的初吻（也是唯一一吻）跟想象中的场景半点也不搭时，我不禁吃了一惊：现实版本根本没有绿树，也没有青翠的草丛嘛。

有一次，去别人家开完派对以后（都怪邻居报警，害得家庭派对不得不收场），在回家路上，不知怎的，那群开恩准我当跟屁虫的女孩突然冒出了一个念头，认定溜进学校操场会很有趣。平时避之唯恐不及的地方，现在我们倒非去不可；毕竟现在是课下时间，大家又被从爸爸酒柜里偷来的调味朗姆酒灌得一个个醉醺醺的嘛。总之，到了最后，大家在防火梯下开了个狂欢派对（若是十二个醉醺醺的少男少女用手机外放"鼓打贝斯"电子舞曲也算得上是个派对的话，因为当时的盛况便是如此）。

当时，我对那个男生并没有什么兴趣。他并不招人厌，可也并不让我着迷，对我的吸引力也就跟桌椅板凳有一拼吧。不过，当时我和一帮死党在派对上跳舞，他紧贴在我的身后，把一只手搁上我的后腰，又问我是否愿意跟他走，于是，我跟他走了。结果一出科学教室，那帮狐朋狗党嘘声四起，扯了一堆"未成年就被搞大肚子"的瞎话，言犹在耳，男生却已经把湿漉漉的嘴唇压上了我的嘴，我竭尽全力配合他。

狂欢派对收场后，我光着一双脚回了家。之前，其中一名女生借给我一双高跟鞋，可惜我穿上没法走路——还在别人家里开派对的时候，我去上洗手间，就听见有人拿这事取笑我。后来"初吻"大戏收场，我脱下高跟鞋还给她。"等到周一上学的时候，你再还给我就好。"她对我说，但我告诉她，反正我无论怎样都会光脚走路回去，所以不如现在就还她。女生们个个瞪大了眼睛，紧盯着我那双没穿鞋的脚。或许，她们都觉得很怪吧，于是我归还了高跟鞋，独自一人沿着铺满碎石的人行道回家，光脚踏上水泥地面。拜漆皮尖头高跟鞋所赐，我的脚趾还在发麻，因此就算一脚踩上了利器，我也感觉不到。其实吧，冷冰冰的地面很不赖，既舒缓，又宜人。

我从后门溜进了自己家。

妈妈正趴在厨房餐桌上，呼呼大睡。

"妈妈？"我说。

我把她的一绺头发拢到她耳后，又从盛着面包屑的餐碟里帮她撩起发梢。她的那杯茶已经凉了，奶沫在马克杯正中耸出了一座"小岛"。

要不，弄点动静出来吧，让妈妈醒醒。于是，我把凉了的茶倒进水池，又把面包屑倒进垃圾桶。

她连动也没有动一下。她深吸一口气。

我把黄油放回冰箱，拧上果酱瓶盖，转过身，审视了妈妈片刻。她微微耸着肩膀，看似十分平静，但事实上，她已经再度有了黑眼圈。自从妈妈提出离婚，我们母女搬出爸爸的宅子，她就已经再度落入了病魔的利爪之中——那曾在诸多不眠之夜死缠着她不放的病魔。那黑黑的眼圈，好似团团瘀青。

"今天晚上，我吻了一个男生。"我告诉她。

她没有动，没有搭理。

"是我的初吻。"我说。

她埋头继续睡觉。

"跟我想象中的场面不太一样。"我说。

我察看了一下厨房门是否已经锁好；我把脏盘子和马克杯放进水池。

"我本来以为，至少会感觉有点心动；谁知道，只感觉很怪。他的嘴唇湿答答的。"我说。

她又深吸一口气，沉睡中的她睫毛微颤。

"我还以为，初吻多少有点分量。"我关掉厨房的灯，拿起自己的包。

"不过，其实也没什么要紧吧。"我说。

她略微动了动，枕在手臂上的头抬了抬。不过，她依然没有醒。

"只是想告诉你一声，"我说，"今天，我给出初吻啦。"

跟她讲过之后，我顿觉心里轻松了些。

我关上厨房门，上楼就寝。

至于此刻，靠着一支妙不可言的毡头笔，我的初吻恐怕将永存于世：画中正是月色笼罩的科学教室，我还添上了点睛之笔，也就是窗中的人体骨架，虽然据我所知，当时它并未在旁目睹……除此之外，初吻事件过后的周一，英国文学老师把一条腿跷上我的课桌，又开口问了一遍："你怎么知道某人该吻不该吻？"当时，我的回答跟以前一样（现在也一样）："谁知道呢。"

玛戈与海滩上的男子

清洁工保罗从蛇形刺青讲起，历经好几个走样的迪士尼角色、超大凯尔特十字，最终讲到了身上的黑桃 A 文身。"这枚文身嘛，我根本说不清来历，"他介绍道，"当时我去了个单身派对，动身前往餐馆的时候，我的肩膀上一枚文身也没有，可等大家回到酒店，我身上就多了黑桃 A。"

"你喜欢吗？"

"不喜欢。还好文在肩膀上，这样一来，除非在镜子里照后背，不然我看不到它。"

"估计你也不会常照镜子。"我说。

"确实不会。"保罗一边说，一边拉下马球衫的衣袖，"至于这枚文身，它是我的最爱。"他扭过左臂，臂弯赫然文着一个小宝宝，长着棕色的双眸，脸上只有一个酒窝。

"是我的宝贝女儿。"保罗说。宝宝刺青下方，龙飞凤舞地写着一个名字——"萝拉·梅"。

"文得真像！"我说。

保罗咧嘴一笑，掏出钱包，取出一张几乎一模一样的照片。"我跟山姆说……"

"山姆？"

"那些迪士尼角色都是他的手笔。"

"哎哟。"

保罗笑了。"不管怎么说，当时我给山姆敲警钟，告诉他'这次你可不能搞砸了，拿出你的真本事来！'。"

"嗯，这次他倒算是过关。"我评道。

"没错，位列他的杰作之一吧。"保罗显得无比自豪。

"萝拉多大年纪？"

"三岁。她就出生在这家医院，知道吧？"保罗说，"真是我生命中最骄傲的一天。她想让我文个小熊刺青，所以我打算在她四岁生日的时候去文，多半会文在小腿上，我的胳膊已经文不下了嘛。"

正在这时，保罗的对讲机里传来一阵吵闹的静电声，接着有人说了几句，听不太清楚，但口吻显得十万火急。

"哎哟！"保罗一跃而起，"来吧，麻烦精，赶紧送你去玫瑰画室吧。"

大家一起到了玫瑰画室，玛戈卷起紫色羊毛衫的衣袖，凝神遥望窗外的停车场。"伦妮，想想看，当年我伫立在那片海滩的时候，你的父母可能还没有出生呢，更别说你了，真怪呀。"

她动笔画起了画。白纸，黑炭。

苏格兰，特伦海滩，1956 年 11 月
玛戈·多彻蒂，时年二十五岁

他提议去沙滩上走一走，我根本连回嘴也没想过，虽然窗外正雨雪交加。

海滩上杳无人迹。沙滩另一头，高高的草丛正在与疾风搏斗。我们静静坐了片刻，遥望汹涌的海浪将黄沙卷入万里汪洋。

"我要离开了。"他说。

刚开始，我以为他在说笑，却立刻发觉他流下了眼泪。

"我要走了，"他说，"我必须抽身。"

风呼啸着向我袭来。我端详他的脸，寻找着阳光。可惜，我没有找到。

我们还住在租来的公寓里，住处又闹又挤，邻居又养小狗又爱吵嘴。不过，雪上加霜的是，隔壁住户还有了孩子。宝宝的尖叫声直透墙壁，传到我们的卧室，我们夫妻默默无言地躺着，竭力管住自己，免得一溜烟冲出门去哄人家的宝宝。

他和我沿海岸线一步步走着，并未手拉手，但距离近得肩挨着肩。我的鞋深深地陷入沙滩中。跟我们租住的公寓相比，沙滩的空气要冷得多，却没有那么让人憋闷；狂风绕着我们呼啸而过，卷起我的头发，拂过我的面孔，将怒吼的风雨灌进我的嘴、我的耳朵。为求自保，我的手紧紧地握成了拳；总之，我已经再也感觉不到自己的双手了。怕是要高喊出声，才会有人听见我们吧，只不过，"高喊出声"跟我们两人都不搭。强尼和我，又怎么会是大喊大叫的人呢。因此，当他终于喊出声时，他必定是再也忍不住了。

"我真的做不到，玛戈，你……"他住了嘴，"我实在待不下去了。"他伸手抹去眼泪，出于本能，我不禁向他伸出了手。

"为什么待不下去？"我脱口高呼，呼声盖过惊涛骇浪。

他停住了脚步，一动不动，世上的暴风一股脑地向我们袭来。

"他长着跟你一模一样的眼睛。"强尼轻声道。

玛戈露出哀伤的笑意。

我闭上双眸，想象那一幕：我与玛戈，双双伫立在海滩上，十一月刺骨的寒风刮过我的肌肤，吹进我的晨衣和睡衣，而我遥望着年轻的玛戈。她身穿一件棕色外套，坐在沙滩上。她在哭泣，劲风却卷走了一切声息。我把粉色拖鞋伸进湿漉漉的黄沙中，又朝身侧猛地一拉，沙粒画出了一道弧线，绕我周身一圈。至于眼前的玛戈，她的一头黑发在风中飘扬，看上去跟平时的她大不一样。她把头埋在裙间，弓起双腿，我向她走过去，伸出了手……

"你会没事的。"我说。

"谢谢。"她露出微笑，我们顿时回到了玫瑰画室。画室里其他同学仿佛对玛戈和我视而不见，根本没有搭理我们。沃尔特和艾尔丝忙着埋头涂抹，真不知道他们是否一直在偷听。

玛戈拿起炭条，涂黑了画中悬崖顶上的草丛，又从袖子里掏出一张纸巾，却没有拿来擦鼻涕、擦眼睛，而是用它认真地在炭笔强尼人像的边缘抹了抹。画中的强尼高而瘦，露出后背，因此看不见正脸。

"所以，他就扔下你一个人孤零零照顾孩子？要是换成我，我一定会气炸。"我说。

"不，事实并非如此。"玛戈回答。

"但他确实甩手走人了？"

"对。"

"那孩子上哪里去了呢？"我问。

亚瑟神父与摩托车

　　亚瑟神父坐在教堂一角的电钢琴边，敲了一下琴键，发出一声沉闷的琴音。他又敲一下琴键，接着按下两个键。听上去不太悦耳。他叹口气，站起身。

　　"继续弹呀，好听。"我说。

　　"上帝啊！"亚瑟神父跟跄着，一屁股坐回琴凳上，伸出一只手捂住胸口，"真是弄不懂，你怎么能悄无声息地溜进这扇门呢？"

　　我走到电钢琴旁边。

　　"您弹琴吗？"我问。

　　"不弹。刚才我在掸灰，突然兴起想弹一曲。其实，我有点纳闷教堂里怎么会有琴，本教堂明明没有琴师。"

　　我挨着神父坐到琴凳上，敲出一声琴音。听上去，琴音仿佛隔着一层毛毯。我又弹了几下。

　　"等到退休以后，您可以去学琴嘛。"我说。

　　神父合上琴盖。"也许吧。"他说。

　　"退休不就是为了去做那些你一直想做但又一直没胆做的事，对不对？"

　　"也就是说，我该去骑摩托？"神父问。

　　"您要是身穿那套'裙装'，还能骑上摩托吗？"我问。

　　"那不是什么'裙装'，伦妮。"

　　"不是吗？"

　　"不是！以前我就跟你说过，那叫法衣。"

"那身长袖的长袍？"

"没错，伦妮。那是法衣，不是'裙装'。"

一时间，我不禁深陷想象中的一幕，住了嘴：亚瑟神父竭力想要掀起长长的法衣骑上摩托，同时还要谨防仪态不雅。随后，他头戴老式风镜，骑着摩托绕城兜风，长袍随风乱舞，身后紧跟着一群骑哈雷的神父。

看上去，亚瑟神父有点伤感。"其实，退休以后，我就再也用不着法衣了。"

"您去做园艺不好吗？那您的长袍就再合适不过啦——又可以防日晒，又不会挡住风。"

"我可不会穿法衣做园艺！"亚瑟神父说。

"不会吗？"

"那是圣袍。"

"是吗？"

"对！除了宗教职务，其他任何场合我都不会穿。"

"太可惜了，因为我敢打赌，当睡袍穿肯定会很舒服。"

"我宁愿穿睡衣。"神父说。

亚瑟神父从电钢琴旁站起身，迈步穿过教堂。彩色玻璃窗上的五彩斑斓洒遍教堂的地毯，神父踏进那片五彩时，有那么一会儿，他也被染上了五彩。

"伦妮，"神父一边说，一边从长椅上拿起一本《圣经》（必定是某人留下的），"跟我讲讲你的百年故事吧。"

我又掀起琴盖，同时按下了最高音和最低音。"玫瑰画室的墙壁上记着数呢，我们已经有十五幅了。"我说。

"棒极了！"神父说，"玛戈怎么样？"

我从左至右接连按下三个键，琴音一声比一声高。听起来不赖。

"她身体还好，"我说，"很擅长画画。要是我早知道她画技如此出色，我恐怕就不会答应把我的画挨着她的画挂出来，落到大家眼里了。"

"伦妮。"从我身后某个地方，神父柔声道。

"所以，我就把每幅画的故事都写下来，弥补我缺乏艺术天赋的遗憾。"

我又按下三个小黑键。

"她是个什么样的人？"亚瑟问。

"我从来没有见过她这样的人。"我告诉他。

我飞快地敲着琴键，奏出的乐声仿佛铃儿叮当作响。

"依我猜，她的孩子死了。"我说。

第二个冬天

格拉斯哥，圣詹姆斯医院，1953 年 12 月 3 日
玛戈·多彻蒂，时年二十二岁

"你家先生不见了。"护士在门口停下脚步，开口对我说道，显得气喘吁吁。她的话传到了我的耳边，她的话也仿佛化作了一团团黑与白，从我的眼前飘过；我甚至可以感觉到她的一举一动。护士迈步向我走来，我只觉得眼前金星直冒。

我伸手掩住一只眼睛，点点头。

"你没事吧？"护士边问边凑近了些，声音有点发颤，"我的意思是，你的眼睛没事吧？"

我点点头，依然用一只手掩住眼睛，心里催她赶紧走。她却又凑近了些。"你的眼睛不舒服吗？"她又问一次。

我转过身，只盼护士离开，可惜没有如愿，而我一时间也想不起该说些什么话催她走。

护士在我面前屈膝俯身，我感觉到她带起了一阵风，扑上了我的面孔。

"看着我。"她吩咐道，于是我照办了。我的眼前不再是护士的嘴和下巴，变成了一片空荡荡的灰。"眨下眼睛。"她吩咐道，我又照办了。尽管护士近在咫尺，我却感觉她远隔千里。

"拜托，请用眼神跟着笔尖移动。"她吩咐道，于是我竭力照办，可惜总是很难跟上那支笔。

"医生？"护士的口吻很平静，但我从中听得出一丝担忧。

一名男子的身影走了过来，站到护士身旁。"她看不见。"护士告诉医生。

"我没事。"——我本来想开口答复，谁知道话一出口，却显得缓慢而拖沓，我说不出"事"字，只好说了个"四"字。"我没四。"[7]我说。——我明知道事情不对劲，却又找不到补救的办法；我张开嘴想再说几句，却又不知道该说些什么。

医生饶有兴致地哼了一声，又把刚才护士的检查步骤重复了一次。跟护士一样，医生的面孔在我眼前也显得残缺不齐：本来该是前额和下巴的位置，眼下成了一团灰，而我能够看见的些许景象，也显得闪烁不明。

医生吩咐我张口、闭口、扭头、把姓名告诉他。我的姓名明明就在嘴边，可惜，我无法说出口。我想告诉医生和护士，别管我、我没事、我的时间很宝贵，可惜，我无法说出口。

不知道从什么地方，"中风"两个字像毒蛇一般钻进了我的耳朵。

"中风"，其实跟"中毒"二字相差不远，只是以前我从未留心。这个念头在我脑海中挥之不去，一遍又一遍，仿佛我在记下自己的电话号码，仿佛我自觉日后它会派上用场。"中风"与"中毒"，其实相差无几，为什么我从来没有留意到呢？

"你觉得不舒服吗？"医生问。

我摇摇头。我在撒谎：胃酸的味道已经涌进我的嘴里。假如还记得该如何开口的话，我早就开口问大家要杯水喝了。

"中风"二字再次像毒蛇一般钻进了我的耳朵，在我耳边回响。中风，中毒……中风，中毒……

"不，"医生的口吻显得十分笃定，"更像是偏头痛。""偏头痛"——听上去很空洞，仿佛是某种外语。我千方百计把这三个字拆开，以求听懂。偏——头——痛。

"孩子的病情怎样？"医生问。

---

7 "四"字表示玛戈口齿不清，非错别字。

"顾问医师说，撑不了几个小时了。"护士回答。

"女士，"医生开口说道，我感觉有件东西搭上了我的左肩，可能是医生的一只手吧，"依我看，你患上了眼型偏头痛，你以前有过这些症状吗？"医生说。

我摇摇头。

"可能是压力引起的。我可以给你开点止痛药，但这种药会让你犯困，你可能会睡着。鉴于……嗯，目前的情况，你愿意让我开药吗？"

"没必要。"我挤出几个字。"没必要"——听上去真像"没病了"哪，或许，两个词本就没什么不同。

"我理解。"医生说，"你可能会觉得很想吐，如果真要吐的话，那边有个痰盂。其他症状可能包括：厌光、神志不清。如果病情有变或者症状恶化，你得提醒我们一声。"

我点点头。

"我会告诉工作人员，让她们继续寻找你先生。"医生补了一句。

他从我的肩头抬起了手，对护士飞快说了几句，可惜的是，要理解我刚刚听到的这些话，实在太费力了。

"需要的话，随时找我。"护士说。我听到她拉上了帘子，于是我向前探身，想要摸摸床边到底在哪里，这时，我的指尖感觉到一阵刺痛。

我的前方，躺着一个宝宝。我的宝贝。道别的时候已经到了。

"大卫。"我说。我已经忘记了如何把话说利索，却偏偏没有忘记他的名字。靠着残存的视力，我可以看见：他睁开了一双小小的眼睛，脸色依然苍白，小身子裹在婴儿睡衣和毯子里，抬头凝望着我。他眼中望见的会是怎样的一幕啊：他的母亲，伸手掩着左眼。我心中暗想：不知道小宝贝是否还记得我们玩过的躲猫猫游戏，不知道小宝贝是否认为我们正在玩躲猫猫。

我实在不知道，该如何跟一个孩子道别。当初，我不知道；现在，我也不知道。因此，我跟大卫聊起了天。我谈起他将要度过的一生，他将要穿上的校服，他将要沐浴的夏日阳光，因为每逢夏日，我会带他去公园嘛。我谈起他将如何去一家蔬果店打零工，最终把这家店买下，自己当老板；我谈起他将如何邂逅一位来买菠萝的年轻姑娘，然后双双坠入爱河，结为夫妻，而我会戴上一顶黄帽子出席婚礼；我谈起他膝下会有三个吵吵嚷嚷的儿女，随着他年岁渐长，孩子们会去店里帮忙，他会用苹果教孩子们数数。我轻声告诉他，他的一生将何等幸福；我轻声告诉他，等到我鬓染白霜的时候，他又会来探望我——这时，他的眼神落在了我身上，一动不动。

我在他身旁躺下，吻了吻他的脸颊。它是如此柔软，恰似海绵。不管是我吻他的脸颊，还是挠他的下巴，都已经成了他最心爱的游戏之一，因此我躺在那儿，吻着他的脸颊，一遍又一遍。我告诉他，我对他有着不灭的挚爱：我将永远爱他，贯穿我的余生，直至永久。

我眼中闪烁的一团团灰变得越来越大，直到我的眼前成了一片灰，直到大卫甜美、熟睡的小脸消失了踪迹。我合上眼睑，向神明恳求——假如冥冥之中真有神明聆听人间疾苦的话。

我轻抚大卫的小脑袋，好让他笃定，妈咪还在他身旁；也让我自己笃定，宝贝儿子还在我的身旁。我伸出一只手，搁到他小小的胸膛上，感受着呼吸带来的一起一伏。他的心脏明明跳得比我的还要有力，怎么可能会出了问题？我极不情愿地闭上双眼，任由泪珠落到胳膊和衣袖上。我轻抚他的头发，亲吻他的脸颊，又给他讲起关于这个世界的故事，讲起飞禽走兽、丛林与星辰。

等到我一觉醒来，偏头痛已经消失无踪。

大卫也已离开了我。

伦 妮

"伦妮，你能听见我说话吗？"

"伦妮，拜托说句话呀，亲爱的。"

"伦妮？"

我平躺在床上，耳边人声嘈杂。

"不会有事的，伦妮，我们在你身边，千万别紧张。"

第二回

伦 妮

　　每逢全身麻醉，我总能遭遇最逼真的梦境，逼真得不得了，以至于以前总有人赖我，说我是在瞎诌。我记得曾经把一个梦告诉某国某家医院的某女孩，可她死活不买账。至于眼下这个梦，则堪称奇观，而且似乎一梦梦了好久好久。梦中有一只章鱼，我们成了情比金坚的朋友，章鱼是紫色的，梦中的一切都显得光明又离奇。而且，我可以听到最动听的乐声。

玛戈与日记

嗨，伦妮，我是玛戈。

我已经开始想你了。

红发护士昨天到我的病房来过。她说，在被推进手术室之前，你拜托她把日记给我。她说，你一天到晚都在记日记，她自己很有可能已经被写进了日记；她说，你想让我给你写上几篇。

真是不胜荣幸。不过，我必须先说一声，这本日记算是先放在我这里吧。假如大小姐你是要赠书给我，我可万万不接。

手术你会泰然处之，我心里有数。你天不怕地不怕嘛，我却正好相反。

不过，等到你术后醒来，先听个故事吧：

本周，在玫瑰画室，我画出了我真心挚爱的第一个住处。如同最出色的人物角色一样，它绝非一尘不染、一身正气。

那幅画画得很一般。我明白，原来教我画画的那位老师会说透视有问题，画中的屋顶给人一种朝后歪的感觉，但我还是很满意。记忆中的那个我，活在那间小公寓的我，其实更像你，却不太像我。

一切始于苏格兰，跟迄今为止我的所有故事一样。

格拉斯哥至伦敦，1959 年 2 月

玛戈·多彻蒂，时年二十八岁

我二十八岁时，双亲只剩下父亲在世，母亲在我二十六岁的时候已撒手人寰。她去世以后，我一度感觉自己成了孤儿。弹震症一口口吞噬了我父亲（这种病眼下又有了别的名称），直到他根本不许我跟他同坐。但当那通电话打来时，我依然坐到了他的身旁。我父亲已经咽了气，但我仍然赶到医院，坐到他身旁，竭力记下他的面孔。我低声说了句"抱歉"，愿他安息，心中涌起丧亲之痛。眼前是我在世上的最后一个血亲，最后一丝牵绊，最后一抹余烬。而他却已经咽了气，消失了踪影，湮灭了行迹。

父亲过世，固然令我心酸，同时却又是一种解脱。我已经无牵无挂；我是一个失去孩子的母亲，一个失去丈夫的妻子，一个失去父母的女儿，身家单薄，四海漂泊。

天下之大，去哪里不行呢？我顿时醒悟：我大可以从头来过——直到我一脚踏上尤斯顿火车站脏兮兮的站台，下定决心找到我的丈夫，我在世上仅存的那个亲人时，才突然感觉心中的一线希望被"哗啦"泼了一盆冷水。

我找人的第一站，是去找警方。时值清早，我在火车上过了一夜，却依然感觉很昏沉。我用舌头舔舔牙齿，只觉得嘴里发涩——结果呢，因为觉得嘴里发涩，我又忍不住想要舔牙。我已经吃了半包薄荷糖，可惜，嘴里还是有味。我迎着日光走出火车站，望见一排排汽车和红色巴士、推搡着赶去上班的人群，顿时感觉手中的行李箱是我在世上唯一的牵绊。

我找了个愁容不展的戴帽男子问路，打听最近的一处警局。在好几条一模一样的街道里兜了几圈以后，我终于到了警局。我迈步走进去，路上一步也不敢停，生怕自己会打退堂鼓。

警局里有一排脏兮兮的椅子，一个秘书模样的人物坐在一张办公桌旁边。刚才在火车上，我就一直在脑海里练习台词："我叫玛戈·多彻蒂，想找一位失踪人士。是我的丈夫，强尼。"

"你丈夫怎么会凭空不见了呢？"我敢打赌，警方首先就会问这个问题。

事实证明，我错了。警方一开口，根本没有问我问题，倒是吩咐我找个地方坐下，填写表格。

于是我找了个地方坐下，但要填的表格让我不堪重负。我叫什么名字？——这一条我答得上，可我的住址呢？就目前而言，我所在的地址是伦敦霍尔本警察局，可我究竟住在什么地方？算是住在我刚搬出的那个格拉斯哥公寓吗？我和失踪者究竟是什么关系？我和失踪者究竟是否为夫妻？话说回来，我们两个人，还算是夫妻吗？假如他撒手离开以后，又跟别人结婚了呢？我最后一次见到失踪者，究竟是什么时候？什么地点？如果回答"数年前，在海滩上"，能否算是过关？不然的话，这个答复是否一点用也没有？失踪者长什么样？强尼是否依然身材清瘦？他是否依然留着中分发型？我为什么要来伦敦找他？

我只能答出最后一个问题：因为多年前，他曾经躺在我的身旁，双手抚上我的小腹，说趁孩子还没有出生，他想见识一下伦敦。谁知道，我们一直没有动身前往。

我的手心里冷汗直冒，钢笔也失手落到了地上。我捡起笔，在裙子上擦擦汗湿的手。我向接待处望去，想瞧瞧是否有人愿意搭理我，那里的人却摇了摇头。

我又琢磨着再回答几个问题：都是些我本该一清二楚的资料，可惜我答不上来，比如他的身高、病史、工作。就我能提供给警方的丁点信息而言，强尼对我来说，跟陌生人也相差无几吧？

"你在干吗？"有人开口问我。我根本没有发觉身边有人，但她竟然就在眼前。是个比我年轻的女子，虽然也没小几岁，身穿一件蓝绿相间的图案连衣裙，一头金发看起来已经好几天没有洗过了，通身却有一股泰然自若的气度。

"呃，我……"

"你的袋子里藏了些什么宝贝？尸体吗？"她哈哈大笑，又伸手在眼睛下方抹了抹——她的妆容在睫毛下面晕成了两道黑线。

"是毒品吗？"她问。

"不，是……"

"炸弹？！"她问道，接着放眼环顾等候室里紧盯着我们的一群人，又朝我凑近了些，低声说，"难道真是炸弹？"

"不是！"我答道，再次失手把笔掉到了地上。

"给你。"女子把笔递给我，又把一绺头发拢到耳后，手上的无数手镯叮当乱响，"不好意思，吓了你一大跳。"

"你没有吓我一大跳。"我说。尽管女子并没有吓到我，我却突然有种想哭的冲动。我好累，我刚刚痛失至亲，正在填表寻找一位失踪人士，却又对他知之甚少。严格来说，他其实也算不上"失踪"，只是我不知道他的下落而已；他的母亲已经过世，他的兄弟搬了家，没有留下新地址。一个曾经许我共度此生的人，一个让我牵肠挂肚却又毫不牵挂的人。

见到我这副模样，金发女子抬了抬眉毛。

我没有领会她的意思，因此含糊了一句："是的。"

她在椅子上朝后一仰，交叠起双臂。她身材很苗条。她伸手抚过一头金发，用一根手指绞起其中的一绺。

我又埋头填起了表格。我知道强尼的生日——好歹算是过了一关吧。接下来是个条形框——"报案缘由"。表格还空着一半呢。我不情不愿地朝框里写下一句"因为我找不到他的下落"，接着就发觉这个答复似乎显得不太正经，于是又匆匆划掉了。

"你在干吗？"身边的金发女子再次低声问我。她身上有股香水和烈酒的味道。

"我……"我一时难以解释，于是把写字板上的表格亮给她看。

"失踪人员报案。"她念出了声，又扬起双眉。"谁失踪了？"她问。我刚要回答，她又问一句："不是你失踪了吧？那倒是妙得很！自己报案声称自己失踪，接着人间蒸发……天哪，真是妙计，哪天我也演这么一出好了。"她的眼眸熠熠生辉。

"是我丈夫。"我感觉自己仿佛是好几天来第一次开口说话。

"噢。"金发女子道。不知怎的，我把前因后果告诉了她，算是说了个大概吧，只省去了故事中一个至关重要的小家伙。

"你想你先生吗？"我讲完以后，她问道。

"说不清，"我说，"我只剩下他这唯一一个亲人了。"

"可是，等你找到他的时候，你愿意待在他身边吗？"

"不，我……"

"你想跟他同住吗？"

"嗯……"

"你愿意被他定义吗？"

"定义？"

"没错，知道吧，你大老远跑这么一趟，就是为了他。你目前的人生目标是他，他定义了你。"她似乎被惹得生了一肚子气。

"我只是希望找到某个贴心的人而已。"我告诉她。但话一出口，我立刻悟到：这便是真相。

"那就把这条写到表格上。"她对我说，"要是警察明白，找他是件十万火急的事，他们一定会下力气去办。"

空荡荡的表格回望着我，一时让人难以揣摩。

"报完案，你准备干吗？"

"我不知道。"我告诉她。

"你有没有落脚的地方？"

"没有。"我感觉自己的脸越来越红。

"你胆子还真大。"她说——真不知道她说得对不对。

"我不知道。"我又重复一遍，感觉到泪珠已经涌进了眼眶。

"你想知道我为什么来警局吗？"金发女子问。我没有答话，但她随后就告诉了我三件事。首先，她在等她的朋友亚当，这家伙刚刚闯进一所大学的动物实验室，因此被关进了牢房。其次，她在等结果，瞧瞧自己是否会因同一个罪名被捕。最后，要是问题一和问题二都能够顺利解决的话，她可以给我一个过夜的地方。

紧接着,她劝我干脆撕了报案表格,"解放"自己。乍听之下,我以为"解放"自己是个跟床笫之事有关的俚语,结果过了好久,我才得知,所谓的"解放"自己,其实是劝我对离家出走的丈夫放手,别一味地跟在他屁股后面追,不如跟他挥手道别,祝他一路平安。

问题一和问题二所花的时间比我们两人预料中都长得多,我的手一直搁在报案表格上,直到我的掌心出汗弄湿了纸张,表格随之皱了起来。一名被偷自行车的男子和一名警察先后被我的行李箱绊了一跤,嘴里又是骂又是凶我。

等到亚当被解开手铐、放出牢房的时候,我那位刚结识的同伴欢呼了一声,结果被押解亚当的警察喝令噤声,又被呵斥了几句。警察把亚当的随身物品还给他,接着又勒令他滚蛋。

"蒙冤受屈的人出狱啦。"我的新同伴说,"难道不该庆祝一番吗?"——真不知道她是否用上了莎士比亚的名言。"这位是亚当。来见见流浪天涯的苏格兰姑娘,玛戈。"她说。

亚当跟我握了握手。我的手上还有汗,我留意到他不露声色地在牛仔裤上擦了擦手。

熹微的晨光中,我们三人迈步走上街道。

"噢,"金发女子开口说,仿佛发现刚才遗漏了,"我叫米娜。"

我们已经离开警察局,在街上步行了好一会儿,我才回过神来:我手里还拿着写字板和报案表格呢。

"哦,我竟然没想起来!"我拔腿赶回警察局,但米娜紧跟着我,就在警察局外,她伸出一只手攥住我的胳膊,拦住了我。

"你在干吗?"她问。

"我总不能偷警察的东西吧!"

"写字板可以还给他们,但这玩意儿不行。"她取下写字板上夹着的表格,"交给命运吧。"紧接着,她把报案表格揉成一团,紧紧地攥进手中,扔进了垃圾桶,气势大得不得了。

伦妮与玫瑰画室

玛戈一溜烟地向我奔来，快如一团紫色旋风。她一把将我紧搂进怀里，我闻到了她身上的薰衣草香味。

"你还好吗？"我问她。

我感觉到她点了点头。

"小心一点啊。"红发护士给我们敲警钟。可惜，已经太晚了，玛戈正紧贴着我刚缝合的伤口呢。

"我好想你！"玛戈说。

全班的眼神齐刷刷地落到了我身上。不过，我才不会分心，我一心关注着玛戈在我手术期间画出的油画和素描。画得真棒，我忍不住用上了粗口。我赶紧道歉，但玛戈似乎并没有介意。其实吧，今天我大可为所欲为，却不用挨罚，因为我好歹没有死掉，玛戈实在很开心。

皮帕向全班讲解了一番，教他们用蓝、绿两种颜色在抽象画中表现汪洋大海（正是本周的油画主题），教完以后，她径直走向了我。

"伦妮，"皮帕说，"我可不会抱你。"她伸手指指身上溅满绿色颜料的围裙，"你感觉怎么样？"

"非常好，谢谢。"我说。

"这么说，再也没事了？"她又问一句。我点点头，没有多嘴，连一个字也没有提到手术。皮帕的问话只是出于好心，不过，大家总爱刨根问底，不肯放过半点手术细节，这毕竟让人有点恼火。确切地说，相当于打听当事人死翘翘的程度吧。

"嗯，你回来就太好了。"皮帕微微一笑。

皮帕走后，玛戈的目光迎上了我的眼神。我感觉得到：玛戈刚把一句已到嘴边的问话咽下了肚——她想要问起的那两个人，曾经跟我一起见证过无数精心准备的早餐盛宴。玛戈本来想开口发问，但她知道，我不会回答。

那天，玛戈和我笔下的画并不重要。那天，玛戈和我所讲的故事也不重要。真正至关重要的是，我又回到了玫瑰画室，而玛戈就在我的身边。

伦妮与丰收节

红发护士坐在我的床尾，坐在她最心爱的位置。跟其他护士不太一样，其他护士有时候会摆出一副哄我的姿态，别别扭扭地装作不经意，结果却常常显得太假。红发护士才不会装作很自在，她是真的很自在。她干脆顺手拿来一个多余的枕头，垫在床脚的围栏上，以免被围栏硌着后背。她蹬掉了高跟鞋，舒舒服服地坐了下来，盘着腿，开襟毛衫搭在手臂上。她已经拉上了帘子，这样一来，我们至少无人打搅；或者换句话说，能免掉多少打搅，就免掉多少吧。

她依然留着一头红发，红得恰似坦格牌樱桃汽水，却比我们刚见面的时候长了一截。从我们初见时算起，到底有多久了？我不知道。一想到坦格牌樱桃汽水，我不禁有点馋；我好留恋汽水冒着泡卷过舌尖的滋味，留恋去报亭买汽水的那些时光啊。

红发护士把一缕樱桃红色的秀发拢到耳后。她要我交代一切，半点也不许漏；她要我告诉她，我如何评价她的看护功力。其实吧，依我看，她是想知道她算不算是个合格的护士。于是，我告诉她，假如要评本院最得我欢心的护士，那非她莫属。

"你觉得，你还会回去吗？"她问。

"回瑞典？"我想了想，"应该不会吧。"

"你妈妈还在那儿，对吧？"护士问。真不知道红发护士刚才用的是哪里的方言；假如我出生在英国，恐怕就能听出来了。

"没错。"我答道，"不过，正因为她在瑞典，我才不会回去。"我留意到红发护士的脸上掠过了一抹忧色，害她的笑容有些尴尬。"如果我回瑞典的话，肯定不是为了去找我妈妈，可我又明知道她住在那里，所以不去找她也不行。如果哪个黑发女子从我身边经过，我会忍不住望望她的面孔，看看是否酷似我妈妈。到了最后，虽然不是出自我的本意，但我还是会去找她，我可不想沦落到那种境地。"

红发护士张开嘴，想要问几句话，但我先开了口。"不管怎样，"我说，"如果能出院，我有好多地方想去呢。"

"你想去哪儿？"

"巴黎、纽约、马来西亚、俄罗斯、芬兰、墨西哥、澳大利亚、越南。照以上顺序一个接一个地前往，然后再来一遍，一遍又一遍，直到我死掉。"

"为什么要去俄罗斯？"

"为什么不呢？"

"我可不想去那儿，"她说，"我可没胆。"

"我也没有！"

红发护士凝望着我，目光如此专注，我只好避开眼神。

"伦妮，"她轻声说道，"你是我见过最有胆的人。"

"你怎么这么说呢？"

"实情嘛。"她回答——于是，这一刻，红发护士与我灵犀相通。

"绝症跟有胆是两回事。"我回答，"只是碰巧罢了。我算不上有胆，只是还没死而已。"

红发护士伸直了双腿，这样一来，我的腿和她的腿就会并排放着，好像并行的两道铁轨。今天，她倒是穿了一双配套的袜子，是粉色的，印着纸杯蛋糕。真不知道出了医院，红发护士会过什么样的日子呢——会住什么样的宅子，开什么样的车，有什么样的袜子抽屉。

"我还是觉得你有胆。"红发护士轻声道。

"如果你去俄罗斯一趟，那我也认定你有胆。"我告诉她。

她从衣兜里掏出一个小小的红盒子，是一盒葡萄干。她掀开盒盖，用一根手指头硬塞进盒里，掏出一颗皱巴巴的葡萄干，再塞进嘴。

"你男朋友人品怎么样？"我问她。

红发护士说，她跟男友是在网上结识的。"他是个建筑工，"她说，"幽默得很。"

"我敢打赌，俄罗斯人会爱死他。"

有些时候，除红发护士外，我也会跟其他女护士打交道；她们个个有名有姓、有血有肉，可惜她们来了又去，让我记不住。她们不长一头红色秀发，太没有个性；她们对我跟对其他病患一样好，让人感觉堵心。到了深夜，她们可从来不会在我床上吃葡萄干。我确实没去查实过，但我敢打赌，她们不穿纸杯蛋糕花纹袜。当然，我不怪她们——人家是看守，我们是囚犯，若是跟我们走得太近，铁窗内外的界限可就没那么分明啦。

总之，红发护士走后，另一名护士给我送来一沓捐赠的报纸和杂志。我径直读起了《今日基督教》，以便下次拜访亚瑟神父时有话可聊。文章标题声称，将给我带来"丰收节的信息"，封面则印着几个小孩，在一排食品罐头后面露出满脸的笑容，看上去酷似《耶稣诞生》剧，只不过圣婴被换成了菠萝罐头。

医院教堂的圣坛上，会不会被亚瑟神父摆满了豆子罐头呢？不然的话，假如大家捐赠的全是医院提供的吃食，教堂里就会摆满塑料托盘，托盘里装着隔夜的牧羊人派、大米布丁和橙味营养饮品。但话说回来，假如亚瑟非要靠去教堂的人们捐吃的，那恐怕除了我，就没人给他捐吃的了。必须帮亚瑟一把——我再次意识到。还是去找找他，帮他筹备丰收节吧；或许，我还可以召集一帮孩子，拍几张跟金枪鱼罐头的合影呢。

自从做了手术、梦见章鱼以后，有些事似乎变得越来越棘手。刚才，我问服务台的护士是否可以去教堂，谁知道她们两人先聊了片刻，你一句我一句又提"感染"，又提"免疫系统"，最后干脆打发我回了病床。

一开始，我乖乖听了护士的话。但大约过了一小时，当我坐在床边，

130

一边回想梦中的紫色章鱼，一边呆望《今日基督教》的封面时，我猛然悟到：我哪里还有时间乖乖听话？我哪里还有时间？——于是，我的心中涌起了一股冲动。

我走到服务台。杰姬的一张臭脸对上了我的一张臭脸，她开口说："拜托别说给我听，伦妮，我们今天真的忙死了。"

"她想要干吗？"莎伦一边问道，一边在手臂上把夹克叠起来。

"她想去教堂。"杰姬说。

"噢。"莎伦翻个白眼，拿起马克杯和便当包，走了出去。"明天见，宝贝！"她朝身后的杰姬喊道。

莎伦一走，杰姬向我转过身。"你该回床上去了，伦妮。"

"可我快死了呀。"

杰姬迎上我的目光。

"可我快死了呀。"我又说一次，她却根本没有搭理。

现在是白天，医院里到处熙熙攘攘：清洁工们忙着把乱糟糟的被单枕套推到洗衣房，上年纪的患者在走廊里锻炼腿脚，前来探病的访客急匆匆地赶到医院来，却没有料到医院的温度直逼热带的气温，而自己身上穿得实在太厚。

"我活不了多久了。"我提高了音量。杰姬连看也没有看我。

"刚才我跟你说过，今天没人有空带你去教堂，本病房还有十五名患者需要照料呢。别再丢人了，乖乖回床上去吧。"作为一个烟鬼，杰姬有点显老，嘴边的一圈肌肤有点发皱，但依我猜，反正她的肌肤之下，恐怕也就只有花岗岩，只有硬邦邦的石头，焐也焐不热，照也照不亮。假如褪下她的皮囊，只怕能在那块花岗岩上刻名留念呢。

照理说，我确实可以回病床。可惜实际上，我的脚仿佛重逾千斤，根本抬不起来，不听我的使唤。我的身体已经明确表了态，难道我不该站到它那一边吗？我们是一拨的嘛，至少有时候是。

"这个话题我们稍后再聊。"杰姬说。这下可好，偷瞄我们的人更多了。

"我想见亚瑟神父。"我说。

杰姬环顾四周,寻找着援兵——某个路过的医生也好,另外一名护士也行。

"没得谈。我手头有一大堆事情要处理。"杰姬说完,又埋头应对起了电脑上的表格。点击、拖拽,点击、拖拽,连点几下删除。"哈哈,你犯了个错。"我暗自心想。

杰姬估计是在指望,假如她一直不理我的话,我就会滚蛋。可惜,我实在没法滚蛋。她又点击拖拽了几下,尽管她紧盯着屏幕,我却看得出来,她在用余光瞄我。我呆立在原地,心里暗自寻思:作为一个有着浅色头发、身穿粉色睡衣的小屁孩,我的形象跟恐怖片里的小鬼头应该有一拼吧?杰姬又点了几下鼠标,敲了几个字,我却只管等着。

终于,杰姬扭过头望着我。这一次,她的眼中似乎喷着怒火。"要是你不马上从这里走开的话,我就叫保安来了,知道吧?"

"我也不想赖在这儿,我想去教堂,见亚瑟神父。"我回答。

"我跟你讲过了,让你等着。"

"我没有时间等!"我泄气地吼了一声,引得一对路过的父母留意到了我们。

"说实话,伦妮,我也没有时间。"杰姬说,"我可没空陪你演狗血闹剧。"

"可你确实有时间啊。"

"你说什么?"

"你说不定还能活四十多年呢。嗯,要是你接着抽烟的话,可能会再活二十五到三十年,但你在世的时间依然比我长。"

未经我点头同意,一滴泪已经涌出了我的眼眶,滚过我的脸颊,落到地板上。要是它能一路向远方滚去,滚啊滚,滚啊滚,一直去到教堂,找到亚瑟神父,告诉他有人管着我不许乱跑,那就好了。

"闹够了吧。"杰姬说。她拿起电话,按了三个键。她等着,我也等着。又一滴不听使唤的眼泪落到地板上,紧随它的同伴。

终于，有人接起了电话，杰姬开口说道："请派保安到五月病房，有个病患在护士站闹事。"她又等了片刻，断然说了声"好的"，接着搁下话筒。我一声不吭。

她整理着桌上的文件，"咔嗒"拔掉一支绿色荧光笔的笔盖。她用荧光笔在文件上做起了标示，我敢打赌：她不过是装装样子，好显得我一点也没有让她烦心。

"现在我可以去教堂了吗？"我问杰姬，"要是你忙不过来，我可以自己去。"

"这可不是给你演'伦妮秀'的地方。"杰姬说，"我知道，有些员工格外优待你，但你其实跟其他人没什么不同，反而是你给大家惹了双倍的麻烦。"

"不，我没有。"可惜，我没有证据反驳。

"搞笑吧。"杰姬低声道。

又一滴泪夺眶而出。

保安迟迟没有赶到，而我已经开始恨杰姬了——恐怕医院保安也一样吧。保安迟迟不来，倒是件好事，免得杰姬恨不得马上赶我走。于是，我赖在护士站里，连泪痕也不肯擦。很显然，杰姬也有同样的想法，她又拿起了电话。"没错，我是五月病房的杰姬，"她说，"我叫了保安……"

这时，供访客、工作人员和五月病房其他病患使用的门铃响了起来。一个高挑的身影进了门，身上穿着保安制服，看上去绝对不到二十五岁。

我的眼泪再也管不住了，一颗颗泪珠滑过脸颊，滴到我的睡衣上。谁知道，我的鼻涕也紧随其后，从上嘴唇直往下淌。

"嘿，"来人说，"你……没事吧？"

"我想去教堂见神父。"我说。

"你是哪位？"杰姬凶巴巴地对他说。

"桑尼尔，但大家都叫我桑尼。"他伸出手，握了握杰姬的手。

"是我叫你来的。"杰姬说，"这个病人在我这里闹事呢。"

"我想见我的朋友。"我又说一次，眼泪啪嗒啪嗒地从我的脸上滴落。

保安的眼神从我身上落到杰姬身上，又落回我身上。"我带她去吧。"他用爽朗的口吻说。

杰姬看似气得冒烟。

"不行，"她说，"她必须乖乖等着。我已经让她乖乖等着了。"

保安似乎显得一头雾水。"小菜一碟嘛。"

"我们总不能为她一个人破例吧？"杰姬用荧光笔的笔盖抵住掌心。

"还有其他人想去教堂吗？"保安问，"我可以把所有人一起带去，我不介意。"他微微一笑。

通常来说，陌生人若是心狠，我绝不会难过；但陌生人若是心善，对我却是灭顶之灾。当桑尼再次问我是否没事，又说我想去哪里他都会带我去时，我简直好想哭。

"我叫你过来，是想让你陪这位病人回病房。"杰姬说，"如果你办不到，我会找别人去办。"

保安瞥了我一眼，似乎不太愿意对我动粗。他朝我迈近一步，开口说："这么来说，小姑娘，能麻烦你陪我前去你的病房吗？"

我点点头，抽抽鼻子；我迈步往前走，保安迈着轻快的步子走在我身后。真是不夸他都不行：这样一来，病房里其他人还以为是我在给他领路呢。

我走到自己的床位，依然可以望见杰姬和护士站。她正抻长脖子，打量我是否乖乖回了屋，那样子活像一只苍鹭在绿草里捉虫。我一屁股坐到床尾，杰姬心满意足地转过了身。

保安拉上帘子，以免杰姬望见我。"别泄气啊。"他说。

等到终于鼓起勇气，把帘子拉得严严实实时，我灌下了大半壶水。我不想又躺到床上，因为我不想赖回安乐窝。赖回安乐窝，意味着投降。我才不要让杰姬认定（虽然她根本看不见我），我已经乖乖听了她的话，绝不到处跑了呢。

我呆坐了一两个小时，竭力破解刚才流泪之谜：是因为刚才我的计划泡汤了？是因为我没能见到亚瑟？是因为杰姬不在乎我的死活？还是因为我确实就快死翘翘了？不然的话，刚才我掉下了眼泪，或许是因为我活在一个人人都身患绝症的地方。

紧接着，帘子另一头有人轻声开口，打破了寂静："伦妮？"

"亚瑟神父？"我问道。

"是我。"他小声回答。

"亚瑟神父？"

"怎么啦？"

"您进来啊！"

他蹑手蹑脚地进了我的隔间，仿佛正在上演"二战"任务模仿秀。

"一位年轻保安去过教堂，"神父低声说道，"很明显，五月病房有个病人很不开心，因为院方不许她去见神父。"神父别别扭扭地在床边徘徊，露出一抹微笑。"依我看，这家医院只有一个人会特意想方设法来见我，非你莫属，伦妮。"

"我只是想聊聊丰收节。"我告诉他。

"丰收节？"神父皱起了眉。

"我在杂志上读到啦。"

"可丰收节在 9 月……"

我低下头，望望床头柜上的《今日基督教》封面。亚瑟神父一定也发现了它，他伸手拿起那本杂志，瞥瞥封面上的日期。

"也就是说，现在不是 9 月？"我问。

"不是。"亚瑟神父吐字很慢，脸上露出担忧的神情。

我哈哈大笑，他也哈哈大笑。不过，我的眼泪再次夺眶而出，我根本来不及忍住。

"伦妮，"亚瑟神父说，"怎么啦？"

"我也说不清了。"

他递给我一块黄色手帕。我还从来没有在现实生活中见过有人用手帕呢，只在电影里见过。黄色手帕高举在神父与我之间，恰似一抹春日的幽魂。

"手帕很干净，"神父说，"我保证。"

我接过手帕，展成四四方方的模样，把脸埋了进去。手帕很吸水，闻上去有股教堂的味道，感觉好像是我把眼泪抹上了教皇某件质地最为上乘的法衣下摆。

"谢谢您过来一趟。"我的声音听上去有点闷。

"我相信：做朋友，理当如此。"神父说。

玛戈与一瓶酒

　　米娜与我想象中截然不同。护理中心最近又送来几包玛戈的物品，玛戈从中找到了一张照片：照片中的米娜显得飘然出尘。跟我想象中的米娜相比，真人的金发更耀眼，肌肤更白，双眸更圆，双耳有种精灵气质。

　　玛戈把照片摆到我们中间的桌子上，接着画出了世上最为翠绿的一瓶酒。

伦敦，1960 年 3 月
玛戈·多彻蒂，时年二十九岁

　　我父亲去世时，那是严冬，又暗又冷，严酷无情；不过，邂逅米娜区区数日内，我就厚着脸皮搬进了米娜的卧室兼起居室两用的出租屋，害她室友劳伦斯十万火急地打包了自己的行李。那是盛夏。自从邂逅米娜的那一天，我就已经一脚踏进了暖融融的夏日。

　　我们正准备出席一个家庭派对。我坐在地毯上，千方百计对镜涂着睫毛膏。那是一面从镜框里掉下来的镜子，目前被架在壁炉上，因此米娜和我好歹算是有个地方化妆；另外，托镜子的福，还能挡住从破烂壁炉里钻进来的风。时不时，有只鸽子的咕咕叫声会沿着烟囱传到屋里。

　　米娜在放唱片，可惜，唱针总会卡住。迈克尔·霍利迪刚刚唱到"每当你映入眼帘，眼前便有流星闪耀"，一阵吱嘎声就让他闭上了嘴。与此同时，我也失了手，一不小心把睫毛刷刮上了内眼睑。我猛眨着眼睛，眼泪一涌而出，黑色的睫毛膏顺着脸颊淌了下来。我叹了口气。

"玛戈，你上次觉得开心是什么时候？"

搬进公寓一周后，米娜问了我这个问题，我答不上来。最先想到的一幕回忆，是跟克丽斯塔贝尔一起狂奔。只是一味地拔腿狂奔，我记不起当时是从哪里出发，也记不起到底要去哪里，只记得我们一路狂奔一路欢笑，直到喘不过气来。咔嗒，咔嗒，我们的凉鞋一路叩击着人行道。

"你玩得开心吗？"此刻，米娜问我。我向她扭过头：我一定是被自己的表情出卖了吧。只要派对人一多，我就会很紧张。米娜的朋友我认识不少，但也并非全都认识，不禁感觉自己一脚误入了他人的生活。我本该在格拉斯哥某间空荡荡的教堂里，跟一群痛失孩子的母亲一起聚会，用手帕蒙头痛哭，手里还紧攥着大卫的小熊。

"给你。"我的眼前出现了一只酒瓶。"喝点吧。"米娜劝道。

我接了过来。瓶身不厚，玻璃上有水果花纹，带有西班牙语标签，瓶内是我见过的最碧盈盈的酒。

"这是什么？"我问。

"不知道。"米娜回答。

"那你干吗买它？"

"我没买，是教授给我的。"

教授是米娜的上司，因为米娜在医学院当打字员。米娜有个好友，也在一所大学当打字员，她给我介绍了伦敦图书馆的一份工作。据米娜声称，她给教授干活，是为了收集医学院做动物实验的信息，但米娜的死党亚当在另一个派对上亲口告诉我，米娜已经在医学院待了好一阵子，该摸透的底细早就摸透了。说完，亚当挑挑眉，迤迤然走开了。

米娜转头修起了唱片机，我拧开酒瓶盖，小心翼翼地抿了一口碧盈盈的酒。尝上去，仿佛世上所有梨子的精华都被融进了这瓶酒。

米娜等待着。我又喝了两大口。

米娜爬到床上，伸手拍拍被子，好像我是一只小狗，她正召我过去挨着她坐。她跟我面对面，我们盘腿而坐，膝盖差一点就要挨着膝盖。"好，闭上你的眼睛。"米娜吩咐。有那么一会儿，我没有听她的话。米娜的蓝眸光彩熠熠，再加上那对精灵般的耳朵，使她显得分外调皮，即使她只是微笑，也像是在暗中使坏。

她拉开化妆包的拉链，我闭上了眼睛。

米娜似乎朝我凑近了些，我感觉到，她的睫毛贴上了我的脸。

她用纸巾擦掉我眼帘下的睫毛膏——纸巾上带有一种膏状的东西，闻上去有一股薰衣草香。我感觉到，她在我的眼帘涂了眼影，在两腮打了胭脂。她的化妆刷很软，我不禁微微发颤。

紧接着，米娜在手袋里乱翻一气，又在我脸上继续涂抹。一开始，我感觉她似乎在帮我画眉，后来却感觉眉笔从眉毛绕上了眼周，绕了一圈以后，从脸颊上方往下画出了笔直的一道。

"你到底在干吗？"我问。

"别动。"米娜说。于是，我照办了。我感觉到，她用一支蘸湿的化妆刷在刚画成的图形中细描，可惜我已经全然摸不透她的意图。有那么一会儿，她把我拉到身旁，我可以闻见她涂的麝香香水和她呼出的梨子力娇酒的味道。

"大功告成！"米娜宣布。我睁开眼睛，仿佛一觉醒来。"你觉得怎样？"她问。

我从她的床尾爬下来，瞪眼端详着镜中的自己。

米娜竟然帮我画了一朵花。我的右眼便是蓝色花蕊，被带有白边的粉色花瓣环绕，一根绿色的花茎从我刚刚涂红的脸颊上蜿蜒绕过，探到我的下颌。

"我……"

"别担心，我也会给自己画一朵。"米娜说，"赶紧闪开，再喝几口，我们马上得走了。"

我们坐到一辆巴士的后面，脸上涂着花朵彩绘。米娜随身带了一瓶梨子力娇酒，巴士在夜色中拐过一个又一个弯，她喝了一口又一口。

隔着过道的一位老妇人高声"啧啧"了几下，手里拎着购物袋，一个个看似马上就要撑破，应该是来自某家百货公司的停业清仓大甩卖吧。

"怎么啦？"米娜话中带刺，但口吻颇为快活。

老妇人看上去气鼓鼓的。假如她是只鸽子，只怕已经参毛了吧。

"你看上去像个傻蛋。"老妇人从牙缝里挤出了几句话，"你们两个一路货色。拜托，讲点自尊行不行。"

我只觉得胸中翻江倒海。巴士缓缓停了下来，米娜和我下了车，迈开脚步。米娜走在我的前面，于是，我趁她没有发觉，赶紧把短裙往下拉，竭力用裙摆遮住我的大腿。

"别再这样。"米娜说道，却根本没有转身。

"别再什么样？"我问。

"别再感觉丢人了。"

"可惜，我就是感觉很丢人，真不该打扮成这副模样。我可是当……"我把"妈妈"一词生生咽下了肚，"本来不该这么糊涂。"

米娜停住脚步，我赶上了她，她用探究的目光望着我，望了好久好久。"你很在乎，对吧？"她说。

凭她的口吻，我听不出她是贬是褒。

我没有答话，米娜又开口说："刚才那个老太太，年纪在六十岁到六十五岁。"

"所以呢？"

"所以，她出生于1895年至1900年，被维多利亚时代那辈人抚养长大。想想吧，你的家长还在用轧布机呢，连脚踝都不能随便露，而快要走到人生终点时，却又看上了电视，周围呼啦啦冒出来一堆穿迷你裙的姑娘。"

米娜顿了顿,"话说回来,你开心吗? "她打量着我的脸,坏笑着说了一句:"嗯,你会很开心的。"

一头扎进家庭派对,有点像是一头扎到水下。我的耳边尽是匆匆的人声、音乐和聊天声,一切似乎都展现出一种轻柔、飘忽的气质。梨子力娇酒害我变得迟钝,因此我在屋里乱晃,却几乎没什么感觉。我的行动比预料中迟缓,我身边经过的家伙看似也个个脚下虚浮,不管他们是在跳舞,还是在走路。我可以开心地在屋里闲荡,旁观人们三三两两地聊天起舞,心中却感觉自己正朝另外一个世界张望,一个可远观不可亵玩的世界。我可以溜进厨房,瞧瞧大家翻箱倒柜找宝贝;我也可以溜去客厅,观赏人们的舞蹈。我只觉得飘飘然,悠悠然。

在走廊里,我见到了米娜,她正跟一个男子十指交缠,男人的帽子丑得厉害。

"你玩得开心吗? "她冲我喊道。

"什么? "我简直听不见她说话。

她凑近了些,算是朝我吼了一句:"你玩得开心吗? "

"开心! "

飘飘然晃荡了几个小时后,宾客一个接一个地开始离开,大宅渐渐变回了原样,不再是专属于我的一片"汪洋"。我去找米娜,发现她在后花园里,手拿着一支烟,离嘴只有几厘米,正漠然地望着眼前的场景:米娜的前室友劳伦斯正一边拼命比画,一边嘴里说个不停,显然是在数落米娜。

我迈步出屋,走到寒冷的花园里,只觉得刚才好像一头扎进水中,而现在才第一次浮上水面换了口气。

"知道吧,真正让我恼火的是……"劳伦斯说。

米娜眯起双眸,抽了一口烟。

"……是你根本就不在乎。"劳伦斯补上半句。

"说得对，我是不在乎。"米娜说着，一边吐出烟圈一边笑，看上去酷似吞云吐雾的巨龙。

劳伦斯无奈地抬起双手，匆匆经过我身旁，回了屋。米娜又抽了几口，显得如此平静，我顿时唯恐自己打搅了她。

"你能听到吗？"她开口问。

我竖起耳朵倾听。我可以听到一阵笑声从客厅传过来，尚未离开的零星几个宾客就待在那里。

"仔细听。"米娜说。

她把烟头扔进草丛，向花园的尽头走去。我紧跟着她，当走到花园尽头一排阴森森的树木旁边时，我终于也听到了动静。像是婴儿的啼哭声。

接下来发生的事我不太记得了，只记得米娜和我到了篱笆的另一头，进了邻居家的花园。花园里杂草丛生，遍地都是垃圾。杂草丛中有一个老旧的铁皮浴缸，还有一台生锈的割草机。一个缺了胳膊的洋娃娃躺在草丛中，一双大眼睛紧盯着我。

那酷似婴儿啼哭的哀号声，此刻已经变得越来越弱。米娜和我穿过杂草，向花园深处的那排树走去。紧接着，它便出现在了我们眼前——在一座摇摇欲坠的棚屋后，脖子上拴着一条狗链，狗链又系在树干上。小狗发现了我们，发出了轻声的哀号。

"噢，天哪。"米娜悄声道。随后，她换上一副平静的口吻，哄起了狗儿："嘿，伙计。"她半蹲下身，蹑手蹑脚地走向它。小狗发出一声尖厉的哀鸣。

米娜凑得更近了，我却不敢向前走，只是观望着。"它要是咬人怎么办？"我问。

"它不会咬人啦，对吗，小家伙？"米娜凑得好近，几乎可以摸到狗儿。它抬起头，用悲伤的眼睛望着她，哀号起来。狗鼻子上有一道宽阔的伤口，已经感染，显得血肉淋漓，边缘还泛着黑色。

米娜凑到狗儿身旁，紧挨着它蹲下身，将一只手平伸出去。狗儿嗅了嗅，又用忧伤的眼睛凝望她。小狗的皮项圈连着把它系在树上的狗链，脖子上露出一圈红通通的皮肉——它显然竭力想要挣脱。

"你是条乖狗狗，对吧？"米娜问，狗儿听任她摸摸头顶。它闭上眼睛，把头向她凑过去。它每吸一口气，我们都可以看到它的肋骨轮廓。

"你愿意跟我们一起走吗？"米娜一边问，一边继续摸它的脑袋。狗儿摇了一下粗短的尾巴，接着又摇了一下。"罗杰？"米娜说。

"它叫罗杰？"

"嗯，它总得有个名字吧。"米娜说，"那干吗不叫罗杰呢？"她的手中银光一闪。

"这是什么？"我问道，"是把刀吗？！"

"谁知道什么时候非动刀不可呢，所以我把它藏在了靴子里。"米娜告诉我。她摸摸罗杰的脑袋，板起脸对它吩咐道："千万别动。"罗杰抬起脑袋，用棕色的大眼睛向她望去。

米娜小心翼翼地割开皮项圈。"没事的，宝贝。"她轻声哄着狗儿，它却被脖子上的项圈勒得连声哀号。

等到重获自由时，小狗向米娜扭过头，在她的手上舔了舔——算是小狗婉转地道了声谢吧。

我们把狗儿从栅栏缝里带了出来，朝一个那不勒斯三色冰激凌空桶里倒了些水给罗杰喝，又从派对主人家冰箱里拿了些肉给罗杰吃。屋里的派对还没有散场，不过，此刻我们变成了二人一狗，大可以自得其乐。

"我们该带它去看看兽医。"我边走边告诉米娜。我们沿着大宅一侧向屋前的花园走去，狗儿紧跟在我们身旁。

米娜点点头，把她的瑞士军刀塞回左脚的及踝靴里。

但当我打开大宅前门时，那只狗却箭一般地飞奔而去，长长的指甲吱嘎嘎划过柏油路。片刻后，它就从视野中消失了踪迹。

"等等！罗杰！"我追在狗屁股后面喊道。

"嘘。"米娜从牙缝里挤出一句，"要是狗主人真在家的话，总该让它先逃命吧。"

"可是……"

"它会没事的。它需要自由。"米娜说。

回家路上，米娜居然干呕了起来。没吐出什么东西，她只是弯下腰，站在人行道上的草丛里，就在离我们家不远的地方。

"我们快到家了。"我轻抚她的头发，对她说。

我们"咔嗒咔嗒"地上了楼梯，来到公用卫生间——这个卫生间的详情，还是少提为妙。总之，马桶内壁从来都是脏兮兮的褐色，活像有人用这个马桶泡过茶。

卫生间门一打开，米娜就拔腿朝马桶奔去，打了个嗝，哇的一声吐到马桶里。

我帮她冲了马桶，用冷水沾湿手，抚上她的前额。

"呜！"米娜好不容易挤出一句，接着又吐起来，身体随之紧绷。

我守在她身边，等她吐完以后，我们双双坐在地板上，背靠着浴缸。用不了多久，我们楼上那间屋的那些家伙就要洗漱准备上班了。

米娜跪起身，把头凑到马桶上，又把头发拢到颈后。不过，这次她什么也没有吐出来，只朝马桶吐了口唾沫。

过了一会儿，米娜的头还探在马桶上方，嘴里却求道："跟我说点什么吧。"

"说点什么？"我问。

"说点我不知道的事。"

我思索片刻。

"我从没见过你这样的人。"

"我知道。说点我不知道的事情嘛。"

"我想，我爱你。"

她转过身。她的眼神迎上了我的目光，我只觉两腿发软。我们对视了片刻，她又开始呕吐，全身一阵抽搐，朝马桶吐出了一股碧盈盈的液体。

伦妮与玛戈与不能出口的话

"伦妮，别讲这种话！"红发护士低声道，"杰姬会要我的命，她会把我们都干掉！"

"要是听见你说她要杀人，她也会把你干掉。"我说。

红发护士赶紧伸手捂住嘴。

"你怎么知道我们吵了一架？"我问。

"噢，我自有办法。"红发护士挠挠鼻子。紧接着，她挺身正襟危坐，耷拉下肩膀，脸上的笑容越来越淡，只剩下一丝意味深长的笑意，眼睛紧盯着我——有些时候，当红发护士竭力想要憋住眼泪，她就会换上这种表情。"情况真有那么糟吗？"她问。

我考虑了片刻。没错，我确实掉了眼泪。没错，我确实出了点丑，但情况也没糟到哪里去吧，只是丢人而已。

"那个保安很暖心。"我告诉红发护士。

"杰姬说，你哭了。"

"是啊。"

"我从没见你哭过。"红发护士说。

"不管怎样，总之，最后我还是见到亚瑟神父啦。"

"是吗？"

"后来，他溜进了病房。"

"我就假装没听见这句好了。"

我微微一笑。

"伦妮！"红发护士又开了口，眼神依然很执着，也许是在盼我敞开心扉，也许是想见识一下我那传闻中的眼泪，毕竟她从来没有见过。"情况真有那么糟？"她问。

"只是我当天心情不太好。"

红发护士点点头。但实际上，她并没有死心。大家通常如此。

"杰姬会被炒鱿鱼吗？"我问。

"我可说不好。"红发护士移开眼神，透过帘子的缝隙朝走廊冷冰冰的灯光望去。

"杰姬算是惹祸了吗？"

"我可说不好。"红发护士的眼神依然紧盯护士站，一名清洁工正在护士站里逗得一个实习护士咯咯笑。

"你吼杰姬了吗？"我问。

"我可说不好。"

我有种感觉：红发护士或许真吼杰姬了，因为她的嘴角隐隐露出了一丝笑意。

"你订机票了吗？"我问。

"机票？"

"去俄罗斯的机票。"

"还没有。"

"干吗不呢？"

她瞥我一眼，仿佛一切尽在不言中。可惜的是，这招我根本没有接住，我对解读眼神不在行，眼神还不如文字呢，文字又美，又讨人爱。不过，很显然，今天的头等大事可不是文字，于是我虚晃一枪，告诉红发护士，我累了。

红发护士不太开心，她从我床上爬下来，穿上白色运动鞋，默默系上鞋带，又帮我拉上帘子。其实，我一点也不累；嗯，反正不比平时累。我只是想让她自作自受，谁让她藏着掖着呢，就该被请走，去护士站乖乖待着。或许这样一来，她会更珍惜我一点，反省一下吊别人胃口是不是交友之道。

我躺下装出疲惫的样子，不过，再次睁开眼睛时，不知怎的，竟然已是清晨。玛戈已经到了我的病房，紧张地站在半开的帘子旁。"伦妮，"她轻声对我说，"都怪我的心。"

"什么？"我还没有睡醒，低声说道。

"我之所以沦落到这个地步，问题出在我的心。"玛戈说道。

我在床上坐起身。出了玫瑰画室的玛戈，显得很瘦小。

"噢，真遗憾，可我喜欢你的心。依我看，你的心地无比善良。"我告诉玛戈。

"我只是觉得，既然我们互相毫无保留，我就应该告诉你，我到底得了什么病。"玛戈告诉我。

我招手让她过来，玛戈蹑手蹑脚地走近，一屁股坐到我的床边。

"能治吗？"看到玛戈没有哭，我松了一口气，问道。实际上，她显得十分平静。

"我不这么认为。"她说，"不过，医院在想办法，上帝保佑他们。"她微微一笑，恰如阳光在她脸上逗留了片刻。

伦妮与汽车

"你父亲人在哪里，伦妮？"

"你父亲人在哪里，伦妮？"

"你父亲人在哪里，伦妮？"

玛戈问过我三次，每次我都没有答话。因此，当我冷不丁提起的时候，她一定吃了一惊——当时，我正好端端地画着一排汽车。汽车全都丁点小，一团又一团，有红色，有银色，有蓝色，有白色。

"我觉得，米娜说得对。"我告诉玛戈。

"哪点说得对？"

"逝者勿追。"我告诉她。

玛戈皱起了眉。

"当初你到处找强尼，米娜不就这样告诉你吗？她说，向迈入新生活的人挥手道别吧，何必死不放手。若是对方决意离开，那就放他离开，给他自由。"

格拉斯哥公主皇家医院，2013 年 11 月
伦妮·佩特森，时年十六岁

顾问医师的办公室非常暗，但他的办公桌后面有一扇大窗。透过这扇窗的上半边，你可以仰望灰扑扑的天空；透过这扇窗的下半边，你可以俯瞰医院的停车场。一辆辆汽车显得流光溢彩，好像浆果，害我感觉

眼前的世界遥不可及。依我猜，顾问医师恐怕不得不花点心思在办公室的摆设上，不能让办公桌正对着窗户，以免自己成天为停车场神魂颠倒。

"不好意思，我这间办公室确实不够亮。"顾问医师对我们说道，"为环保起见，院方装了人体感应灯，可惜我这间办公室的灯好像有点毛病。我冲着该死的传感器挥了至少二十次手，结果一点用也没有。"

黑暗让那扇大窗更添了几分诱惑力。

爸爸和我坐在医生办公桌前的塑料椅上；爸爸的新女友阿格涅丝卡坐在外面的候诊室里，一副被吓破了胆的模样。毕竟爱屋及乌，所以我算是喜欢阿格涅丝卡吧：她理性而又温柔，她逗得我爸爸哈哈大笑——要是没人管着他，他可难得笑一笑呢。他们两人会携手共度人生，这让我觉得很安心。

"佩特森小姐，我可以叫你琳妮吗？"顾问医师问我。

"其实吧，她叫'伦妮'。"我爸爸开口纠正说。与此同时，我也开了口："大家都叫我伦妮。"

"当然。"医师说，"那就叫你伦妮好了。你的检测结果已经全出来了，伦妮。"他点击几下鼠标，电脑屏幕冷不丁亮了起来，发出一片绿光，照亮了他的脸。

医师又是点击又是翻页，随后盯着屏幕审视片刻，或许是在努力鼓起勇气开口吧。他深吸了一口气，说道："正是我们担心的那种情形。"一时间，我不禁想象着一幕场景：医师待在家里，跟太太一起舒舒服服地窝在床上，手边是一本好书、一杯"保卫尔"牌牛肉汁，心中却在为我担惊受怕——他担心着某个十六岁患儿，虽然小病患只跟他见过一次面，虽然小病患不过是他每周诊治的数百病患中的一个。我想象着另一幕场景：医师在打壁球，但因为担心我的检测结果，他顿了一下，失了手。我还想象着又一幕场景：在等待检测结果的两周里，每天驾车驶出医院停车场时，医师不禁啃起了大拇指的指甲，为我担惊受怕。

至于现在，医师忙着对我们父女解释各种术语、流程、禁忌和时间，看上去并不担惊受怕。

　　与此同时，我放眼向窗外望去，望见一辆红车倒进了一个停车位。我望见红车熄了灯，司机关掉引擎，钻出汽车，手拿一个沉甸甸的袋子和一件白色的东西。我望见她锁上车门，慢吞吞地穿过停车场，向医院走去。我望见红车旁边的蓝车小心地倒行，一辆白车则中途停下，好给蓝车让道。

　　医师转了转电脑显示器，把扫描结果亮给我爸爸看，爸爸的脸色却已经变成了一片死灰，眼神紧盯在我们面前的办公桌上，屏住了呼吸。但医生毫不气馁地继续讲解，一一为我们指出扫描结果的要害处。

　　医生又提起了手术、癌症分期和骨头，办公室的灯冷不丁亮了起来。

玛戈惹祸

米娜和我，又回了五年前初遇的那家警局。不过，这一次，我们双双戴上了手铐。相识以来，米娜还是第一次默不作声。米娜比我小七岁，我却一直很钦佩她：毕竟，她是我在伦敦的领路人，是我人生的领路人，她一向心里很有数。不过，现在我才意识到，其实吧，或许米娜对自己的作为，并非那么心里有数。

被捕的米娜和我在警局等着登记，左右各站着一名警察。我竭力避开等候室里其他人的目光，又竭力想要吸引米娜的注意力，她却瞪眼盯着地板，咬着嘴唇。就在刚才，听到我的口音后，押送我们的一名警察对同事说了句"是个爱尔兰人"，然后我告诉他们，我来自苏格兰，警察嘴里却咕哝道："反正都是一回事。"

"报一下姓名和住址。"前台女子吩咐米娜和我。

自我们被捕以后，这是米娜第一次开口。她嗫嚅道："凯瑟琳·艾米莉亚·霍顿。"

我的心猛地一沉。她居然给警方报了个假名。难道每次被捕，她都会报假名吗？我真不敢相信，米娜竟对警方撒谎，而且撒得如此面不改色，竟然径直报了个假名字给前台女子，连眼睛也没有眨一下。米娜才不会因为我们刚才的作为惹祸上身呢，因为惹祸的人并不存在，她叫"凯瑟琳·艾米莉亚·霍顿"。

我猛然醒悟：我真是个摸不着门道的菜鸟。警方随时会找我问话，难道我也应该撒个谎？要是警方发现我们报的不是真名，又会有什么后果？我一时几欲呕吐。

前台女子向我转过身。"拜托报一下姓名？"她凶巴巴地说。

我下定了决心：还是自称哈丽特吧，我母亲的一位老友就叫这个名字。可惜的是，开口说话的时候，我挤出的声音半像自己的真名，半像刚捏造的假名，总之，听上去像是"玛哈……特"。

"再说一遍？"前台女子问。

我千方百计想要咽口唾沫，可惜嘴里太干了，我的舌头好像一条被人扔到烈日下暴晒干枯的鼻涕虫。

米娜狠狠地瞪我一眼，仿佛在说：你是疯了吗？

"她叫玛戈。"米娜告诉前台女子。米娜竟然出卖了我。我又竭力想要咽口唾沫，可惜，我的嘴简直干涩得快要冒烟了。

"逮捕我们的理由是什么？"米娜问。

警察哼了一声。"哎哟，您是位律师？"

看上去，米娜可不像是个律师。我清楚地记得她那天的装扮：一件喇叭袖红色旋涡纹连衣裙，一双皮质旧凉鞋（每次她脱下这双鞋，它就发出一股霉味）。在我们等着登记的时候，米娜又不安地在一头长发上编了些小辫。她迷雀斑迷得要命，可她自己一个雀斑也没有，于是，她干脆用化妆笔画了几个。总之，她看起来半点也不像个律师。

"想法还真多啊，是吧？"另一名警察说。他审视着米娜，似乎一眼就能把她看穿。

该夸米娜的是，她根本没有搭理这名警察，只是把刚才的话又问了一遍。

"放轻松。"警察安抚道，那副慢悠悠的口吻不禁让我汗毛直竖。

警察把我们关进了单间牢房。被押进隔间的时候，我竭力想要捕捉米娜的眼神，她却避开了我的目光。囚室里有股尿味，我什么也不敢碰，于是绕着牢房踱来踱去，苦苦地寻思该说些什么、警方已经掌握了哪些情况，以及如何跟米娜（或"凯瑟琳·艾米莉亚·霍顿"）对上口径。

如果非说实话不可，以下便是实情：两天前，大约凌晨一点钟的时候，在米娜供职的大学里，我站在生物科学大楼外给大家把风，米娜、亚当、劳伦斯和米娜的其他几个朋友则闯进了医学实验室。好吧，"闯进"一词用得不太准确，因为他们用上了米娜的钥匙，谁让米娜是教授的打字员，而那位教授，又是该大学医学院的院长呢。这帮家伙雄赳赳地闯了进去，一心只想放出数百只被关起来的老鼠。可惜，他们没能找到老鼠，因此没能完成伟业，只好在实验室的墙上用红色油漆龙飞凤舞地涂了几个字，呼吁院方收手不再进行医学试验。他们把办公室翻了个底朝天，又打开窗户，以免让人觉得有内鬼，随后叫上我，回了这帮人的非正式总部——米娜租的那间小公寓。我们取出一瓶暖乎乎的红酒，为本次行动干杯庆祝，酒里还漂着几片软木塞。

如果非说实话不可，那好吧：我肯冒这个险，绝不是为了老鼠（虽然我确实在乎它们的性命），却是为了米娜。

我连一下也没有在牢房的那张床上歇过；我不停地走动，一遍又一遍地琢磨该说些什么。我敲了两次门，高喊着问人要水喝，可惜没人搭理。我的嘴已经干涩得不行了。

这是个周日的早晨。假如换个时空，我恐怕会坐在强尼和托马斯的身旁，坐在圣奥古斯丁教堂中，周身环绕着冷冰冰、带回响的教堂四壁。我恐怕会觉得很无聊，于是数起了彩色玻璃窗上盘旋的花朵，算是自娱自乐吧。我恐怕会尽力背出赞美诗，却不去看赞美诗集。我恐怕会朝强尼使个眼色，毕竟，他又朝托马斯的小腿踹了一脚（托马斯这小子，故意冲着强尼的耳朵扯开嗓子唱起跑调的曲子）。我恐怕会搓搓戴手套的双手，免得冻僵十指。可是，此时此刻，在我当下的人生，在我全新的人生中，我却孤零零地一个人伫立在牢房里，独自一人待在囚室，独自一人惹祸上身，因为在心底深处，我隐隐觉得："凯瑟琳·艾米莉亚·霍顿"才不会在号子里困太久呢。

我在竭力寻思：假如教堂里那群人见到此刻的我，会有什么看法？她竟然跟死活不沾边的人混到了一起，竟然过上了死活不沾边但又风生水起的日子——可她本该待在苏格兰，哀痛欲绝嘛。

牢房门上的小窗开了，我发现一双眼睛正朝我望过来。"玛戈特。"有个警员对我说道，却非要把我名字里不发音的"特"[8]念出来。"轮到你啦，亲爱的。"他吩咐道。

一见审讯室的桌子上竟然摆着一杯水，我几乎掉下了眼泪。我贪婪地喝着，不得不用手背抹抹嘴巴。刚才逮捕我们的两名警察不见了踪迹，换成了一个一脸倦色、身材肥胖的督察，穿着一套棕色西装。他的衬衫绷得好紧，我简直可以看到他毛乎乎的肚皮从衬衫缝里露出来。督察身旁是个身穿制服的警员，年纪要小得多，看上去像只兔子。

"你叫莉迪亚？"肥嘟嘟的督察问道。

"不，"我说，"不好意思，我是玛戈……多彻蒂。"

我起身想要离开，他却向我挥挥手。"坐下，坐下。"审讯室很小，闻起来有股脚臭味。

"玛戈，玛戈，玛戈。"督察低声说道，摆弄着面前的一沓文件，"是个歌名？"

"应该是。"我赶紧表示赞同。假如这真是个歌名，那我还从未听说过这支歌。

"好吧。"他一边说，一边抽出一张满是涂鸦的纸，"没错，擅闯大学的那宗案子。"我能感觉到，我的心顿时一阵狂跳。他按下了录音机的录音键。

"最近有人擅闯爱德华街上那家医学院，这宗案子你都知道些什么？"督察问。

---

8 指玛戈英文名的最后一个字母"t"。

"是啊。"我回答。我又感觉嘴巴发涩。

"'是啊'？"他恼火地问。

"不好意思，"我说，"你刚才问的是什么问题？"

"昨天晚上，你在哪里？"

"你认定我在哪里，我就在哪里。"我回答。

"那依你看，我认定你在哪里？"督察在椅子上前倾身子，露出的肚皮碰到了桌子。

"问得好。在医学院呗。"

"嗯哼。"督察说。他等了等，我也等了等。"继续说。"他说。

"我在帮人把风。"

"帮人把风？"

"看来你之前没认真查案啊。"

督察放声大笑，兔子模样的警员也顺势假笑一声。

"开个玩笑而已。"督察抹抹眼睛，"这宗擅闯案，处处都像是你们这伙人干的。既没成什么事，手脚还不利索，但就拿这宗擅闯案来说，没内鬼势必摸不清其中门道。"他换了种口吻，装出一副讶异的模样。"来聊聊迷人的霍顿小姐吧，本人也有幸见过她几次，你知道吗？她其实就在那家医学院工作，担任院长的打字员。因此，我们就把你请过来了。"

我说不清这是不是个问句。

"你承认你是以霍顿小姐为首脑的团伙的一员吗？"督察问。

"是的。"我说。

"你明白承认这一点，就意味着你涉案了吗？"

"是的。"我说。

"你承认你损坏了某教育机构的财产吗？"

"那可不是我干的。"我说，这令督察很恼火，于是我又补上一句，"好吧，我承认。"

督察往后一仰，靠在椅子上："今天你在牢房里过得愉快吗？"

"不愉快。"

"如果此案开庭审理，你可能面临长达七年的刑期，你明白吗？"

我的心顿时一阵狂跳。我竭力深吸一口气。

"明白吗？"督察问。

"明白。"我低声道。

他在面前的纸上写了几笔，交给警员。"算你和你那帮'好汉'走运，医学院院长请我们别再追究了。"

一时间，我没有回过神。

"你得签一下这几份声明；我们会给你录指纹存档。你会得个警告，但我们会放人。明白了吗？"督察说。

"明白。"我点点头。

督察直视着我的眼睛，又开口说："希望这是我们最后一次见面，多彻蒂小姐。"

兔子模样的警员站起身，准备带我出审讯室。

"是多彻蒂太太，我不知道是否……"

"等一下。"督察说，"太太？你先生是谁？他涉案了吗？"

"没有。"

"嗯，"督察说，"怎么会没有呢？"

"他……我不……"一定有什么办法把话说出口，但又不显得像个可怜虫吧。"我不知道他的下落。"我补充说。

我的话勾起了胖督察的兴致："你是说，他失踪了？"

"不，不，他……离开我了。"我说。

"噢。"警官立刻变得兴致索然。他在纸上划掉了几句。"你可以走了，多谢。"

看起来，他可没有露出半点谢意。

踏出闷热的警察局，来到暖融融的日光下，我眯起了双眼，伸手掩住眼睛。现在几点了？刚才到底出了什么事？依我说，我身旁刚刚经过一位衣着时髦的男子，身穿棕色的西装，他一定心知我被捕了吧。依我说，"被捕"两个字一定清清楚楚地就写在我额头上吧。

"你出来啦！"米娜欢呼着向我奔来，嘴里叼着一支烟。她用清瘦的双臂搂住我，笑了起来。"托教授的福！他撤销了指控！真是个大英雄啊！"

跟米娜比起来，尽管烈日和街巷的气味害得我晕头转向，却实在不值一提。刚才我们被捕的时候，她明明显得很震惊，现在倒显得很……不对劲。她怎么会拿这种事当有趣？

"不许再犯。"我说，我的声音有点嘶哑，有点哽咽。

"*顶着烈日劈岩采石！*"[9] 米娜唱道。

"不许再犯。"

我向前走去，她在我身旁轻快地迈着大步。"*对抗法律我竟落败！*"[10]米娜唱道。

我依然不作声，脚上的高跟鞋将心中的怒火踩进了人行道，一脚又一脚。

"不许再犯。"我重复一遍，"今天我挨了警告，米娜，这不是……等等。"我停住了脚步。她也停住了脚步。我凝神瞪着她。她把香烟朝身后的树篱一扔。

"怎么啦？"米娜问我。

"你的名字。你干吗给警方报假名？"

"假名？"

"艾米莉亚·凯瑟琳·霍顿？"

"凯瑟琳·艾米莉亚·霍顿。"米娜纠正我。

"那是怎么回事？进警局专用的假名吗？"

"那是我的真名。"米娜瞪眼端详着我，好像我发了疯，"难道你以为，

---

9 出自歌曲《我对抗法律》。
10 出自歌曲《我对抗法律》。

米娜是我的真名？"她再次放声大笑，"难道你认为，我那个信奉天主教的爱尔兰裔老娘，会给我取名叫米娜·斯塔？"

"也就是说，米娜才是假名喽？"

"是我新取的名字，我只是还没有来得及把名字改过来。算你走运，刚才幸亏我拦住了你，没让你报个'玛乔丽'之类的名字——要不然，你就有苦果子吃了。"

她迈步向前走去，当她扭过头时，我冲她微微一笑。蠢到家了：我与这个姑娘已经同住了五年，竟然一直不知道她的真名。看来，我并非唯一一个在伦敦重塑自我的人。实际上，我最想成为的那个人，她自己便是重塑而成的。

"还有什么我不知道的吗？"我在她身后喊道。

她停下脚步，我追上了她。

"你是个傻瓜。"她笑道。

说完，她抓住我的肩，在我的唇上印下一吻。

这时，一名男子从我们中间挤了过去，挥帽把我们赶开。他嘴里吐出了一个词，声音压得颇低，但又恰好可以传到我们耳边——"女同"。

二十五年

玫瑰画室的几张课桌上，摆着我们整整二十五年的人生。

一个浴缸，内壁画着一圈黑色粗线；一张桌子，上面摆放着一席冰冷的早餐盛宴；一副骷髅骨架，幽幽的眼睛在见证一个初吻；一个宝宝，头上戴着黄帽子。玛戈与我曾在心中深藏的二十五个故事，已经摇身变成了画作，只待随时被人挂起来、被人夸、被人赞美、被人毁弃。一旦玛戈和我大功告成，这些画作的最终命运，对我来说并不那么重要。

"真厉害。"皮帕小声夸道。

"还没画完呢。"我站在我那幅"豆袋猪笨尼"油画前，心中暗自感叹：这位画家的画技真有点差劲。当已有画作全摆到面前的时候，我突然觉得，要用另外七十五幕记忆填满玫瑰画室，填满我们的所思所想，恐怕不太可能。我自己就记不清某几年的人生，玛戈也必定把某些年份忘了个精光吧。再说，还有一个可怕的幽灵，那就是我们即将死去。

"可你瞧瞧看！"皮帕说，"已经很像样啦——你们已经办了一件大事。"

"四分之一件大事。"我回答。

"伦妮。"玛戈柔声道。我迎上她的目光，但她垂头凝望着面前的一幅画。画中是玛戈与海滩上的那名男子，来自一幕比我妈妈年纪还大的记忆。假如是在画廊里见到它，人们会怎么想呢？他们能猜对细节吗？

我们又绕着画作转了一圈。我经过了那幅"玛戈的婚礼"、那幅"我念中学的第一天"、那幅"炸弹静躺在花被子上"。尽管画完一百幅画似乎遥遥无期，面前的二十五幅画却显得如此真实，满载着希望，尽管它们记下了我们生命中某些最为惨痛的时刻。

　　玛戈伸手在一幅画作的边缘轻抚，画中是一瓶喝了一半的梨子力娇酒。她开口问我："伦妮，那接下来要画什么呢？"

玛戈与地图

"噢，他们爱死他了。"我走进玫瑰画室时，艾尔丝对玛戈说道。

沃尔特挥挥手，让艾尔丝别夸了。"他们只是客气而已。"他说。

"怎么回事？"皮帕问。

"嗯，"沃尔特说，"艾尔丝太贴心啦，把我介绍给了她的儿子们。"

皮帕会意地微微一笑。她走到教室前方，教起了交叉排线，而我暗自在心里嘀咕：难道皮帕知道些什么内情？

我花了二十多分钟，用交叉排线法画一个苹果味果汁盒的轮廓，竭力想让它看上去立体些，可惜却只让盒子看起来毛茸茸的。画完以后，我给玛戈讲了自己五岁那年大闹美术馆的故事。我告诉她，当初我在静悄悄的美术馆中央闹脾气，惹得我妈妈火冒三丈，等到一名保安要把我们请出美术馆，她又把气撒到他头上。紧接着，保安就在对讲机里吼他的上司，他的上司倒没有露面。其间我一直在尖叫，据说是因为我那个果汁盒里的吸管破了。

讲完以后，有那么一会儿，我就在一旁看玛戈画画。玛戈画画的时候，神色显得很安详。跟我截然相反——画画的时候，我会摆出一张臭脸，一副凶样。不过，现在玛戈人在心不在，我还是耐心等到她的画作成形，等到她收起平静的笑容吧。如果对画作满意，玛戈就会开口讲话，而我，我永远都愿意等待玛戈的故事。

"容我带你去个地方吧，"玛戈开了口，"去伦敦的一间小公寓。那里热得很，热得让人受不了。谁知道，你的室友还决定给炉灶点火……"

伦敦，1965年8月

玛戈·麦克雷，时年三十四岁

其实，那不是一个炉灶，而是个丁点小的环形炉头，摆在一只旧手提箱顶上。不过，米娜才不理会那么多，不管不顾地点了火——这个炉头，就相当于我们的厨房。米娜爱用它点烟，因此每天要点火好几次，接着我们就只能开窗通风。颇有可能再也没办法关上窗户，因为家里的窗户插销已经坏了。

这一次，随着环形炉头渐渐发出一种烤焦人造革的恶臭（毕竟，它正欣然烤着脚下的手提箱嘛），我只觉得忍无可忍，于是开口问米娜，她到底是不是在开玩笑。她一声不吭，只在炉头上借了火，点了烟。时值炎炎夏日，我平躺在床上，直勾勾地盯着天花板。

"继续开会吧。"亚当坐在窗下，嘴里说，"很显然，我们得找个把风的人。"

一阵沉默。

"人家玛戈·麦克雷金盆洗手啦。"米娜抽了一口烟，答道，"也就是说，没人把风。"

我只觉得五内俱焚。上次出了警察局，我便不再自称"玛戈·多彻蒂"，改回了"玛戈·麦克雷"。或许是因为我正回归自我，或许是因为我曾经答应过一个肚皮上体毛颇多的督察，所以，眼下我已经收手不再掺和米娜组织的行动了。

劳伦斯从包里掏出一张地图，摊到棕色的地毯上，说道："到那儿大约需要两个小时，但我的车得加油，所以时间得多算一点。"

"哪里用得着地图，我知道路。"米娜说着，把烟灰掸进了家里唯一一个能用的炖锅。

会议继续进行。尽管开着窗，屋里却依然像个火炉，我感觉到一串汗珠正在顺着小腹往下淌。亚当揉揉太阳穴，叹了口气。"那我们可以动手了吗？"

"没错，我们走吧。"米娜站起身，召齐人手。他们翻了翻包，查了查是否带了手电筒、钢丝钳、胶带、绳索。我躺在床上没有动，身穿我最薄的那条太阳裙，可惜，裙子也已经被汗濡湿，紧贴在我身上。

"要是警察来了……"米娜开口说道。

"我就打发他们去找凯瑟琳·艾米莉亚·霍顿。"我回答。

米娜笑出了声，向我抛来一个飞吻。

他们走后，我锁上门，听见大家一边下楼一边吵：要是有人自愿搭便车回家的话，那辆货车到底能装下多少动物呢？

我忍不住想开门追上去。可是，当初被捕的时候，我曾经亲口答应"永不再犯"。我说话算话。

我关掉炉头，拿起劳伦斯扔下的地图。米娜是个地图迷：壁炉上方的墙壁贴满了地图，图中通常是我们两人都没去过的地方，地图用胶带粘在墙上，其中大多数都是顺手牵羊得来的。一时心血来潮，我把劳伦斯扔下的地图贴了上去。那是一张英格兰地图，必定对今晚的行动派不上什么用场吧。我想象着他们一帮人挤在劳伦斯那辆货车的后厢，心里不禁打起了鼓：这场"金盆洗手"独角戏，我还能演多久呢？这场戏，可不太讨大家的欢心。

眼下，既然已经从米娜的大业中抽身，我感觉自己正渐渐重拾昔日的模样，重新变回当初那个脸色苍白、忸怩作态的女子——她曾一度结交一大帮形形色色的好友，现在却又因为害怕跟他们划清了界限。多亏米娜从医学院"借"回了一块布告牌，我从上面拔下一枚图钉，闭上眼，钉上刚才那幅地图。图钉的落脚地，是亨利因阿登城外的一个地方。

当天晚上，回到我们的公寓时，米娜居然在流血。

她猛地闯进门，进门时绊了一跤，紧接着，她打开了顶灯。她的一只胳膊缠着亚当的 T 恤，血渍从她的肘部一路蜿蜒绕上了她的手。

我一跃而起，瞪眼盯着她。

"小浑蛋啄我！"她说。

米娜没受伤的那只胳膊下面，夹着一只瘦巴巴、几乎掉光了毛的鸡，小家伙当晚刚刚从萨塞克斯郊区一家养鸡场里被放出来。

一眼见到那只鸡，我便心下明了：我尚未准备好抽身离开。不过，图钉依然留在了地图上，钉在亨利因阿登城外某个地方——只待时机一到，我就会奔赴那里。

伦妮的妈妈

　　每一夜，我们都在预演死亡：躺在黑暗之中，沉入一片虚无，半是休息，半是做梦；我们没有意识，没有自我，脆弱的皮囊更加不堪一击。每一夜，我们都会死上一回。换句话说，至少，我们躺下准备沉睡，将大千世界割舍得干干净净，一心盼着梦乡与黎明。也许，这正是我妈妈无法入睡的缘由——睡眠与死亡太像了，她还没有准备妥当。于是，她才总是不肯睡，不愿沉入梦乡，死活不肯丢掉性命；她死活不肯放手，因此，多年以后，她便无力攥住其他任何东西。

格拉斯哥，2012 年 9 月
伦妮·佩特森，时年十五岁

　　她钻出汽车，走到爸爸家的前门。我透过卧室窗户遥望着她，从高处望去，她有点显老（脸上的阴影投在颇为诡异的地方），我心中暗自嘀咕：不知道上帝看待世人，是否遵循同一道理呢？在上帝眼中，我们一定显得很老吧。

　　我没有听到门铃声，也没有听到她的声音。

　　"伦妮？"爸爸朝楼上喊道，"你妈妈来看你了。"

　　妈妈不肯睡觉的毛病犯了以后，才过了几个月，她就把我送到了爸爸的新家。她那泛紫的黑眼圈已经再度出现；开车送我去爸爸家时，她的眼中露出了一种神情：看上去，她拿不准我究竟是谁；假如我们在街上擦肩而过，她可能并不会认出我。

大约一个星期后，她把我留在她家的所有东西一股脑地扔到了车道上，另外附上一封信，说她要搬回瑞典。现在可好，她露面了，打了辆出租车过来，准备跟我们说再见，以便正式卸下当妈的重担，让爸爸一个人扛。

我一屁股坐到地板上，双臂抱膝——我曾在英国防止虐待儿童协会的广告里见过一个孩子使出这招。突然，我一屁股坐下等着，蜷成了橡子大小的一团。

"你要下来吗？"爸爸再次喊道。

我不吭声。我从衣橱镜子里望见了自己的眼睛：我看上去好傻，跟橡子半点也不像。

"你听见了吗？"爸爸再次喊道。

"听见啦。"我高声说——我的声音根本不像预料中那么沙哑。

我又在地板上待了十分钟，或许待了二十分钟。我想让她明白，我到底有多生气。

我本以为，她会等我。我本以为，她绝不会连再见也不说，就转身离开。因此，当我朝窗外张望（我想瞄瞄她是否已经掉了眼泪），结果发现出租车已经离去，我妈妈也已离去时，我不禁大吃一惊。

她倒是给爸爸留下了寄信地址。他把它贴在了冰箱上，我却用煤气灶将它付之一炬。烟雾弄响了火警警报器，火苗燎到了我的手指。

我本以为，她会等我。

可惜，她还急着要赶飞机。当然，她还有个躲进小屋不肯露面的女儿。

对车道上的她来说，搭机回家，必定显得比无眠而孤独的生活更诱人吧。

*

"她知道吗？"玛戈轻声问。

"如果我没记错的话，我爸爸给她写过一封信。"我顿了顿，"我记得他不得不把信寄到她父母家里，因为她给我们留下的最后一个住址是斯科姆汉姆附近的一家旅馆，可惜已经是好几个月前的事了。我倒是挺爱想象她的瑞典之行，想象她正遥望着窗外的碧波，四周绿树环绕。她或许知道我病了，或许不知道。假如她知道内情，却没有来，我宁愿把她留在想象之中——毕竟在那里，她快乐、自由、周游瑞典，还能一觉睡到天亮。"

看上去，玛戈有点为我难过，或许也为我妈妈难过。"如果她不知道呢？"

"五月病房里那些妈妈一族显得有多心焦，我可见识过了。"我告诉玛戈，"作为女儿，我宁愿自己为她尽的最后一份心，是不让她心焦。"

伦妮与玛戈去散步

　　时钟已经嘀嗒了 1740 下，玛戈却依然没有开口。而我，已经看透了实情：她恐怕一直手握一支笔，在紧盯面前的白纸呢。玛戈目不转睛地盯着白纸，仿佛它是一面镜子，她想不通镜中的自己为什么会是那副模样。

　　"干吗不略过这一年？"我问。

　　她用茫然的眼神向我望来。

　　"先从下一年画起？"我提议道。

　　她凝望着那面白纸化身而成的"明镜"。"我做不到。"她回答。

　　"为什么？"

　　"因为发生的一切……"她又住了嘴。

　　她显得如此娇小，我真想一把搂住她，放到一大堆软绵绵的玩偶和靠垫里，再给她盖上一条暖融融的毛毯。

　　"如果不逼着你把这一年的故事讲给我听，会好点吗？"我问。

　　"不会，宝贝。"她说，"依我看，我宁愿讲给你听。"

　　我们又安静地坐了片刻。

　　终于，我站起身来。玛戈心不在焉地朝我一笑。"来吧，"我一边说，一边扶她站起来，"我们去散散步。"

　　我们迈着慢得不得了的步子，开启了医院之行：首先从玫瑰画室右转，来到主中庭，这里有着天价便利店和始终飘着培根香味的咖啡馆。对这里的便装一族，玛戈和我基本不搭理；对同样身穿医院服的人们，我们则互相抛去诡异的眼神。一名男子身穿棕色的毛巾布晨衣，显得格外骇人，从身边经过时，他朝我们哼了一声——或许是冲我们打个招呼，或许是冲我们发火，谁知道呢？

我们穿过走廊，迈向验血区和门诊区。那里挤了一大堆院外人士，于是，我们又掉头向儿科和产科的方向走去。

我们来到走廊的无人处，只剩下我、玛戈和一筐床单时，她说："要是我把接下来的事情告诉你，你说不定会对我另眼相看。"

"是吗？"我问。

"是啊。"她说。

"如果我答应你，不管你告诉我些什么，我都不会对你另眼相看呢？"我问。

"你保证不了。"她说——真不知道她说得对不对。

"你跟我讲过被捕的事，我可钦佩得很。"我说。

她摇摇头。"不是一回事。"

我们又往前走了一段路，双双迈着小心而细碎的步子。

"但你又想告诉我？"我问。

"对。但又不对。"她似乎对自己的回答很泄气。

她凝神遥望走廊深处，仿佛这条走廊通向世界的尽头。

"我还从来没有告诉过任何人。"她说。

"也就是说，是个秘密？"我问。

"对。但又不对。"她又说一遍。

一名医护助理端着一整盘麦片粥，快步从我们身边经过，走廊重新陷入一片寂静。

"说吧。"我握住玛戈的一只手。

"我们现在要去哪里？"她嘴里问道，却没有放开我的手。我们在走廊里兜来转去，她依然没有放开我的手。我们来到五月病房，我朝护士站的护士挥手示意，把玛戈带到我的床位旁边。

"伦妮？"玛戈问。

我把玛戈安置在访客椅上，拉上了帘子，以免被病房其他人看见。

我掀开医院病床的床垫——床垫之下，便是我的秘密。我取出了它。它身上的粉色比以前淡了些，猪鼻子也有点歪，谁让我跟它是靠蹭鼻头来打招呼的呢。它跟其他玩具不一样：既不是一头熊，也不是一只羊，更不是一块旧毯子，但我偏偏爱它。在一屋子洋娃娃与玩具熊之中，它却是一头猪，这点很讨我欢心。

"谁也不知道它在这儿。"我告诉玛戈。

我把它递给玛戈，从她的表情看来，我好像刚刚递给她一件无价之宝。她搂着它，好像搂住一个新生的宝宝，它的小脑袋枕在她的臂弯里，它的豆袋身子躺得舒舒服服。

"嗯，你一定就是笨尼。"玛戈说着，伸手摇了摇它的豆袋猪蹄。

她露出笑容，又把它递回给我。

"不，"我说，"你留着吧，在你那儿放一阵。"

"为什么？"玛戈问。

我只是耸了耸肩膀，心里却只盼她明白：我把笨尼交托给她，因为它是我唯一的秘密。再说了，把笨尼交托给她，我很放心。

数日后，玛戈再度在五月病房现身。从繁忙的午睡日程中，我在床尾为她腾了一个座。玛戈的衣兜里揣着笨尼，她取出豆袋猪，吻了吻它的额头；她手里攥住我的秘密豆袋猪，嘴里则把她的秘密讲给我听。

伦敦，1966 年 7 月

玛戈·麦克雷，时年三十五岁

它栩栩如生，就在我的脑海深处。

有时候，它会浮出水面，摇动它那闪耀的尾巴，将晶莹的水珠洒遍我的视野。有时候，我会忘记它的存在，谁知道，当我不堪重负、一路沉沦、一心等待溺毙的时刻，只听见砰的一声，我的记忆会与我轰然相撞。

那是关于她的记忆。

跟我们欢欢喜喜同住了十一个月，小鸡杰里米却突然失踪了——这话听上去就冒傻气，而把这话讲给楼里邻居听，恐怕更添几分傻气。我记得，有一户邻居打开房门的时候，压根儿没把防盗链摘掉。

"不好意思，我在找一只鸡。"我说。

"别讲爱尔兰语。"他说。

邻居匆匆关上门，我只瞥见一抹山羊胡。

"我不是爱尔兰人。"我说。

房门啪的一声在我面前关上了。

我呆立在公寓大楼黑漆漆的走廊里。室内颇为凉爽，室外却是炎炎夏日。米娜早已上了街，正在央求街上的行人停下脚步，看一眼我们那只鸡的宝丽来照片。她会朝公园方向进发，因为她认定，杰里米可能还记得我们曾带它去公园野餐。杰里米也可能嘴馋鲜嫩的青草嘛。

我呆立在黑漆漆的走廊里，心中一片迷茫。

我审视着公寓大楼的前门：有人曾经想要闯入大楼，结果不但没闯进来，还害得前门玻璃裂了一道缝；信箱上加了防护罩，只有房东一个人有钥匙——租户的信件全锁在里面，直到房东趁着周日慢悠悠地大驾光临，再把信件一封封交给我们（我们都怀疑，但凡房东认为某封信里塞了钱，就会把那封信瞒下来）。

前门的门闩实在太高，我只有踮起脚尖才可以够到。假如没有帮手，单单一只小鸡，绝对出不了这扇门。

米娜刚把杰里米带回家时，我还以为，它只是来待上一阵。它是个不寻常的宾客，但终归是客嘛。谁知道，小家伙住下就没半点要走的苗头；它在我们家才待了几天，米娜便买回了好几捆金属丝，绕着我们的小公

171

寓给小家伙搭了个"养鸡场"，免得它挨上电源插座。而我只觉得一头雾水。

"我们不是要把它送到'皇家防止虐待动物协会'去吗？"我问。

"你竟然想把我们的儿子送去'皇家防止虐待动物协会'？你算哪门子妈妈？"我明知道米娜在开玩笑，我的心却依然猛地一沉。至今为止，我尚未跟米娜提过大卫。

"它要一直待下去吗？"我问。

"只要我们待下去，它就待下去。"米娜说。

我尽量淡然处之，接着找了个借口去了街角小店一趟，好躲开米娜哭上一场。小时候，我从来没有养过宠物；我照管的第一个生灵，就是大卫。照顾生灵是一副重担，而我，在经历过一次惨败以后，似乎难以担起这种千斤重任。

我迈步走到烈日下。米娜恐怕已经赶到公园了。此刻，对街的楼宇仿佛显得时大时小；我走下公寓大楼的台阶，穿过马路，差点被一个骑脚踏车的男孩撞到。

我轻轻敲响对街大楼的前门。跟我们租住的大楼一样，这栋楼也已经被一位勤劳的房东买了下来，改造成了好几间单间公寓。可惜，我那静悄悄的敲门声根本没人搭理，我顿时感觉如释重负：这一下，用不着撒谎，我就可以堂堂正正地告诉米娜，我努力找过杰里米了。我又去敲左、右两旁的楼门。直到我在一扇楼门前刚要敲，一名身穿驼色大衣的高个男子现了身。他帮我把着门，我道声谢，进了大楼。

走廊里弥漫着美食的味道——洋葱、辣椒、吐司。四下静寂无声，我呆立了一会儿，暗自寻思：假如住在这幢楼，而不是住在目前我们住的那栋楼，我的日子会是什么样？我本可以住在这里，而不是马路对面；我本可以穿过这层楼，打开2A的房门——而它正是我家。假如我住在这里，米娜恐怕只是住在对街的一名女子，偶尔会被我望见。我会望见她身穿长裙翩然而过，会对她生出种种疑问，但我将永无答案。

当初，我们带大卫回家大约三天后，强尼便开工上班了。在此之前，怀中那粉扑扑、裹在毛毯里的小家伙尚未让我心生惧意，但当我望见强尼迈着沉重的步伐，从客厅窗边穿过黑暗走向"达顿氏"公司，我顿时感觉不堪重负。我凝望着熟睡的大卫，他的唇上沾了一团口水；一时间，我仿佛看见了一个幽深的黑洞。我不明白：我连开车也不会，缴税也不会，烤鸡也不会，怎么会就有了孩子？我连当妈也不会，怎么会就有了孩子？

*

一名身穿橙色太阳裙的女子下了楼。

"你看见一只鸡了吗？"我问她。她困惑地对我笑了笑，戴上太阳镜，沉默着开了楼门，迈步出屋，留下一股醉人的脂粉香。我跟在她的身后，走到阳光下。

沿着街道，我漫步而行。

*

大卫刚开始生病的时候，强尼并不愿意带他去看医生。

*

走了大约十分钟以后，我躲开日头，钻进报刊亭——它位于我家所在的街道的拐角。报贩正在一台画面模糊的黑白电视机上看板球赛，电视机搁在一张椅子上，天线用一个铁丝衣架撑着。

电视机里的球员接住了球，报贩呻吟一声，转过身来。

"玛戈，亲爱的，"他说，"要我怎样为你效劳？"

"有没有……"我清了清嗓子，可惜声音仍然有点哽咽，"你有没有见到一只鸡？"

"抱歉，亲爱的。冰箱修好之前，我们这里不卖肉食。"报贩说。

"不，"我说，"我问的是我家的鸡。米娜和我养了一只鸡当宠物，但它不见了。"

"你们养了一只鸡当宠物？"

我点点头。

他对我露出不解的笑容，皱起鼻子。"如果你家小鸡来我这儿买粮吃，我会通知你的。"紧接着，他"扑哧扑哧"笑出了声。

*

大卫夭折两天后，我在半夜惊醒，一心以为儿子在哭，哭着哭着却又猛然收了声。我拔腿向他的婴儿床奔去，可是床上不见他的踪迹——他到底上哪里去了？他的年纪实在太小，明明爬不出婴儿床。我可以听见，他的啼哭就在我的耳边回响。我又拔腿奔回主卧。强尼还在呼呼大睡，一只胳膊悬在床外，指节挨上地毯。

"强尼，强尼，醒醒！"我大叫一声。

他动了动。

"宝宝不见了！"我哀号道。

"我知道。"他睡意正浓，喃喃地说。

"他被人掳走了！"我向紧闭的窗户望去。"我们得报警！"我把电话座机从客厅拽进卧室，电话线先是绷得笔直，最后干脆被我从墙上扯了下来。我用双手捧着话机，递给强尼："我们得报警！"

这时，强尼才坐起身，用轻蔑的眼神凝望着我。从骨子里，我能够感觉到那种轻蔑。"你到底在瞎扯什么？"他说。

幻梦轰然碎裂，我把电话搁到了床脚。

*

报刊亭旁边是一间发廊，店内有一排烫发用的头发烘干机。还是别进店吧，这脸我丢不起。我一直走到了这条街的尽头，但伫立在那个路口，我却感觉自己仿佛身在世界的尽头。

*

照强尼母亲约好的时间，我们到了卖墓碑的店铺，谁知道，强尼的母亲已经先到一步。"我来得早。"她告诉我们。石匠在描图纸上描出了碑文；直到今天，碑文依然刻在大卫的墓碑上。

愿主垂怜良善之人——大卫·乔治·多彻蒂。

我讨厌碑文的这些字眼：难道它在暗示，上帝对我的宝贝儿子或许并不仁慈？当我掉下眼泪的时候，强尼的母亲告诉他，我看似一副伤心过度的模样，又吩咐他带我回家，方便她帮我们料理大卫的后事。

*

米娜坐在通向公寓大楼前门的台阶上，手握杰里米的宝丽来照片。烈日把她的肩头烤得通红。

"没找到。"我迈步走近的时候，她说，"我想不通，小家伙怎么溜得出去。"

"不是我干的。"我说。

她用疑惑的目光瞪我一眼。"我知道不是。"

我竭力想要挤出几句话，可惜没有成功。

米娜凝神向我望来。"怎么回事？"她问。

我一屁股坐到她身旁，拼命地抽噎，一时间连气也喘不过来。滚烫的泪水滑过了我的脸颊。

我还从未见过米娜如此认真。"出了什么事？"她问道。

我心里明白：必须把大卫的事告诉米娜，一秒也不能再等。

"我的儿子。"我深吸一口气，"我的儿子。"

米娜纹丝不动。

微风从我们之间拂过，我喘过了气。米娜默默无语，我则给她讲起了我的儿子大卫——这个名字，整整七年之久，我一次也没有提过。我从钱包里掏出照片给她，照片中的小家伙被裹得严严实实，躺在我怀中，头戴一顶黄帽子，帽子却死活不肯老实待在他的小脑袋上；我们身后，是我母亲送来的鲜花。

等到我终于说完，米娜牵起我的手，领我上了台阶。她打开公寓楼门，却没有松开我的手，又领我上了两段楼梯，回到我们的公寓，再领我坐到她的床上。

我望着她脱掉我的鞋，整齐地摆到床边；她又脱下自己的鞋，也摆到床边。她从橱柜里取了一个玻璃杯，出了公寓。待在床上，我可以听见公用浴室的水龙头哗哗作响——米娜总爱等到水龙头可以放出凉透的水。她回到我身边时，玻璃杯里的水竟然卷着白沫，好像一场暴雪。我贪婪地灌了几口，仿佛在沙漠中遇见了甘泉。

我喝着水，米娜先锁上房门，再把窗帘拉上，我听见我那张沙发床的轮子发出一阵吱嘎声——米娜在把我的床朝她那张床旁边推。

阳光依旧炫目，透过家里的蓝色窗帘照进了屋，整间房似乎成了汪洋大海。

她从我手中接过水杯，放上梳妆台，坐到我身旁。她离我如此之近，我不由得认定自己能够听到她的心跳；尽管事后回想，我当时听见的，必是自己的心跳。她的眉间有一颗我从未察觉的雀斑，我目不转睛地望着它；她的唇却温柔地覆上了我的唇。

她将我放上自己的床，吻我。

我一觉醒来，惊讶地发觉：骄阳依旧尚未落山。

我本以为，世界已经翻天覆地了呢。

米娜的床又摆回了房间的另一头，米娜不见了踪迹。

小鸡与星辰

"当初，你喜欢米娜吗？"我问玛戈。

我们坐在玫瑰画室外的走廊里，谁让我们都把事情忘了个精光呢：本周的绘画课已经取消，因为皮帕正陪侄子度期中假，她要带他去自然历史博物馆看恐龙。

走廊里很安静，只有清洁工偶尔经过。一名身穿粉色睡衣的女孩和一位身穿紫衣的老太太正并排坐在锃亮的地板上，但大家似乎对她们兴致缺缺。

"当然。"玛戈回答。

她抬眼向天花板望去，思索片刻。

"她总是一刻也不歇气，总在忙个不停，说话啦，抽烟啦，动来动去啦。总之，她就没有安生的时候。刚结识她的时候，她那种永远在变、永无止境的劲头，让我为之倾倒，因为我就想变成这种人。我不想再做玛戈，我想要变成一个更出色、更快乐的人。要不然，至少变成另一个人吧。不过，尽管米娜有着种种优点，她却又任性、轻狂、不可捉摸。她的缺点我察觉得越多，我就越恨自己，因为对我来说，这些缺点其实不值一提，我依然爱她。可是，我又下了决心，缺点怎么会无足轻重呢，所以我不能爱。因此，我四处搜寻着理由，盼着终有一天，我会找齐一大堆理由，一大堆沉甸甸的理由，其分量足以让我挥别伦敦，而一旦逃离伦敦，我就可以逃离一个悬而未决的问题：米娜与我的两张床之间，为什么会隔着一段距离。"玛戈说。

玛戈与教授

伦敦，1966 年 8 月

玛戈·麦克雷，时年三十五岁

自 1957 年起，我就再没有熨过一件衣物，因此一天下午，当我下班回家，发现一名男子坐在米娜那张床的床尾时，我不禁大吃一惊：他的西服竟然熨得如此笔挺，好像此人啪的一声就会断成两截。

"噢。"我们双双开口说道。

他的年纪比我大。或许接近五十，手中握着一枚结婚戒指。

"你是警察？"我问。

他皱起了眉。"不是。"他说。

"来收电视费？"

"我们又没电视，玛戈。"我的身后，响起了米娜的声音。她走进房间，身穿一条短得不得了的睡裤、一件几乎透明的上衣。

"你到底上哪里去了？"我问米娜。米娜毫无表情地对我一笑，仿佛没有听见我的话。"我好久没有见到你了，自从……我还以为……"我本来想把话说完，但我发觉陌生男子正紧盯着我。

"你是要搬回来吗？"我问。

"搬回来？"米娜奚落道，"我又没有走过。"

米娜失踪期间，我拆了杰里米的"养鸡场"，扔了杰里米的鸡食。我替米娜铺了床，新买了一面镶着绿色镜框的镜子，挂到了墙上。就算米娜已经发觉，她也没有开口提起。她一屁股坐到陌生男子旁边，对我露出捉摸不透的笑容。衣冠楚楚的男子，穿戴整齐的我，却只让米娜显得更加春光大泄。

"看来我得教教你，什么叫自证其罪。"米娜说。

"你在说什么呀？"我说。

"你发现家里有个陌生男子，你的第一反应却是，认定自己被捕了？"

"我可没认定自己被捕了。"我怒道，"我以为，他或许是来通知我你的死讯。"

"天哪，玛戈，我才去度了一周假……"

"三周。"

"你就觉得我人间蒸发啦？"

"那好，这位又是谁？"我问。

"这位是你的救星。"

我向男子望去。他把结婚戒指塞进了外套的内兜。

"你是不是加入了邪教？"我问米娜。

米娜笑得气都喘不过来。"你知道吗，我妈总爱问我这个问题。至于这位，亲爱的玛戈，"米娜说，"正是……"米娜似乎马上就要念出一个"亨"字，但陌生男子的双眸突然亮了起来，脸上掠过一种让人心惊的神色。"正是*教授*。"米娜补上了下半句，"当初正是托他的福，你才在蹲了二十分钟号子以后，重获了自由。"

"噢。"我说。教授破天荒地露出了笑意。与我想象中的教授相比（我想象中是个满脸胡子的年轻男子，身穿针织衫，戴着一副棕色墨镜），眼前的男子完全是另一副模样：此人打扮时髦，梳得整整齐齐的头发略有几绺泛白。看上去，他不像个教授，倒像个政客。

"教授。"我说。

"不管怎样，拜托你回避一下行吗？"米娜发话了。我以为米娜在跟教授说话，因此没有搭理，反而走到自己的床边，蹬掉了鞋。那是一双红色皮凉鞋，但凡我光脚穿它，它就会冒出一股热烘烘、潮乎乎的味道。

我在心里暗自寻思：不知道我脚上的汗味，是否已经越过屋子，传到了那位西装革履的男子身边，传到了我那几乎不着寸缕的室友身边呢？

"玛戈？"米娜开口说道。她话中隐隐带刺，让我猝不及防。

"怎么啦？"我问。

"拜托你回避一下行吗？"她又问一遍。

"你是想让我出去？"

我走到公园里，坐到草坪上，结果害我唯——件白色工作服染上了一团团绿渍。我想着他收进衣兜的结婚戒指，我想着他娶进门的那个女子和我喜欢的那个女子。我想：不知道什么时候，我才能回家。

伦妮与临终之人

红发护士前来找我忏悔。至少，她看上去像是要忏悔一番。她急吼吼地奔向我的床位，神情尴尬。我坐起来，一时仿佛亚瑟神父上身。"愿上帝宽恕你，我的孩子。"我一边说，一边大张旗鼓地将手朝外一挥，好让她艳羡我那（想象中的）神父式样长袍。

"怎么啦？"红发护士问。

"你是来向我忏悔的吧？"我问道。

"什么？"红发护士气喘吁吁，"不，我得求你帮个忙。"

说实话，我对她有点失望；我一心想要接招各色秘密和弥天大错呢。我正准备向耶稣祈祷，求他原谅红发护士，同时又向红发护士抛去会意的眼神，意思是说：你的所有秘密我都很清楚，而且，我可不会轻易忘记。

我没有回答，于是，红发护士继续说了下去。"你会讲瑞典语，对吧？"

"上帝无所不能。"我说。

"你能当翻译吗？嗯，从瑞典语翻译成英文？"

"可以啊。实际上，我父母离婚案的翻译官就是我。"

"我们联系不上医院的瑞典语翻译，但有个病人的病情很严重。我认识病人的主治医生，所以我告诉医生，你或许能帮把手。你愿意帮忙吗？算我欠你一份情？"

我耸耸肩。真不明白，红发护士干吗这么紧张。就连我开口答应她会帮忙的时候，她脸上的歉意也没有消失。我慢腾腾地挪到床边，穿上拖鞋。

正在这时，红发护士一脸歉意的缘由猛然揭晓了：它显得黑而宽，看上去让人不堪重负。它就在红发护士的身前，默然而鬼祟。我顿时心下明了，红发护士走向我的床位，却不敢正视我的眼睛，到底是什么原因。不过，我却努力捕捉着她的眼神，我等了又等，一直等到她终于被我逼得开了口，谁让我一直沉默不语，谁让我直视着她、不肯挪开眼神呢。亏我一度把红发护士当朋友看，可惜自始至终，她竟一直不跟我一条心——她是个随时准备发难的叛徒，她的宝贝武器越过地板，正紧挨着我的床脚。

"我觉得，这样会省点时间嘛。"红发护士轻声道。很显然，到了这一步，她恐怕只盼自己刚才没当叛徒，没省那几分钟吧。

我一句话也没有说，有些时候，嘴巴还是闭上的好。若要对付叛徒，对付让人失望的家伙，沉默会比言辞更加有力。但凡我开口说上一句，都只会让她心里好受一些。

我穿上拖鞋，站起身。我迈开缓慢而庄重的步伐，一直与她对视。

"对不起。"她说。我的怒火害得她直冒汗。"你也不是非用它不可，我们可以走路！"她听上去好紧张。可惜的是，它已经到了我的面前，正等着我。

"我只是想，"红发护士结结巴巴地说，"过去要走好长一段路。要去医院另一头嘛，你也知道……"

以威严之姿，我抬脚转身，任由护士扶我落了座——它果然黑而宽，跟身材单薄的我不太搭，但它好歹一视同仁，对所有人都一码通吃。它的座椅上标注着医院名和代码，以防被偷。（哪有人会偷这玩意儿？）我一屁股坐下，惊讶地发觉它却跟我挺搭。我又把手搁到扶手上。

"你确定？"红发护士问。

我的脚搁上了脚踏板。

"好，那我们出发喽。"她扮出一副雀跃状——真不知道，她会不会掉下眼泪。红发护士拉着轮椅后退，以便掉个头，跟我一起赶往目的地。连问也不用问，我心中有数：这台轮椅就来自五月病房，也就是说，它一直在等我。它命中注定属于我，只待时机来临，比如，当某个朋友认定我身体虚弱得连路都走不动的时候。比如，当我最后一丝自立能力被活生生剥掉，活像切掉败坏的胳膊腿脚。比如，当院方终于承认，时至今日，他们最多也就只能让我活得舒服一点了。

再惨，也惨不过人家想让你"活得舒服一点"。

即使是最力挺我的红发护士，居然也不相信我能撑到医院另一头而不咽气。

红发护士把我推出五月病房时，杰姬正坐在护士服务台后面吃薯片，我避开她的眼神，猛然记起一个听来的故事。或许并不是听来的，可能是读到的，但不管怎样，总之，我知道一个故事，而且故事颇为好听：一家医院有两名男子，都是病人。其中一名被告知：他的病情会好转，他的预期寿命还长得很；随着时间的推移，他将逐渐康复。另外一个病人则被告知：他将在一年内死去。

一年后，被告知命在旦夕的人果然死了，而被告知将会康复的人果然活了下来，而且声称感觉并无不适。直到这个时候，院方才发现之前出了错，把两个病人弄混了，他们得知的是对方的病情。去世的那一个其实并无大碍，活下来的那一个其实得了绝症。

假如世上依然相信我能熬过这一劫的人，如今只剩下了我自己，那迟早有一天，我会认命，于是接着就会死翘翘。假如当初，我的检测结果被人调了包，那我现在是否会在医院外面某个地方，比如大学，比如打工的场所，比如漫步瑞典的大街小巷，遍寻着我妈妈，同时又感觉活力十足、显得面色红润呢？假如思维如此强大，以至于可以让患病的人保命，没病的人丧命，那我绝不会给我的大脑半点机会杀掉我，只因为它不信我或许会好起来。

以前，在医院遇到坐轮椅的患者时，我从不认为他们有多卑微。我从未意识到，轮椅会让你感觉自己如此渺小，毕竟你只有其他人一半高，且连迈腿的力气也没有。从轮椅上看去，一切都显得高大几分，仿佛我又摇身成了一个小屁孩。

红发护士和我经过一个个病房走向目的地，轮椅下方亮闪闪的地板先从蓝色变成橘色，再从橘色变成灰色，上面带有各色条纹。我没有说话，她也没有说话，但私底下，我其实很开心：倒不是因为我想凭着缄默让红发护士心里难受，而是因为此刻我心中百感交集，我说不清自己是会张嘴开个玩笑，还是会吧嗒掉下眼泪；我说不清自己是会笑对人生，还是已经再无转机——事实证明，我的人生恐怕只会一路沉沦，沉至地底，再在黑暗中等待毗湿奴降临，不然就是佛陀，不然就是耶稣，取决于上述几位谁最守时吧。

快到目的地的时候，红发护士放慢了脚步，一一核对着门牌号码，最后把我推进了一间急诊室。哔哔声和机器声不绝于耳，骄阳照进房间，在病床上割出一道道光与影。其中一张病床上，躺着一名男子，胡须乱蓬蓬又脏兮兮，身上的病号服也很邋遢，脖子上还沾着血渍。病床旁边，站着一位医生。红发护士停下轮椅，我抬头看着面前的两个人。

医生俯身跟我握手。"你一定是艾丽吧，"他说，"非常感谢你伸出援手。"

"其实吧，我叫伦妮。"我说。

"噢，不好意思。伦妮……天哪，这名字可不多见。"医生很优雅，也很尴尬。医生用一只手拂过头发。

"很显然，瑞典语嘛……"我做个手势——意思是，我们不就正在对付瑞典语吗？

"没错，"医生答道，"瑞典语。棒极了。"

他显得如此不好意思，让我忍不住笑出了声。他伸手摸摸下颌。

"伦妮，不管怎样，"医生开口说道，"这位是埃克隆先生，大约一个星期前入院。他现在居无定所，正好最近又赶上公共假期，我们死活找不到瑞典语翻译。我们必须通知他，他的手术定在明天，我还必须查明他是否感觉疼痛。这，嗯……"医生再次伸手拂过一头乱发，"这，嗯，这种情况闻所未闻，所以，如果你没法帮忙的话，请你直说。"

医生相当迷人，一双蓝眸让我心如鹿撞。我不禁心想："要是我能靠念力多活十年的话，或许就能嫁给他了呢。"我告诉医生，我的身体倒是撑得住，但我不讲瑞典语有一段时间了，因此，可能得先热热身。

埃克隆先生显得很疲惫，白花花的胡须亟须清理。他的脸上有割伤，看上去已经好几个月没吃饱过，但他的眼睛炯炯有神，正从被单下审视着我。

医生指了指埃克隆先生旁边的座位，我立刻从轮椅上站起来，竭力想要证明自己的身体有多棒。我迈着小碎步走过去，坐到埃克隆先生身旁。

"伦妮，不如你先自我介绍一下，问问他感觉怎么样，然后再交由我们接手？"医生说。

"Hej, jag heter Lenni Pettersson."[11] 我说。

埃克隆先生扭过头，无比震惊地问："Svensk?"[12]

我点点头。

他从床上坐起来，用讶异又感激的眼神向我望来，伸手挠挠胡须。他那两只手的手背都遍布着瘀青，好像被人踩过。

我问埃克隆先生，现在感觉怎么样。

他放声大笑，低头凝望自己的脚。红发护士则站在床尾，守着我那台空荡荡的轮椅。算了，我还是把埃克隆先生的话翻译过来讲给你们听吧。

"我活不了多久啦。"他说。

"说这话貌似能捞点甜头，其实一点用都没有。"我说。

他在床上前倾身子。"什么意思？"

"当初我就以为，说这话貌似能帮我捞点甜头；我原本以为，大家会对我客气点。"

"你也活不了多久了吗？"他问道，双手叠在胸前。

我点点头。看上去，埃克隆先生似乎为我的命运十分痛心。

---

11 瑞典语，大意为：你好，我叫伦妮·佩特森。
12 瑞典语，大意为：瑞典人。

"医生想问你，"我说，"你现在感觉怎么样。"

"我感觉自己快死啦。"他说着放声大笑。

"他们想明天给你做手术。"

"纯属浪费他们的时间。"埃克隆先生说，"我心里有数，我逃不过这一劫。"

"你想让我转告他们，别给你做手术吗？"

他考虑了一会儿，抬起一只青肿的手搔了搔眉毛。"还是让他们试试吧。"

我点点头，又把他的话翻译给医生听——医生正饶有兴致地旁观着我们两人。

"听人说起瑞典语，感觉真亲切，"埃克隆先生说，"你怎么会到了这里？"

"嗯，说来话长，"我告诉他，"就别烦你啦。"

"你想瑞典吗？"

"有时候吧，但我回不去了。"

"回不去了。"埃克隆先生把我的话重复一遍，仿佛此刻他才刚刚悟到：他已经再也回不去了。

"你住在格拉斯哥哪个地方？"我问。

他笑了。"哪里都行。"

"医生说，你无家可归。"

他点点头。

"为什么要当流浪汉呢？"

"我以前过得一塌糊涂，也就配当流浪汉。"他说。

我想伸手碰碰他的手，但他手上的瘀伤看似痛得很。

"我能帮上什么忙吗？"我问。

"替我谢谢医护人员吧，感谢他们想方设法搭救一个坏老头。请替我告诉医生，我来这一带，是来找我的宝贝女儿，拜托他们在我死后帮忙找找她，如果他们找得到的话。"他伸手朝桌上的蓝色旅行袋一指，它紧挨着一条血迹斑斑的牛仔裤。埃克隆先生俯身向前，轻声叮嘱了我几句话，尽管屋里其他人根本听不懂我们在说些什么。"我的包里有她的出生证明。请替我告诉医护人员，如果他们找到我女儿，拜托转告一声：我为自己所做的一切向她道歉，我每天都在想念她。拜托把包里的东西全给她，那些都是她的。如果医护人员找不到我女儿，就把这个包给你遇到的第一个流浪汉吧。"

我点点头，瞥了瞥那个包。很明显，在崭新的时候，它的颜色跟现在截然不同。

"医生想让我问问，你是不是觉得哪里痛。"

"没错，但这也是我应得的。"

真不知道埃克隆先生究竟犯过何等大错，才让他认定自己该遭这等罪。

"请转告他们，我想睡觉了。"他说。

"是吗？"

"不。其实我想死。"

"手术说不定能让你的病情好转起来，"我说，"你说不定就能自己找到你女儿了。"

这时，埃克隆先生朝我露出了笑容，正如祖父对孙女露出了笑容：热情、关切，但也隐隐透露出言外之意——他走过的桥，恐怕比我走过的路还要多。

"我已经准备好了。"他说。

"你怎么知道？"我问。

他用一只伤痕累累的手覆上我的手。"我就是知道。"他说。

我想救他的命。这间屋里，我是唯一一个能跟他说话的人，而他已经准备认命了。

"可是，你怎么知道？"我又问一遍。

"我能感觉到，仅此而已。我老了，累了，病了，我干过骇人的坏事。"

"你不害怕吗？我不明白，我这么怕死，怎么可能死掉呢？"

埃克隆先生费力地吸了一口气，再次对我温柔地笑了笑。"不要怕死，小丫头。"

"可我就是怕死。"我低声说。

"可你没有理由怕死！"他哈哈大笑，用英语说出了下半句，"它跟睡着差不多嘛。"

听见病人说起英语，医生猛然抬起了头。

埃克隆先生却又换回了瑞典语："你只要闭上眼睛就行。"

"你怎么知道？"

"好吧，我确实还没死，不过呢，死就是这么回事。"

他又费力地呼哧呼哧喘起气来。

我转告医生，说埃克隆先生不觉得痛，可惜听上去活像胡诌。

"你可以相信自己，知道吧。"埃克隆先生说，"相信你自己，你会心里有数。要是饿了渴了，你自然心里有数；所以，一旦那一刻来临，你也会心里有数。小丫头，我只盼对你说，那一刻还要过上很久很久。"

"我已经活了 100 年啦。"我说。他没有细问详情。

"还有，请替我告诉医护人员，他们以为我问他们要水喝，其实我问他们要的是酒。反正酒也来不及害死我了，但要让我感觉好受点，倒还来得及。"他说，"如果我还能醒过来的话，请他们给我一杯红酒吧。有'梅洛'葡萄酒就上'梅洛'，不过我这人不挑剔，'西拉'和'仙粉黛'也凑合。"

我放声大笑，他也放声大笑。"我会转告他们。"我向埃克隆先生允诺。

"谢谢你，伦妮·佩特森，"他回答，"现在请告诉他们，我要睡觉了。"

埃克隆先生合上了眼帘，他的眉毛和布满皱纹的前额随之耷拉下来，变成一张平静的面孔，毫无表情。但看上去，他并不像已死之人，却像是在装死。

"怎么样？"医生问。

我又换上英语。"请做手术吧，另外帮他寻找女儿，把埃克隆先生的包和女儿的出生证明都交给她。如果找不到他女儿，就来找我。"我说着站起身，小心翼翼地走向轮椅。"其余的事，我来告诉她吧。"

我坐进轮椅，想要推着自己离开——谁知道，推轮椅比看上去要难得多。"还有，等他醒过来，他想要喝杯红酒。如果能办到的话，最好是'梅洛'葡萄酒，但其实吧，医院有什么，他就会喝什么。"我补上一句。

米娜与玛戈和无法出口的话

夜半时分，一只手轻抚着我的手。

难道一直有一只手，在轻抚我的手？——梦中，我暗自思忖。

等到我睁开眼睛，她便在我的眼前，在我的床上，冰冷的脚趾挨着我的脚趾。

她低声说了些什么，可惜我听不清。

"你说什么？"

"难道你不记得，你曾经说过的话吗？"她问我。我一时没有想起来，后来却又回过了神。梨子力娇酒之夜，坐在浴室之中，我曾告诉她，我喜欢她。

她凝望着我，望了好久好久，双眼在夜色中一眨不眨。紧接着，她眨了眨眼，泪水随之掉落。

我只盼她会说出口。

她逼着自己说出口。

可惜，她说不出口。我还没有来得及开口，她已消失了踪迹。

伦妮与意外之喜

自从被格拉斯哥公主皇家医院一脚踢出门，临时工小姐就一直不走运。刚开始的时候，她心气颇高，只申请那些让她心潮澎湃的职位。可惜的是，即使对方肯搭理，她收到的也必是拒信。于是，临时工小姐把眼光放低了些，申请了打字、数据录入、前台等职位，却依然一无所获。跟她梦寐以求的职位一样，这批拒信依旧显得公事公办，显得冷酷无情，只不过这批拒信更让人难过，因为拒绝她的，是些她瞧不上的工作。当她和其他应征者一起在一家24小时超市的经理办公室外等待，应聘一个"季节性销售助理：临时工合同"职位时，临时工小姐发觉：她的竞争对手包括一名机修师，一位博士生，以及另外三名分别拥有历史、数学、英语学位的毕业生。

出乎她的意料，当天下午，经理竟然打电话给她，雇她去熟食柜台工作。念大学时，临时工小姐一度期望自己毕业后去画廊做个艺术家，她可从未料到自己会在夜半打卡上班，帮夜猫子们挑选蜜汁火腿，但她决定继续干下去，于是次日晚上，她便开始打卡上班，戴上了发网，收起了自傲。

几个月后，临时工小姐从熟食柜台回家，她母亲先是吩咐她坐到客厅里，接着不安地摆弄起了沙发垫，不肯与女儿对视。临时工小姐的母亲低声告诉她，她那个只在婴儿期跟她见过一面的父亲，现在已经找到了；二十二年前，她的出生证明不翼而飞，结果是在他手里。一时间，临时工小姐不知自己是喜是悲，假如找到生父让她满心欢喜的话，母亲随后的话就会让她难过得多：她母亲说，她的生父病情危急，据医生称，他活不了多久了。

当天晚上，临时工小姐和母亲细细地讨论了她的对策：她到底该去探望生父，还是该给生父写信；她到底该独自前往，还是该跟母亲一起去；她到底该把那张出生证明要回来（她的出生证早已更换），还是该让他留着。她不知道，自己是该气他抛妻弃女呢，还是该为他重回身边感到开心；是该跟他道别呢，还是根本不该理他。不过，母女俩尚未想好，就又接到了一通电话：临时工小姐的父亲已经过世。一时间，临时工小姐哭出了声——这通电话，无异于宣告某个陌生人的死讯，但与此同时，它却也在宣告，她自身无可挽回的一部分，已经死亡。真是不堪承受之痛，却又似乎毫发无损。

电话里，护士还用安抚的口吻补了几句，声称他好歹实现了临终遗愿，家人或许会安心些。临时工小姐的母亲问起，他到底偷了些什么，毕竟她深知，他有顺手牵羊的癖好嘛。护士沉默了半天，终于松口承认，他从医院教堂偷了一瓶酒。但说完以后，护士又赶紧补上一句，说他的死因跟那瓶酒无关，驻院神父也已经在他死后原谅了他。

临时工小姐的母亲原本打算挂电话，电话那头的护士却又开了口，声称死者留下了遗物：如果找到死者的亲生女儿，他希望将遗物转交给她。

次日早上，临时工小姐便驱车去了医院。离谱的是，她那从未谋面的生父，住的恰好是她一度上班的医院。之前，护士曾经告诉临时工小姐的母亲，他病倒的时候，正在这一带搜寻她们母女的踪迹。临时工小姐迈出停车场，只觉得眼前的一切都变得分量十足：他曾穿过这一道道门吗？他曾来过医院这一带吗？他曾走过这层楼吗？有生以来，她第一次跟生父如此贴近。整整一生，他们只见过一次。她母亲有一张破旧的合影照，相片中是临时工小姐与生父。临时工小姐身穿一套条纹工装，用手撑在沙发边上——她母亲回忆道，当时她才刚刚学会站起来。她父亲坐在沙发上，垂眼向女儿望去，一张脸半掩在阴影中。

接待临时工小姐的护士既不了解她的生父，也不了解他的遗物。

"叫什么名字？瑞克隆？"护士问。

"埃克隆，"临时工小姐纠正道，"是瑞典语。"

护士摇摇头，找来了另一名护士，谁知她也没听过这个人名，没听过这件事的前因后果。到了最后，一个前臂文着蹩脚文身的清洁工给临时工小姐解了围。

"埃克隆先生？"清洁工一边问，一边走到护士服务台旁边，审视着临时工小姐。

"没错。"

"是个老头？一头白发？"

"我不清楚。"

"瑞典人？偷过酒？"

"没错。应该是吧。"

"你是他女儿？"

"是的。"

"错不了，你跟他长得一模一样。"清洁工说。

这句话给了临时工小姐迎头一击，仿佛她刚刚一头撞上一堵无形的墙。

清洁工说："亲爱的，节哀。"

临时工小姐只点了点头：她心知，要是现在开口说话，她定会哭出声来。

服务台后面的护士高声说："保罗，你知道那个'瑞克隆'先生把给他女儿的东西放在哪儿了吗？"

"当然知道。"保罗开心地回答，出了病房，抛下临时工小姐和护士两个人。

护士用一块巧克力消化饼干蘸了蘸茶，她的马克杯上印着翻跟头的彩色卡通猫咪。临时工小姐把心思放到那个马克杯上：此时此刻，大家的日子跟平常没什么不一样；大家喝着茶，马克杯上印着猫咪——她提醒自己。

"我不知道包里装的是什么。"清洁工突然穿过自动门现了身，把遗物递给临时工小姐。是个脏兮兮的蓝色旅行袋，发出一股怪味，一股熏人的臭味，潮乎乎，还带着土味。包带是橙色，至少旅行袋侧面的袋子是橙色，至于拎手处的包带，则已经从橙色变成了棕色。

一时间，临时工小姐竟无法找到合适的词语来形容这个包。

"你本来以为是什么？"清洁工问。临时工小姐摇摇头。清洁工把包递给了她，包比她想象中要轻一些。"他们把出生证明给你了吗？"清洁工问。

临时工小姐又摇摇头。

清洁工溜到了服务台后面。

"保罗！你在搞什么鬼？"护士凶道，他却打开办公桌最上层的抽屉，翻查着文件。护士刚蘸过茶的饼干碎了一半，掉进了茶里。

"找出生证啊。"他说，"在去世前，这位姑娘的父亲持有她的出生证明。"

护士显得兴味索然。"没见过。我在休息呢。"她拿起一只茶匙，千方百计想把湿乎乎的饼干舀出来——它们正漂在她的那杯茶里。

"找到啦。"保罗说着，从抽屉里抽出一份方形粉色文件。保罗念出了出生证上的人名。"是你吗？"他问。

临时工小姐点点头。

对临时工小姐和她母亲来说，不翼而飞的出生证一直是个谜。想当初，恰好是在拍摄条纹工装照的那天，出生证忽然从厨房抽屉里消失了踪迹。离家出走的爸爸，拿着女儿的出生证又有什么用呢？至于此刻，临时工小姐低头审视证书，却发现证书完好无损，只是正中有一道十字形的折痕，显然曾被一次又一次对折过。

他曾把这份出生证当宝贝呢。

临时工小姐一向认定，生父偷她的出生证，恐怕没安什么好心。她母亲提过交往期间他那小偷小摸的行径，听上去很不堪，次次都以丢人、警察、打斗之类和麻烦相关的词语而告终。不过，这次却大不相同，这次是挚爱之举，是他在保存某种信物，标志着她在生父心中颇有分量。

"给他当瑞典语翻译的小姑娘，"保罗告诉临时工小姐，"说他想要告诉你，他对自己的所作所为感到抱歉，他想让你留着包里的东西。"

"包里有什么？"

"不知道，我没有看过。"

临时工小姐点点头。"谢谢你。"不过，还没走到门口，她又转身问道，"有个小姑娘给他当瑞典语翻译？"

"是啊。"保罗回答。

临时工小姐露出了微笑，问道："从这里去五月病房要怎么走？"

临时工小姐对医院这一带不太熟，而且转眼就把清洁工指的路（如何从她生父所住的病房前往五月病房）给忘到了脑后。于是，她四处乱窜，一只手拿着包，另一只手拿着出生证。最后，她停下了脚步。

走廊里空无一人，两侧各有一扇又一扇长窗，窗台刚好高过地面——一屁股坐上去再合适不过了。临时工小姐坐上窗台，把包放到身前。

旅行袋顶部的拉链也是橙色，也褪了色。有那么一会儿，临时工小姐很怀疑这个袋子是否真能打开。或许，正如薛定谔的猫，这只包还是永远别开的好。这样一来，生父的遗赠便可既美妙又可怕，既有意义又无意义。可惜，她必须查明真相。

她取出的第一件东西，是件黑色套头衫；而它，正是散发那股怪味的罪魁祸首。临时工小姐心里明白，那是尿味。尽管如此，她还是取出了套头衫，放在身边的窗台上。

包里有一捆蓝色绳索，还有几个杂牌能量饮料空罐。这些能量饮料每罐售价19便士，以前她和死党晚上出去玩，就会把这些饮料掺到伏特

什么是「未读之书」?

从2020年7月起,未读君每月都从当月「未读」新书中精选出**一本最能代表「未读」气质和调性的好书**(定价不低于58元且为首发)作为「未读之书」推荐给大家,与大家一起换个姿势看世界。

「未读」共读Plus会员无需下单就能直接获得这本「未读之书」,还可以参加它的线上共读会,并享受更多独家权益。

如何成为「未读」共读Plus会员?

「未读」共读Plus会员卡,分成体验月卡、半年卡和年卡,分别为59/月、299元/半年、549元/年。

扫码回复"会员"
查看详细会员计划

未读共读Plus会员卡

档位	单月体验卡 (限购一次)	半年卡	年卡
价格(元)	59	299	549
图书折扣(特殊商品除外)	5.5折	5.5折	5折
文创折扣	8折		
共读包 会员福利包:每月一本首发新书(定价58元-98元)+1份会员专属文创		✓	
共读包 每月一次共读活动(价值29.9元)		✓	
专属权益 每月一张6元优惠券		✓	
专属权益 每月会员专区专属优惠(低至四折)		✓	
专属权益 赠送当年12本「未读之书」共读素材包(共计价值118.8元)		✓	
专属权益 专属会员群,每月一次新书讲书活动		✓	
特殊权益 新品首发购买权		✓	
特殊权益 部分特殊版本/独家产品购买权(非会员不享有)		✓	

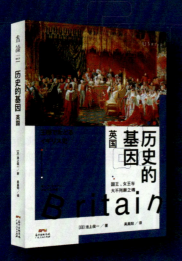

加里。

她拨开包里的一张旧报纸，钞票首次映入了她的眼帘。她竭力想从包底掏出这张纸钞，却差点把它撕碎，因为它被压在包底，用一根女式发箍跟一沓面值相同的钞票绑在一起。临时工小姐对这种钞票不太熟：币面图案是个留长须的男子，戴着一顶软塌塌的帽子，板着脸向她望来。不管这是哪国币种，总之每张钞票都标着"一千"。刚刚取出的一沓钞票，至少有两百张吧。她又找到了另外一沓，差不多一样厚，也用女式发箍扎了起来。

每张钞票的顶部，都印着"Ett Tusen Kronor"[13]。

那一刻，临时工小姐一心只想找某人问个究竟，幸运的是，此刻她已在去见此人的路上了。

正因如此，临时工小姐站到了我的床尾，手里拎着一个装满瑞典纸币的旅行袋。

---

13 瑞典语，意为"一千克朗"。

玛戈与生日

与大卫本人相比，他的生日堪称阴魂不散。它躲在日历里，时不时纠缠着我。

但在大卫十四岁生日那天，我推开米娜与我合住的公寓的房门，却发现屋里满是黄色气球。数以百计的黄气球。

后来，当我在城里酒吧找到米娜时，她的身边并没有教授的身影，让我不禁长嘘了一口气——我根本没有察觉，自己竟然正在屏住呼吸。有些时候，如果教授不在她身旁，米娜就会重拾自我，也会顺势对我温情几分。

我想向米娜道谢，可惜音乐太吵了，她听不清。于是，我只是紧紧地将她搂进怀中。

当初，当我向米娜提起大卫，她便已爱上了他。

而这一点，又让我爱她更深。

伦妮与弥撒

再过几个星期，亚瑟神父就要卸任。我决定：尽我所能多去见他几面吧，能去几次算几次，毕竟依我猜，如果是在黑白片时代，若是某位女演员宣布即将息影，人们也会用上这招。在亚瑟神父卸任以便休养生息、迎娶真爱，或者搬去洛杉矶试水影业之前，他的每次亮相我都不会错过。有朝一日，我会冲着孙辈挥一挥破旧的日程表单，嘴里自夸道："当时我可在场亲眼见过哦。"紧接着，我便会讲起亚瑟身穿亮片华服、用独家绝招征服观众的故事，害孙辈们一个个听得耳朵起茧。

说起"轮椅先驱者"红发护士，我的一肚子气却还没有消完。气消得慢，是因为那台轮椅已经黏上我了。自从上次以后，红发护士就用轮椅推我去玫瑰画室，也用轮椅推我去其他地方。她还不如把我的墓碑碑文先刻上一半呢：*伦妮·佩特森，1997年1月——死期分分钟即将来临。*

我求苏西带我去教堂。苏西是五月病房的护士，但我从没见过她干护士活。我知道，苏西才不会推轮椅来找我，而我正好想走路。

"是天主教弥撒，对吧？"苏西问。

"或许吧。"我说着拉起她的手，她正把我从床上扶起来。

"你不知道？"她瞥我一眼。

"我不记得了。"

"嗯，一宗悬案，"她说，"我可喜欢悬案了。我爸死活不肯再跟我玩《妙探寻凶》游戏，因为他说我太好斗。"她哈哈一笑，"每个星期，我都至少会看一部悬疑小说，而且总是看不够。我爸说他不喜欢悬疑小说，说它们害我胡思乱想。"

跟苏西一起走出五月病房时，一阵恶心感从我的脚底一直涌上了喉头。我感觉浑身发热，忍不住想吐。

　　"我爱死'马普尔小姐'系列啦。有个朋友送了我一本'波洛'探案小说当生日礼物,他提到自己的时候总爱用第三人称,我好喜欢。"苏西说。我没有接话,苏西继续说了下去:"我也想学他,知道吧,自称什么'苏西对那个下士颇为怀疑'。"

　　苏西领着我出了五月病房，走下过道，可我满脑子只有一个念头：要是我真哇地一口吐出来，看来，这次是非弄脏地板不可了。我们越走越远，我不禁怀念起了纸板医用痰盂——小时候，我一度以为那是一次性高顶礼帽。真想活在十岁的我眼中的世界啊，当时我居然认定，医院是缺晚礼服的时候救场用的，毕竟它给每个病人都准备了纸板礼帽。

　　可惜，算我不走运，这条通往另一个走廊的走廊里（某走廊又通往某门厅，某门厅又通往某走廊，某走廊又通往医院教堂），没有任何东西可供我呕吐。"院方早该有所准备嘛，每个角落都该备上痰盂，绝对可以省下一大笔买拖把的钱。"我暗自想道。苏西挽着我的胳膊，我一门心思听她闲聊，竭力不去理睬那种反胃的感觉——它正越来越浓，席卷了我，拼命想要撬开我的喉头，让我哇的一声吐出来。

　　"……我读了一本书，真是太棒了……"苏西说。

　　我感觉指尖发麻。不要紧，会熬过去的；它来得快，去得也快。我只要熬过这一阵就好。

　　"……港口发生了一起杀人案，有人捅死了一个渔夫，可惜死活找不到任何与伤口吻合的凶器。不好意思……"苏西顿了顿，"是不是讲得太形象了？难道你神经很脆弱吗？"

　　我只是微笑着摇摇头。苏西和我继续慢吞吞地向前走。

　　"总之，接下来一宗血案的死者，是在暴风雨中死在了停车场的屋顶上，他也被人捅了，依然没有人知道凶器在哪里。但是，第三宗血案发生在学校，至关重要的线索终于冒了头——检测第三名死者的血液时，他们发现，血液被水稀释了。"

我们穿过最后几扇门，我可以望见小教堂就在前方。一时间，事情似乎有了象征意义：如果我能扛住此刻体内的冲动，那就终究可以保住性命，毕竟这股冲动压倒一切，它正逼着我弯腰拼命呕吐。

"于是他们意识到，因为在第二宗血案里，停车场湿漉漉的，而第一宗里的港口显然也离不了水，所以他们漏掉了线索：凶器是冰，而凶手根本没有把凶器藏起来，只是没有拔走受害者身上的冰匕首，结果冰刀在警方赶到之前就已经化了。是不是很酷？"

我点点头。

"总之，故事的结局，是男侦探和女侦探在一起了，两人去溜冰，还开玩笑说，要当心，冰可说不定会要人命。我觉得，拍成电影肯定精彩，我只花了两天就读完了整本书！"苏西说。

还从未有人向我转述一本书的情节时，居然可以勾起我的胃口呢！

我们向教堂越走越近，苏西放慢了脚步，好跟我多讲几句。我挣脱了她的手。

"多谢你带我过来。"我说。我的声音听上去很怪，紧绷绷的，根本不像我。

"没问题，"她说，"没烦到你就好！"

我朝她挥挥手，表示没有这回事。

"嗯，那我过一个小时来接你？"苏西问。

"谢谢。"趁苏西还没有来得及接话，我推开了教堂沉重的大门，一时说不清自己究竟是要吐，还是要跪下祈祷。我一头撞上了亚瑟神父肥嘟嘟的肚皮，我们双双往后一缩，一时间摸不着头脑。

"伦妮？"神父开口说道，满脸喜色藏也藏不住。

"我是来参加弥撒的。"

"你来得正是时候。"神父回答。我放眼向教堂望去，只看到另外一名会众——一名身穿条纹睡衣的老人，睡衣外面罩了一件西装外套。我的眼神从他身上落到亚瑟神父身上，神父只是耸了耸肩。亚瑟神父懒得装样子，我喜欢这一点。

为做弥撒，亚瑟神父穿着黑色衬衫和长裤，脖子上围着一条长围巾状的物件，上面绣着葡萄花纹。

我坐到了第三排：我不想坐在前排，说不定神父会让听众参与呢。落座以后，反胃的感觉倒是越来越淡，我望着亚瑟神父点亮角落里最后几根蜡烛，又打开 CD 机播放乐曲。

坐在第一排的老人大声地抽了抽鼻子，然后从西装外套的口袋里掏出一块手帕擤鼻涕。紧接着，他展开手帕，细看一番，再叠好放回了上衣口袋。

亚瑟神父潇洒地走到教堂前方，审视了我俩片刻——那是他的信众，他的羊群，正等待着被欣然拥入耶稣的爱的教会。

"欢迎。"他说。

我沉浸其中，沉浸在亚瑟神父的言辞和教堂乐曲中，沉浸在一切之中。当坐在前排的老头脑袋朝前一仰、沉入梦乡时，我甚至连笑也没有笑。谁知道，老人家紧接着便鼾声大作，呼吸一声高一声低。随后，他猛地抬起头，高喊一声："西奥多？！"——这时，我才笑出了声。亚瑟神父也笑出了声。

玛戈与胡志明市

玛戈身穿紫衣。阳光照在她身边的课桌上，令她显得光彩熠熠。

"你会喜欢这幅画的。"她一边削铅笔一边说，又把画布上的铅笔屑吹开。

乍一看，玛戈似乎连想也没想，便开始画起了椭圆，一排又一排椭圆。椭圆渐渐长出了双肩，两栋高楼又在一排排椭圆的两侧拔地而起。椭圆长出了面孔，披上了衣服，添了标语牌。紧接着，玛戈讲起了它们的故事。

伦敦，1968年3月18日，凌晨一点
玛戈·麦克雷，时年三十七岁

我坐在通往自家公寓楼门的台阶上，手臂上的一道道抓痕正在流血，左膝破了皮，露出血肉模糊的伤口，右膝的瘀血肿成黑乎乎的一团，两只手掌上嵌着丁点小的沙砾，我尽力想用指甲把它们挑开，可惜只挑破了皮，流出了鲜血。

好黑。好冷。但我依然在等。

自从昨天早餐以后，我就再没有吃过任何东西，现在肚子饿得咕咕叫。有那么片刻，我仿佛感觉大卫在我腹内蠢蠢欲动，只待降生到这个世界，开启人生之旅。

我已经等了太久，屁股已经毫无知觉，但屁股下面冰凉的石阶却依然让我觉得寒意入骨。我的头发脏兮兮，衣服也脏兮兮；自从大卫夭折

以后，我还从未累得如此厉害。

不过，依我猜，有这几级石阶给我坐着等，已经不错了。下一班驶离伦敦的火车，要到清晨六点钟才会出发。

我的身旁，守着两个行李箱。我从其中一个行李箱里掏出一件套头衫，披在肩头。待会儿再穿上它吧，毕竟，我不想让血渍弄脏衣袖。

我曾经答应自己：不再掺和抗议，不再掺和违法的事，不再掺和激进行动；谁知道，1968 年 3 月 17 日，我却站在特拉法尔加广场上，一颗心狂跳不止，一双手不停发颤，只盼米娜能够留意到我。

教授又露面了。事实上，教授已经成为米娜和我生活中的家常便饭，他也已经不再忘记摘掉结婚戒指。从我们公寓的窗户，我遥遥审视他。他会摘掉戒指，为此费力地掰过来又掰过去（显然，他的身材在结婚时要苗条得多），直到终于掰下它，紧接着，他会把戒指塞到上装的左口袋里收好。

3 月那一天，他们两人首度一起出入公共场合。米娜很激动；教授抽着烟，尽力装出镇定的模样，但他显然跟我一样紧张。他戴着一副银色圆形太阳镜，想必是盼着别被任何人认出来，毕竟与他十指相握的女子并非他的太太。

我们所站的地方，本来叫特拉法尔加广场。不过，此刻它不再是特拉法尔加广场了，它已经变成了一片人海。人群喊喊喳喳而又推推搡搡，两名男子高举一块木头标语牌，木头标语牌上有胡志明主席像，面带着微笑，人像下方写着给美国军队的留言：回家吧！两人从我身边挤过去，又一路朝前挤，一心前往风暴中心。亚当与劳伦斯也在人群中，身穿 T 恤，上面用黑色马克笔写着几个歪歪扭扭的字：跟山姆大叔说一声吧，我们不去越南。

黑暗之中，台阶之上，我等待着。

我用从楼上带来的法兰绒布在血迹斑斑的膝盖上蘸了蘸。痛得钻心，我赶紧拿开绒布，结果扯下了膝盖上最后一块血淋淋的皮肤。露出的伤口是粉色，闪着光。不过，尽管痛得不得了，我却还是没有动。

街道尽头的灯柱洒下幽暗的光，我望见一个人影走上了人行道。我极目远眺，可惜，那不是她。

嘈杂声震耳欲聋。是时候前往格罗夫纳广场，让那位女演员递交抗议信了[14]。转眼间，人海便朝另一个方向涌去。

"我要走了。"教授说着，将香烟朝地上一扔，根本懒得弄熄。

米娜瞪眼盯着他。"什么？"她说，"你可不能现在走，好戏马上就会上演。"但他潇洒地在她脸上吻了吻，挤过人群；一名女子在他的面前挥舞标语牌时，他还挥手让她滚远点。

米娜停住了脚步。我也停住了脚步。看上去，她似乎快要掉下眼泪；她露出任性的表情，让我心中猛然一动。

米娜向我扭过头。想必是发觉了我的心思，她问我："怎么啦？"

我们的周围，人群正变得越来越吵，人们越聚越多。我们无路可逃。

"别装了，米娜，"我高喊了一声，"别再装了。"

人潮在米娜和我的身边涌动。一片混乱之中，我只感觉心中爱意喷涌，仿佛刚刚好能让我把话说出口，但又只有她一个人可以听见。

"别再假装，你想要的人是他了！"我说。

越来越多集会参与者在迫不及待地赶往格罗夫纳广场，好亲眼见证送出抗议信的过程，于是，他们在朝前挤，而我们仿佛站在汪洋正中，迎面却袭来了一股洪流，要将所有人都卷入滔天巨浪。但是，米娜纹丝不动，我也纹丝不动。

我伸出手，握住了她的手。

---

14 1968年3月，英国女演员瓦妮莎·雷德格雷夫曾在反越战集会中将一封抗议信递交给美国驻英大使馆。

路灯灯光下，一对情侣正"吧嗒吧嗒"地奔下街道。这小两口住在我们公寓楼下，一天到晚闹哄哄的。眼下，男方只穿了一只鞋，女方却穿着一双高跟鞋，两人手拉着手，沿小径狂奔而来。

来到台阶底部时，他们发现了我，却都没有说话。他们小心地走上台阶，但女子脚崴了一下，绊了一跤，扑上了我的行李箱，行李箱"哐嘟嘟"跌下了台阶。小行李箱冷不丁地散开了，把里面的东西一股脑地抛上了人行道。小两口进了公寓大楼，关上楼门，说了句"哎哟"，我听见他们两人乐出了声。

米娜凝望着我。我们周围翻天覆地，我们两人却都一动不动。

"放手。"她说。刚开始，我没有回过神，于是，她从我手里抽出了手，一溜烟地奔进了人群。

"米娜！"我喊道。

我追了上去。

我手忙脚乱地下了楼门台阶，拾起打开的手提箱，把短裙、长裙和鞋子塞进去。最底一级台阶上的气球，让我停住了手。是一只黄气球——想当初，米娜和我跟那些黄气球一起待了整整一个星期，好让它们给公寓添光增彩，之后才把所有的气球都刺破，感觉开心得不得了。我藏起了其中一个瘪气的气球，气球上还扎着绳。毕竟，我不愿意忘记，米娜曾经记得大卫的生日。

局面越发混乱了。我从一名男子身边经过时，他的鼻子正流淌着鲜血，淌上了他的嘴唇，害他不得不把嘴里积起的血吐到地上。

米娜的身形十分敏捷，在人群与标语牌之间翩然穿梭。

"米娜！"我叫道。

一名警察挥起警棍，砸向一名抗议者的肩膀，抗议者随即在视野中消失了踪迹。抗议者的朋友们群起向警察扑了过去，攥住他的外套，把他推倒在地上。

后来，在百代新闻社的报道中，记者声称，这是伦敦有史以来最为暴力的抗议活动。

照片从手提箱里滑了出来，正面朝下，掉在人行道上。我只随身带了两张照片：一张照的是我在伦敦度过的第一个新年前夜，我身穿绿色长裙，在米娜死党莎莉举办的派对上跟米娜一起跳舞。照片中，米娜在笑，我们在舞，双臂相叠紧紧相拥，转着圈。正是在当天夜里，我曾由衷地惊叹：原来，人间竟有此等至乐啊。另外一张照片，是我的最爱：它是米娜和我的合影，我们的脸上绘着花朵，在参加某人的家庭派对。正是在当天晚上，米娜和我救了一只小狗。当时，我悟到一件事：拜米娜所赐，我并非唯一一个学到如何解放自己的灵魂的人。

我拾起了两张照片，又一屁股坐回楼前台阶。依我猜，眼下是凌晨三点钟左右吧，不过，我依然等了下去。

一名骑警在千方百计降伏他的马，马儿惊恐地嘶鸣了一声。发烟弹一颗接一颗炸开，警察和抗议者则被一副接一副担架抬走。

"米娜！"我放声高喊道，却听不见自己的声音。她想必已经走远了，或许现在还在撒腿狂奔呢。

一块沉甸甸的标语牌猛然撞上我的头，有那么片刻，一切都变得很模糊。白烟在徐徐升腾，我突然感觉自己仿佛灵魂出了窍。紧接着，我又感觉有人狠狠地撞上了我，我记得，我随后轰然倒在地上。

我没有听见她的脚步声，但她分明就在眼前，在楼门台阶的底部，披着某个陌生人的外套，手持一块写着"和平"的标语牌。她的身上，没有半点伤痕。

她怎么会毫发无损呢？

她的目光从我那伤痕累累的小腿落上我那血迹斑斑的膝盖，又落上我手臂上的抓痕，最后，落上了我身旁的行李箱。

我有千言万语想对她说。我想问她，她如此无拘无束，为什么却偏偏给自己设下了某种禁忌？我想告诉她，不必怕我。我想向她解释，我对她的感情，与对强尼的感情截然不同，因为我对她的感情，并非出自责任。我对她的感情，没有半点勉强，却是全心全意。只要她愿意，我会爱她直至永久。

不过，我一句话也没有说出口。

我能尝到嘴里的血腥味，但我继续迈步向前走去，朝着与抗议人群相反的方向。我走进一条小巷，接着拐进了另一条。我沿街而行，街上居然满是各色"炮弹"——石头、鞋子、被人丢掉的标语牌，而胡志明主席的笑脸再次映入了我的眼帘：胡志明人像躺在地上，已经被一双双无礼的鞋踩过，因此布满了泥渍。"走吧，回家去！"他仿佛在告诉我。

可是，我没有家。

因此，我必须找个家。

米娜一屁股坐上了冰凉的楼前台阶，坐到我身边，把头靠上我的肩头。我们都没有说话。我没有勇气把已经说过的话再说一遍了，而且，我也没有勇气去迎接没有回应的结局。

我一定是不知不觉睡了过去，因为当我睁开眼睛的时候，天空已经从一片黑变成了满载希望的一片灰。太阳即将升起。米娜没有走，她的头还靠在我的肩头，正沉浸在梦乡中。

我伸了伸腿，免得腿麻。一定是我惊醒了她，米娜睁开眼睛，一张脸看上去睡意未消，让我恨不得把她留在身边。

可惜，我做不到。

于是，我递给她一个信封，里面装着下个月的房租。还有那张跳舞时的照片——好让米娜别忘了我。

　　随后，我拎起行李，迎着灰蒙蒙的晨光，走下了街道。

　　去给自己找个家。

回　礼

"大概 35000 镑吧。"

"你开玩笑吧！"

"绝非玩笑。"我说。

"噢，天哪。还是我厉害，非在大戏上演的一天缺席。那她准备拿这笔钱怎么办？"红发护士已经忘个精光：她原本是来给我打针防血栓的，现在却站在那儿，一只手叉着腰，另一只手心不在焉地举着针，活像一个给针剂产品目录做广告的模特儿（若是世上真有针剂产品目录模特的话）。

"她说，她会从中拨出一笔，给她爸爸办个体面的丧事，余下的钱她还没想好，或许会再念大学，或许会去旅行，或许把钱存起来买栋房，或许给她妈妈一些。总之，她想法多多。"

"哇。"

"是啊。她还想给我一张呢。"

"一张什么？"

"其中一张纸币。她先拜托我算出包里有多少钱，然后说要给我一张，这样一来，我住院的时候，身边就有瑞典的东西陪着。她说，自从离开医院，她就一直没有忘记我，而且，当她发现那束黄玫瑰还在我的床头柜上时，她笑了。"

"那你收下钞票了吗？"

"没有，我不能收。当初多亏了她提出要创建玫瑰画室，也多亏了她，我才会认识玛戈。"

"她爸爸是个无家可归的流浪汉，虽然随身带着这么一大笔钱，却一个子儿也没有花，难道不是很离奇吗？这下，她应该心里有数了：她爸爸离家出走期间，一直把她放在心上呢。"红发护士说。

　　"算是回礼吧。她给医院留下了一份礼，医院也给她回了一份礼。"我说。

伦妮与挚爱之人

"噢，我记得你爸爸，"清洁工保罗说，"高个子？眼镜男？对吧？"

"是他没错。"保罗正陪我去玫瑰画室，因为反正他也顺路，而且，用保罗的话来讲，我们有一阵子没"唠嗑"了。我推着轮椅，保罗走在我身边。刚才他问我，要不要帮我推轮椅，我一口回绝了，他也就没有死缠烂打，让我很开心。于是，在我心中，保罗借此赢得了不少"清洁工分数"；他已经把其他清洁工远远甩出了好几条街。

"以前经常来医院探病？"保罗问。

"是他没错。"我又说一遍。这时，我们到了走廊上的一块平地，我竟然可以推着轮椅畅通无阻，简直犹如梦中。

"是个不爱言语的家伙。"保罗一边回想一边说。我不知道保罗脑海中的我爸爸是否跟真人相符：他是不是煞白的一张脸？——毕竟，但凡到五月病房来探病，爸爸次次都显得脸色苍白，好像在踏进病房之前，他已经不得不把外套、鲜花和脸上的血色一起留在护士站里。

"现在来得少了。"保罗一边说，一边替我把着门。

"确实。"我推着轮椅穿过这扇门，"玛戈一直在跟我问起我爸爸的事，我不知道她干吗替我担心，我可不希望他再到医院来。"

"或许，玛戈不是在替你担心，"保罗若有所思地说，"或许，她是在替他担心。"

幸亏保罗一语道破（凭借犀利的眼光，保罗刚刚再下一城，"清洁工分数"又添一千五百分），不然的话，当我进入玫瑰画室，把事情原原本本告诉玛戈时，本来可能会感到很紧张呢。

玛戈把头发盘成了一个髻，有那么一会儿，她看上去酷似格拉斯哥海滩上某个棕色头发的姑娘。

"你觉得怎么样？"她问道。

"我喜欢。"我把轮椅推到自己的座位旁边，回答道。"如果我们又讲回我爸爸的故事，"我说，"那等到讲完以后，我们可以再讲点有趣的故事吗？"

她点点头。

格拉斯哥公主皇家医院，2013 年 12 月
伦妮·佩特森，时年十六岁

我的首次大手术，设在跟吓人的顾问医师见面数周后。

全身麻醉之下，我的梦是橙色的，我可以尝到它的味道。实际上，这便是我的任务：必须舔舔橙色墙上的橙色方块，它们才会消失；我的任务，便是消灭它们。在我的舌头上，它们咝咝作响，留下一片甜得发腻的橙色。

抛下梦中的橙色墙壁时，我一眼望见了爸爸。

我望着爸爸坐在我床边，他看上去很憔悴，脸色铁青，紧咬着牙关。

"我受不了了，小妮。"他的声音有点嘶哑，"我没办法坐在这儿，看着你死掉。"

"那就别来了。"我说。

他向我望来，望了好久好久，仿佛他正努力在我的脸上寻找着什么，寻找某些他尚不知道的点滴。

刚开始的时候，爸爸依然在探视时间段前来探望（探视时间段设在下午三点至六点）；随后，他慢慢变得越来越像个石像，整个人既没有血色，也没有生机。与此同时，他的女友阿格涅丝卡又不得不回波兰工作，于是，我明白：爸爸已经不再放声大笑了。

他待在医院的时间越来越短，有时候一两天不来探病，有时候一星期也不来。他变得沉默了些，脸色苍白了些，而我会直勾勾地紧盯时钟，一直熬到探视时段结束。假如等到那时，爸爸还没在病房门口现身，露出一副满脸愁容、直不起腰的模样，我会大大松上一口气。

"我是认真的。"一天下午，我对爸爸说。我抬眼凝望他。他望着正在装睡的我，脸上有种绝望的神色。想当初，望见妈妈只穿 T 恤和短裤站在厨房，瞪眼遥望花园的时候，他脸上露出的也是同样的神情。他想要乘船赶到我身旁，将我拖出苦海。可惜，跟妈妈一样，我已经沉得太深，我的周身一片漆黑。

"拜托了。"我说，"别让我见你看着我死。"

在那之前，我只见我爸爸哭过一次。那天是忏悔星期二，我才八岁。整整一晚上，我们全家都在做煎饼，煎饼堆成了一摞，我本来认定我们一家三口搞不定，但事实并非如此。爸爸一直在教我如何给煎饼翻面。"平底锅很沉，"他告诉我，"手腕要抖一下，但千万不要松手。"于是，我们一直等到平底锅里的煎饼已经煎得差不多，只等翻面的时候，爸爸把平底锅递给了我，我伸手去接，但不知怎么回事，平底锅却偏偏脱了手，砸在我没有穿鞋的脚上。

过了几秒钟，我才感觉到有多痛，于是，我多了一幕诡异的记忆：我呆立在那儿，平底锅"滋滋"烤着我的脚，直到我们回过神，我把脚抽开，爸爸把平底锅拿起来。烫伤处的皮肤仿佛卷作了一团，我哭得连气也喘不过来。"天哪！"爸爸惊道。我爸爸在格拉斯哥出生长大，但他在瑞典工作了许多年，也在瑞典邂逅了我妈妈，因此，他的口音有点变味。一到恐慌或不安的时候，他就换上了苏格兰腔。到了急诊室分流站，我的脚上敷着一袋冷冻鸡块，爸爸用颤抖的声音解释着事情的原委，当护士拿开我脚上那袋黏糊糊的鸡块，随之揭下的还有脚上的一块皮，露出了红通通的伤处，爸爸不禁失声痛哭。"都怪我。"他说。当然，后来伤口愈合了，只给我留下了脚边的一团黑疤。

多年后，在格拉斯哥公主皇家医院，我爸爸再次失声痛哭；毕竟，这次病魔来势汹汹，结局可能远远惨过脚边的一团黑疤。"不是你的错。"我告诉他，可惜，爸爸听完哭得更加厉害了。

当他平静下来，渐渐收住眼泪时，我心知：时机已到。"爸爸。"我开了口，我已经好多年没这样叫他了，我正使出浑身解数，"我想求你帮我办件事。"

爸爸望着我。

"我要你答应，再不来医院看我。"

一阵久久的沉默。

"不行，伦妮，"他说，"我不能把你一个人扔在这儿。"

"我才不是一个人呢。我身边有一大堆优秀的护士、医生和输液管嘛。瞧！这些输液管都快把我逼疯了！"我朝扎在身上的输液管一指，它们连到病床的另一头，连上各种各样的机器。

"伦妮。"爸爸轻声道。

于是，我不能再手软下去了。"我不希望你到医院来看我。"我告诉他。

他没有回答。

"我希望你去波兰。去休个假，见见阿格涅丝卡，见见她的家人。然后再一起回来开启你们的生活，让她哄你发笑。"

"不，伦妮。"

"不许对一个快死的孩子说'不'。"

"你才不该拿这种事开玩笑。"他嘴里说道，但他也展露了笑容。

"我希望你从我的面前消失。"

他的眼中又涌出了几滴泪，他不得不摘下眼镜擦掉眼泪。

"答应我吧，答应我会离开，再不要来。"

"可是我……"

"如果我走到了终点，他们会通知你。他们会打电话给你，让你过来一趟。到时候，你就可以过来道别了。不过，那绝非我们真正的告别，现在才是，趁我还是伦妮，趁我还为输液管激动，还对晚餐满心期待，因为我喜欢这家医院的草莓酸奶嘛。"

爸爸摇摇头，又流下了几滴泪，于是，他干脆摘下了眼镜，放到膝上。他用湿乎乎的手握住了我那扎着输液管的手。

"如果……"

"如果我改变心意的话，我会让他们给你打电话，你就会过来。"我说，"我知道。但你还是得答应我。"

"为什么？"他问。

"因为，我要还你自由。"

他陪我坐了好几个小时，等到晚餐送来时，他拜托护士把我的柠檬酸奶换成了草莓酸奶。

次日早上，我一觉醒来，发现豆袋猪笨尼坐在爸爸坐过的那张访客椅上，笨尼的怀中摆着一张照片。照片有折痕，是我和爸爸在我一岁生日时的合影。相中的我躺在爸爸的臂弯里，抬起一只手，用掌心猛揉自己的眼睛，两颊和工装上沾满了蛋糕糖霜，爸爸则哈哈大笑。照片正中有十字形折痕，因为它在爸爸的钱包里待了整整十五年。

合影背面，爸爸用从护士站借来的绿色荧光笔写了几个字：*我将永远爱你，宝贝。*

*

玛戈冲我微微一笑，似乎表示她已会意，此外，她还为我感到骄傲（当然，也有可能，我根本没猜对）。

"那好，我们现在可以转场去伦敦了吗？"我问。

"嗯，可以是可以。"玛戈说，"不过，今天我们要去的，是另外一个地方。"

玛戈与夜路

沃里克郡，1971 年 2 月

玛戈·麦克雷，时年四十岁

    雷迪奇与亨利因阿登之间的 A4189 号公路蜿蜒、漫长且孤寂，夜色之中尤甚。伦敦的冬天，从未像我在乡间熬过的那些冬天一样冷。伦敦有着诸多高楼和明灯帮你抵御寒冬，但到了乡村，你可就得靠自己了。若是米娜公寓墙上那枚钉住地图的图钉还在的话，它钉的位置离我现在所处的位置只有几公里。我已经在本地图书馆找到了一份工，过起了平淡无波的寻常日子。

    此刻，我驾着车，冷不丁注意到后视镜中的自己，惊讶地发觉：现在的我，看上去终于有副大人样了。我并未感觉自己比尤斯顿站走下火车的那个玛戈大了十二岁（尽管尤斯顿站的玛戈孤身一人、心中充满伤痛），可惜实情如此。

    我驱车在夜色中上路，孤零零一个人。前方没有车，后方也没有车。我驶上一座陡峭的小山，山上光秃秃的树木向天空伸出枝丫，活像一只只探出的手。我靠着车头灯又拐过一个街角，突然发现：道路两旁的草丛已经被风吹得歪歪倒倒。一片树叶从我的车窗前飘过，有那么一刻，我还疑心那是不是一只鸟儿，已经被疾风吹乱了阵脚。雨点拍打在我的风挡玻璃上，我打开了雨刷。哗啦，哗啦。我一心盯着路，我离亨利因阿登已经不远了，没什么好怕的。哗啦，哗啦。我又继续往前开，拐过另一个街角，经过一座老教堂。到了晚上，那里看上去像个鬼屋。

夜色笼罩在我的小车周围，一切没有被车头灯照亮的地方，都在未知的黑暗中蓄势待发。

汽车又绕过一个街角，光秃秃的树篱在风中瑟瑟发抖，我朝方向盘凑近了些。我已经驶上了一段直路——只要驶过这段路，便可望见亨利因阿登。我刚要松口气，车前灯却猛然照亮了一抹黑影：是一名男子，站在路中间。我竟然差点开车撞上他。对方没有动，有那么一瞬间，我也没有动。冷不丁冒出的人影惊呆了我，我的脚倒是很自觉，用尽全力踩了一下刹车。汽车向左转了个弯。我猛按喇叭，紧攥方向盘不放。这时，男子转过了身，迈开一大步，蹦上路边长满青草的路堤。我的车熄了火，停了下来，汽车左前轮也紧随黑衣男子到了路边。

这场"事故"想必只花了几秒钟，感觉却像过了好久好久。我一动不动地坐了片刻。在这条空荡荡又似乎永无止境的路上，此人竟然身穿一身黑衣立在那儿。很显然，他倒是不怕。可我怕死了，一想到刚才或许会撞到人，我的大脑就迟迟回不过神，也迟迟没有弄明白：我们两人其实都已经逃过一劫了。

我又竭力想要发动汽车，可惜，我的手抖得太厉害，连车钥匙也握不稳。

黑衣男子敲了敲副驾驶一侧的车窗，我不禁尖叫了一声。

我向仪表盘伸出手，去够车钥匙，这一次，我总算摸到了。汽车引擎发出一阵呜呜声，可惜的是，汽车动也没有动。我踩下油门，又拧动钥匙，可惜的是，汽车还是动也没有动。

这时，黑衣男子弯下腰，朝我微微一笑。他又敲了敲车窗。他的面孔跟我预料中不太一样：他看上去五十上下，长着红通通的鼻子，戴着一顶渔夫帽，两鬓已经开始泛白，一缕缕白发从渔夫帽下面支出来。

"哈喽！"他喊道，"非常抱歉，吓着你啦！"

我什么也没有说。我拼命转动车钥匙，汽车引擎盖下发出了一阵干涩的呼呼声。

"依我看，你的引擎可能进水了！"黑衣男子透过车窗朝我喊道。

我依然没有回答。

"别拧钥匙，过一阵再试试看吧……先让引擎喘口气，然后再试。"黑衣男子劝我。

我照办了。我体内的肾上腺素足得很，要是扔下汽车，说不定能一路跑回家呢。

"你没事吧？"黑衣男子一边问，一边透过车窗玻璃打量我，对我露出傻乎乎的笑容，好像我是动物园里的动物。

我点点头，只盼他走开。

"我叫汉弗莱！"他高声说，朝自己一指，"汉弗莱·詹姆斯！"

"你待在路上干吗？"我终于开了口，坐在驾驶座上喊道。

"你说什么？"

"刚才，你待在路上干吗？"

他朝我招手，示意我下车。

我的脸上想必露出了迟疑的神情。

"没什么好怕的，我又不咬人！"黑衣男子说。他放声大笑。

"你待在路上干吗？"我又问一遍。

他伸手朝上一指。我瞥了瞥汽车车顶。

"不对，"他咯咯笑道，"是星星！"

我在车座上前倾身子，透过风挡玻璃往外看，可惜我自己呼出的气息害得风挡玻璃结了一层雾，我什么也看不清楚。

他又敲敲我的车窗。

"怎么啦？"我凶巴巴地问。

"出来瞧瞧嘛！"

我摇摇头："不，谢谢，用不着！"

我千方百计再次发动引擎，不过，耳边传来的依然是呜呜声。

"你叫什么名字？"黑衣男子喊道。

我叹了口气。"玛戈。"我回答。

"玛戈，依我看，你的引擎进水啦！"

"没错，你刚刚说过！"

"嗯，现在我没法修，因为引擎太烫手了。不过，要是再等大概二十分钟，我就可以修好车，让你上路。"

"你能修好我的车？"

"可以啊！不过，得等引擎冷却下来！"

"哦。"

"玛戈，你想看星星吗？"

"我不知道。"

"这可是一生难遇的天文现象！"黑衣男子兴奋地瞪圆了眼睛，一腔热情显得如此真挚。于是，我开了危险警示灯，望了望后视镜，下了车。2月的空气冰寒入骨，刺痛了我的脸颊。

"跟我来。"黑衣男子说着走回路中央——我那辆车的车头灯和危险警示灯已经照亮了路面。"瞧……"黑衣男子伸手一指，嘴里说道，"瞧瞧。"

我跟在他身后，沿路堤而行，却没有迈步走到公路上。我抬起头，眼前的景象简直让我难以置信：漫天繁星。我从未料到，天空中的星星竟会有如此之多。

我们的头顶，是一片仿若梵高油画的星空，它仿佛笼罩着大地。

"真美。"我说。

"看到那边的'三叉戟'和'弓形'几乎叠在一起了吗？"黑衣男子说，"难得一遇，总之跟地轴有关。"

"你戳在路中间，就是这个缘故？"我问他。

"当然啦，这等奇观千载难逢。"

"我可差点就撞上你了。刚才，你就……呆立在那儿，没带手电筒，一点动静也没有。你说不定会丢掉性命。"

"噢，不。"他说，"其实，大家总会刹住车。"

我们静静地站着，向满天繁星望去。我几乎以为它们就要动起来，仿佛我们真能亲眼见证地球旋转。在伦敦待了这么久，光污染早已让我忘记了星空的存在；我几乎不敢相信眼前的一切——说不定，它只是海市蜃楼呢。

"对你的车，我深表歉意。"黑衣男子说，眼神却没有从星空上面挪开，"我会赔偿一切损失。"

我道了谢。

"很抱歉，刚才吓到你了。"他说，"在这条路上，我没遇到过多少开车的人，不过我也得承认，今天，我比平时来得早。"

"为什么？"

"玛戈，"黑衣男子回答，"刚才我告诉过你了，这可是一生难遇的天文现象嘛！"

如斯静夜，又见到如此星空，虽然刚刚差点撞到了人，把我吓得够呛，但惧意已经渐渐消失。

"我看得出，这样的星空，确实让人忘乎所以。"我说。

"嗯，我反正永远也看不腻。"他说，"我连望远镜也没有带，只想用肉眼看看。再说，这可是专属于我的星空。"

我的车等在我们身后。说不定，电池会活生生被车头灯用光。

"要是再来一辆车，那怎么办？"我问。

"那对我来说，今晚要付的修车费可就太贵啦！"他笑出了声，仿佛自己刚刚讲了一个史上最逗乐的笑话。

"你每天晚上都出来看星星吗？"

"通常可以在我家屋顶上看，不过今晚的奇景，闹点大阵仗也是应该的。很值，你不觉得吗？"

"可是，孤零零一个人待在暗夜里，你不觉得害怕吗？"

就在那时，他对我微微一笑。"一点也不，玛戈。'我爱星星至深，又何须惧怕黑暗。'"[15] 他说。

黑衣男子没能把我的车修好。静悄悄观星二十分钟后，他掀起了汽车引擎盖，一边笨手笨脚地修车，一边在嘴里哼哼唧唧；我则一边发抖，一边紧盯着他，或者紧盯着星空。

到了最后，他终于松开手刹，把我那辆可怜的车推到长满青草的路堤上，还答应一到明天清早，他就会个欠他人情的机修工朋友来拖车。于是，我们穿过夜色，朝亨利因阿登走去。我一直走在路边的小山包上，观星大师汉弗莱·詹姆斯却在路中央漫步，踩在路中央的白线上，一步接一步，活像在走钢丝。我不时扭头向身后望去，以免哪辆车悄无声息地向我们逼近。

"话说回来，玛戈，是什么风把你吹到了这里？"汉弗莱·詹姆斯问。

"因为你刚刚站在路中央，为了不把你撞死，我弄坏了自己的车嘛。"

"不，我是说，是什么风把你吹到了亨利因阿登？"

我没有作声。

"是乡村生活吗？"他问。

"不是。"

"是孤独吗？"他问。

我笑了。"不是。"

"是莎翁吗？"他问。

"我向来就不怎么喜欢莎士比亚。"

"竟然'向来就不怎么喜欢莎士比亚？'"他重复道。

"不怎么喜欢。"我说。

汉弗莱·詹姆斯放声大笑，一边喘气一边挤出一句："这是我听过最顺耳的一句话了！"

我们继续往前走。空气冰寒入骨，但我并不在意。

---

15 语出英国女诗人莎拉·威廉姆斯（1837—1868）。

"你做的是哪行，"我问，"当你不在路上观星的时候？"

"嗯，各式各样吧，主要还是星星。"

"主要还是星星？"

"没错。"

他停下了脚步，我也停下了脚步。他伸手朝天空一指。"你见到的每一颗星星，"他说，"其实都比太阳大。"

"是吗？"

"是啊，而且，比太阳更亮。暗一点的星星可能跟太阳差不多大，但亮一点的星星就比太阳大。人们意识不到——大家认为，因为星星看似很小，又闪闪发光，所以它们实际上就很小。其实，它们很大，大得不得了，强大有力。"

"天哪。"

"你，玛戈，今天晚上，你亲眼见到的是大约两万万亿英里[16]。"

"是吗？有些时候，要是不戴眼镜，我连路标也看不清楚。"

"你能看到星星，对不对？"

"对。"

"那你就能看到两万万亿英里。"

我冲他微微一笑。他冲我微微一笑。

我们继续朝前走，一直走到了铁路桥，而它标志着：我们已经踏入了亨利因阿登，把荒野抛到了身后。

"你家要怎么走？"他问道，我伸手一指。

"我要去拜访一个朋友，正好顺路。"他说，"你介意我陪你过去吗？"

"一点也不介意。"我说。

于是，我们又迈开脚步，这次双双走在人行道上。他从兜里掏出一块白手绢，擦了擦鼻子。

"嗯，苏格兰肯定是没错的。"汉弗莱·詹姆斯说，"不过，或许还在

---

16 英里，英制长度单位。1 英里约等于 1.6 千米。

伦敦待过？"他开口问我。

"你说什么？"我问。

"伦敦对吧？你有那么一丝口音。"

"嗯，对。之前我是住在伦敦。"

"住了多长时间？"

"嗯，大约十二年。"

"非常棒的一座城。"他说，"图书馆令人惊艳，大学也堪称一流。"

"你也在伦敦住过？"

"不，但我偶尔会去一趟。伦敦我没法住，能见度太差了。"

我们拐上主街，整个城镇似乎在一片平和而又无声的光芒中等待
我们。

"你家要走哪条路？"他问。

"走过去就是。"我打个手势。

"你现在做什么工作？"他问。

"我在雷迪奇图书馆工作。"我说。

"啊，也就是说，文字？"

"你说什么？"

"你从事的是文字一行。"

"我觉得吧……"

"谁知道，竟然不迷莎士比亚。"听他的口吻，仿佛他正在把一宗迷
案的线索一条接一条地凑齐，结果偏偏有一条说不通。这很让他感到惊
奇吧；或者，至少他难以相信，我竟然不迷莎士比亚。

"难道一定要……"我说。

"你常招人非议，对不对，玛戈？"他问，"身有反骨？"

"嗯，我可不是……"

"那又有什么不对！"他高声叫道，"最杰出的那批人，无一不是身
有反骨。"

紧接着，他住了嘴，我们默默无言地走了一会儿。我从手袋里掏出钥匙。

"好的，那我就送你到这儿吧。"当我用冻僵的手指掏出房门钥匙时，他说。

"是啊。"我回答。

"明天一早，我就让人去取你的车。"他说，"你什么时候出门上班？"

"早上八点。"

"如果是这样的话，我会在七点之前把你的车修好送到这里。"

"能修好吗？"

"噢，你这小信的人哪。"[17] 他笑了。

我打开大门，觉得欠他一声"谢谢"，尽管我说不清为什么要谢他：因为他让今夜陡生风波吗？因为他才是弄坏我那辆车的罪魁祸首吗？尽管如此，我却觉得，我在某种程度上欠他一份情，或许是因为他陪了我好一会儿，或许是因为，好几个月来，这是我第一次跟人聊天，却不是为了买卖东西……或许，是因为他答应把我的车修好吧。

"谢谢你。"我说。

他笑了笑，摇摇头。"晚安。"他说。我走进公寓，耳边却又传来了他的叫声："向来就不怎么喜欢莎士比亚！"他放声大笑，走下了街道。

次日早晨，我推开前门，一眼望见了我的车：它好端端地停在公寓外面的停车位上；引擎已经修好，轻轻松松就能启动。汽车副驾驶座上还摆着一封信，信中写着"心地善良的女子，特意留我小命"；此外还问起，如果现在就邀请我尽早共品小食、共赏繁星的话，是否太过唐突。随后，汉弗莱·詹姆斯写道："玛戈，因你偏爱文字，随信献上一首连通你我两个世界的诗吧。"

---

17 语出《圣经》。

他用细脚伶仃的字，抄录了那首诗的前几节：

快来吧，我的第谷·布拉赫 [18]。当与他相遇于人海，我便能将他认出，只需一眼，

当我向他讲起后人的科学，谦恭地坐在他的脚边；

纵他有双洞穿万物的慧眼，

却浑不知我们正孜孜以求，将昔日至今天的这一路补全。

请记住，我对你倾囊以授，

只待你再堪堪补上几笔；

请记住，因其新而真，定会遭人耻笑苛求，

因其如此之新，骂名或将纷至沓来，让你如入多事之秋。

但我的弟子啊，身为我的弟子，你早已懂得耻笑的分量究竟如何，

你与我一同笑对怜悯，你与我一同因被弃而欢欣；

于我们而言，世人的友谊与微笑只会分神，又算得了什么？

于我们而言，欢愉女神与她那俗气的花招，又算得了什么？

告诉德国大学吧，那份荣誉来得太晚，

那灰发的学者的命运，又何需世人的悔意；

我的灵魂纵然扎根于黑暗，却必在光明中涅槃，

我爱星星至深，又何须惧怕黑暗。

---

18 第谷·布拉赫（1546—1601），丹麦贵族，天文学家兼占星术士和炼金术士，其最著名的助手是开普勒。

第三回

伦 妮

"我不想死。"我说。

这句话出口的时候，我感觉身上正在冒出鸡皮疙瘩——真不赖。每当我的身体宣告它的机能颇为正常时，我便不禁为之自豪。要问我的皮肤对温度有什么反应，事实已经证明：好得很，好得呱呱叫。

男子扭过头，用轻蔑又困惑的眼神望着我。他的香烟在他的肩与嘴之间徘徊，举得很远，好像他想请我抽上一口。

此人的头顶光秃秃的，两鬓却冒出一簇簇黑中泛白的头发。我真想知道：站在医院大楼外，那片头发会不会让他的耳朵暖和一点呢？他身穿一件棕色晨衣，长及裸露的膝盖处，腿上的皮肤没有半点血色，毛却又黑又长，长得都能用梳子梳了……如果你愿意的话。

他望着我，一时仿佛进入了假死状态。

我刚才的话明明没刺可挑嘛，可惜，男子并未露出赞赏或认同的神色，并未显得精神一振。

"你知不知道，捡烟头的最佳地点，其实非公交车站莫属？"我问他，"很有可能，有人刚刚点上烟，公交车就来了，于是不得不把烟弄灭。所以，宝贝都在那儿，一大堆刚抽了两口的烟头。"

"知道吧，如果你想弄到不要钱的烟，"我说不清男子是否听懂了我刚才的话，因此又补上一句，"这就是一个流浪汉朋友教我的绝招。"我又继续说了下去："当初他说，这招我可能是派不上用场了，但我又把它教给别人了呀。现在你既然学到了这招，你或许会把它传下去，那它就会永远传下去。"

男子平静地举着烟，我望着蛇一般的烟雾左绕右绕，升入天空。

"他已经死了，我说的是我那个流浪汉朋友。"我说。可惜，对方依然没有回答。一阵微风从我们两个人身上拂过，我不知道男子是否会觉得冷。

"我还没有准备好。"我告诉他，谁知道他扭过了头，向医院停车场望去，香烟几乎举到了嘴边。

"真的还没有准备好。"我告诉他。他又回头看看我。他脸上的困惑之色已经消失，现在只剩下不屑。人家只是偷闲抽根烟，我却偏偏要来捣乱，他恨不得我赶紧滚蛋呢。不过，我对此很感激。对我凶不要紧，同情我才要命。

此刻，伫立在室外，喧嚣包围着我们：远处的街道、林中的风声、人们的低语，还有叮当响，那是有人把硬币塞进医院停车场收费机的投币口时失了手，硬币砸在了地上。照理说，喧嚣理应让人觉得压抑，但事实并非如此，喧嚣让我有种解脱的感觉。医院大楼里太安静了。但在室外，声响说不定会被喧嚣淹没。

"我这么怕死，怎么会死呢？"我问他。

抽烟男想赶我走，可惜我还不能走。他的灰色胡楂抽搐了几下，露了露一颗黄牙——难道是某种先天性反应？比如，一只丛林猫对一只死赖着不走的鸟儿亮了亮牙齿。男子把香烟朝地上一扔，香烟向前抛出一条弧线，沿着地砖又是滚又是蹦，落到了一把长椅下。天气太冷了，坐下可绝对不行，会跟坐在冰块上有一拼。

紧接着，男子又瞥我一眼；看他的眼神，言外之意绝对错不了：我毁了他抽烟休闲的好时光。他转过身，勾着腰，瘸着左腿，穿过旋转门，回了医院大楼。谁知道，旋转门却突然停住不转了，他卡在门里进退不得——但凡传感器认定有人靠前方玻璃板太近的时候，这扇旋转门就会停下。

我追着男子扔掉的烟头，把它捡了起来。烟头还没有灭，但也快了。

我还从未拿过香烟，因此有两点让我很吃惊：第一，它非常轻；第二，它非常光滑。我用拇指和食指捻着它，只盼这一幕不要落到熟人眼里。

脑子里刚刚冒出想抽上几口的念头，我便立刻采取了行动，把烟头扔进了垃圾桶，算是日行一善吧。

我明白，趁红发护士还没发现我溜号，我应该赶回医院大楼，但我依然徘徊了片刻，望着汽车翩然来去：那些车有的在倒进停车位，有的在让路，有的在绕着迷你环岛转圈。

一股烟正慢悠悠地从绿色垃圾桶里朝上爬，我认定：离开的时候恐怕已经到了。等到火苗冒头、火舌在垃圾桶的标志上方乱舞时（垃圾桶上的标志是三个顺着同一方向的箭头，我不确定它代表着什么。难道是健康、财富、幸福？还是圣父、圣子、圣灵？值得为之喝彩的三人组其实有很多），我认定：离开的时候绝对已经到了。

玛戈与天文学家

"皮帕，你有没有闪粉？"我问皮帕。

"你要闪粉吗，伦妮？"玛戈的口吻透着怀疑。

"没错，闪粉——当然是闪粉！"我告诉她。

"可涂上闪粉的话，会不会像是圣诞贺卡？"玛戈问。

"当然不会。嗯……闪粉呢？"

"没闪粉，伦妮。"皮帕一边说，一边一个接一个地抽出她那张办公桌的抽屉，"不过，我可以把它加进清单。"

我点点头，表示同意把闪粉加进清单。"金色闪粉，拜托你啦。"

玛戈低头审视着面前的画作，她正在给它做最后的润色：画中是一片暗蓝色的天空，点缀着点点繁星，星空下坐落着一座小屋。

"我敢打赌，后来你爱上他了。没说错，对吧？"我问。

"那会毁了这个故事。"玛戈回答。

"讲给我听会毁了这个故事，还是坠入爱河会毁了这个故事？"我问。

玛戈只是笑了笑。

"那可以讲给我听吗？"我问。

"当然可以。"

沃里克郡，1971

玛戈·麦克雷，时年四十岁

汉弗莱的宅子简直乱成一团糟。主楼以前是一座农舍，很高，由快要散架的石头建造而成。汉弗莱从一个没有后嗣的农夫手里买下了房子，原本打算把它彻头彻尾改造成一座现代化住所，但才刚刚装完水电设施和阁楼天文台（阁楼顶上还有几扇窗），他就撒手不干了。每逢刮风，窗户便呼呼作响，家里的暖气片也不能用。

汉弗莱家里还有另外几座屋子：其中一座养了一群鸡，另外一座被他用来停车。至于第三座，他正在里面鼓捣，准备修个更大的天文台。算他福星高照，去年冬天，这栋房子屋顶上的瓦片已经掉了好些。当他领我四下走动时，汉弗莱告诉我，他准备搭建一座透明玻璃屋顶，这样一来，他既可以看见星星，又无须"冻个半死"——这是他的原话。

汉弗莱养了不少鸡，他也喜欢喂小鸡、抱小鸡、跟小鸡说话，好像它们真听得懂一样。他还照好莱坞老牌影星的名字给小鸡取名：玛丽莲、劳伦、贝蒂、朱迪……当我问他为什么，汉弗莱告诉我，部分原因在于，它们也是"明星"嘛，但主要原因其实是，他已经有点腻味用星座给各种东西取名了。我告诉汉弗莱，我也一度自豪地把一只鸡当儿子养，谁知道，汉弗莱死活不信。一时间，我恨不得给米娜打个电话：我一直想知道，杰里米后来过得怎么样？它是否还在伦敦四处啄食，过着放养的日子呢？

我们站在汉弗莱家后方的田野里，仰望天空。这片田野原本养了一群奶牛，眼下已经成了一座杂草丛生的花园。那一夜极冷，我们呼出的气息幽灵般从身边飘远，但我并没有觉得多么烦心。用我能找到的最贴切的话来讲吧：跟汉弗莱在一起，我觉得有所倚靠。我觉得，我们有大把的时间闲聊，有无尽的风景可看。不急着说话，不急着打动他，也不急着逗他笑。在汉弗莱面前，我觉得很心安。

我们坐在汉弗莱那张摇摇晃晃的厨房餐桌旁，吃着辣味西班牙小食。餐桌一边靠黄页支着，另一边靠《地产大亨》游戏的包装箱支着。汉弗莱跟我认识的任何人都不一样：他与这个世界若即若离。"若即"，是因为汉弗莱熟知星星错综复杂的运动，熟知从地球看去，卫星、星座与月球各在哪里。"若离"，是因为汉弗莱与世上其他一切都很脱钩——他的冰箱里有一块黄油，两年前就已经过期；他家的墙上挂着一份日历，声称今年仍是 1964 年。他留着早已过期的门票和活动传单，他记得念大学时挚爱的电台曾有过什么名言，但他却经常记不起当天是否已经喂过鸡，也记不起他妹妹的生日到底是哪天。

"我去看看家里的鸡是不是饿了。"汉弗莱告诉我。我决定：还是别提醒他啦，虽然我在他家里才待了两个小时，他已经喂过两次鸡了。相反，我很开心能够独自站在他的厨房中，在一堆小玩意中间看书。他家到处放满汉弗莱自己写给自己的字条，各种根本不需要标签的东西上都贴着标签，比如"大汤匙"。一个炖锅上标着"好"，另外一个炖锅上标着"坏"；我真不知道他干吗把两个都留下来。

汉弗莱又回了屋，在沾满泥巴的门垫上跺了跺长筒雨靴。"鸡食一点也不缺，鸡食多得很哪！"他放声大笑，仿佛又讲了一个绝妙的笑话。他牵起我的手，眸中光彩熠熠，嘴里问道："我们可否一起观赏星星？"他带我迈过台阶，来到阁楼；就在他家阁楼上，托他自建的天文台的福，我们两个凡夫俗子，终于得以一窥天空。

我的朋友，我的朋友

"我家浴室的角落里有蠹鱼。"

亚瑟神父说着，一屁股坐到我身旁的长椅上。

"乍一看去，"他说，"也就是我清早去卫生间的时候，我还以为那是鼻涕虫，结果不是，是蠹鱼。当时只有一只，我只看到一抹黑影，钻到了地砖和壁脚板之间的缝隙里。

"你可能觉得，我会恨不得把那些蠹鱼除掉；你可能以为，我怕它们'虫'多势众，我怕它们说不定有数千只藏在墙里，恶心得很，可是，我其实很喜欢它们。它们提醒了我：即使是在最恶劣的条件下，或许也有生机。它们很有意思，看上去就是一只只银色的小不点，动如流水，跟我们所知的其他生命是如此不同。

"所以，泡澡的时候——要是你觉得这个话题不妥，拜托告诉我一声——我已经不再读书啦。相反，我会观察、等待、心里盼着：现在地板上没有任何动静，说不定就会引出一只蠹鱼，引它大胆地踏上未知之地，也就是我家浴室的地板。通常，它们却不肯赏光。我摸索出了两种理论：第一，蠹鱼不喜欢灯光——好几次，我在夜里上厕所，它们总是匆匆溜掉。第二，蠹鱼是夜行动物。虽然，我得说实话，我对这些无脊椎动物朋友的睡眠模式一无所知，但我经常在心里揣摩：难道它们并不喜欢白天，却偏爱在夜晚探险吗？

"为了不伤到它们，我已经吩咐希尔夫人，别用消毒剂给浴室地板杀菌，但希尔夫人说，那我就会惹上细菌，细菌又会害我生病，结果拖到某一天，她又不得不用消毒剂给浴室地板杀菌。不过，我还是求她别用，至少现在别用。我已经把蠹鱼当成了我的房客，当成了我家的小个子移民，而对它们而言，我是监护人、观察者、朋友。"

"到底有多少？"我问亚瑟神父。

"至少两只吧，但我希望不止两只。"

"您可以把壁脚板取下来，瞧一瞧。"

"接着我该怎么办？"

"数它们的只数呗。"

"然后呢？毁了它们的家，我恐怕会心里难受。"

"那您就只好在睡觉前猛灌酒了。"

"为什么？"

"这样一来，您就不得不起夜。"

神父哈哈大笑。刚开始声音很轻，后来笑声越来越响。"哦，伦妮，"他说，"真是妙招。"

"是吗？"

"是啊。"

"为什么？"

"因为我绝对想不出来。"

随后，神父脸上的笑容渐渐消失了踪迹，他又露出哀伤的神色。就在刚才，我进教堂的时候，他的脸上就有这种神情；红发护士则去了医院大门的方向，一边离开一边告诉我，她要去取点巧克力和一本杂志，而且，如果我想让她带点什么的话，现在赶紧开口，不然就永远把嘴闭上。

神父抬头凝望教堂的玻璃窗。"这扇彩窗我已经看了这么多年，现在我有点担心，我对它是不是不够珍惜。"

"不够珍惜？"

"我当驻院神父的时间，只剩下一周了。"

"什么？一周？怎么就只剩一周了？"

"伦妮——"神父再次显得忧心忡忡——"我竟然连日期也弄不清楚了，

但话说回来，穿睡衣度日的人，又何必在乎日期呢？

"我还以为，您还要再当四个月神父。"我说。

"没错。"

"已经过了四个月？"

"快到四个月了，就在下周末。"亚瑟神父回答。

我望着神父慢悠悠地长吸一口气，眼睛却依然紧盯着彩色玻璃窗。

"怎么啦？"我换上最温柔的语调。

"要是没人来，那怎么办？"神父的目光终于落到了我身上。

"什么？"

"我最后一次主持礼拜。我担心人会少得可怜。"

"上次那老头呢？打瞌睡的老人家。"

"他出院了。"神父又深吸一口气。"不好意思，伦妮，"他说，"*帮你是我的职责，事情真不该反过来。*"

"您帮我，我帮您，就这样。"我告诉神父。

"谢谢你。"

"嘿，您永远是我的朋友嘛，我的朋友。"我说。

红发护士可真会挑，恰好赶在这一刻推开了教堂沉重的大门。门开了，她却摔了一跤。不过，依我猜，这时机并不是红发护士自己挑的——她怎么会知道教堂大门的另一侧发生了些什么呢？但是，我倒真心希望她能等一等，我还想再待一会儿。

玛戈出嫁

雨点唰啦啦拍上玫瑰画室的窗户，我和玛戈并排而坐。与其说这场雨像是从天而降，不如说雨点像是迎面向人袭来。刚才，我画了一幅不堪入目的自画像，害得睡衣袖子上沾满了丙烯颜料：画中是三岁的我，正在幼儿园门口哇哇大哭。不过，当屋外暴雨倾盆的时候，坐在暖融融的房间里倒是很舒服。至于玛戈的画，看上去显得细致入微，画中青翠的绿叶和纤细的线条栩栩如生——那是一小束干花，花瓣的边缘已经又卷又枯，用丝带扎着。

西米德兰兹郡，1979年9月
玛戈·麦克雷，时年四十八岁

阳光一寸接一寸越过汉弗莱家客厅里铺了一半的地毯，我却依然一个字也没有写。地毯有一处没有固定在地板上，因此很容易钩住脚趾，害人绊上一跤，汉弗莱和我都经常摔跤。我试过用透明胶带补救，可惜胶带粘不牢下方的石板。每逢冬日早晨，石头便冷得刺骨，因此汉弗莱和我会尽力劝说对方下楼，去把水壶烧上。那间屋里一应俱全——它是厨房、客厅、餐厅——此外还有一段石头台阶，通往天文台兼卧室。我坐在汉弗莱为我打造的写字台前，伸直一条腿，把脚趾塞到地毯和地板之间的缝隙里。

"你写完了吗？"汉弗莱笑着问，抖了抖手里的一桶鸡饲料，撒了些在地上。用不了多久，小鸡们就会进屋，在石板上啄来啄去，喜出望外地再吃上一顿。除了写字台，汉弗莱还在厨房门上装了一扇供小鸡出入的活动门——算了，这扇活动门还是不提为妙（"凭什么猫咪就该好处占尽呢？"汉弗莱曾经评论道）。

我摇摇头。

"我的那份在旁边。"汉弗莱说。我把它拿起来：那是一份待邀宾客名单，名单上的人们将受邀出席汉弗莱和我的婚礼。其中有汉弗莱的哥哥、妹妹、几位姑姑和叔叔、来自大学的同事、来自伦敦天文台的朋友、酒吧结识的本地朋友。总之，汉弗莱用细脚伶仃的字谱出了一张亲友网，一张绕他而转的安全网。

我的那一页，却空空如也。

于是，我写下了一个人名，一个而已。白纸黑字地写下这个人名，仿佛活生生剖开我的胸膛，任由汉弗莱一瞥我的心。

我认定，我手上没有确凿的地址，于是，我写上了我所知道的最后一处地址。

我把自己的唯一一个白色信封放进整整一袋请柬中，翘盼着。

当然，我没有收到回复。汉弗莱的姑姑、叔叔和同事倒是寄回了请柬，还按他们是否出席和婚宴喜好在请柬上打了钩。我翻了翻装请柬的袋子底部，以免自己忘了把我那份请柬寄出去。想想吧：它到了伦敦，不堪一击地躺在陌生人家粗糙的门垫上，遭了不少冷眼和闲话，最后终于被扔进了垃圾桶，躺在蛋壳和依然热气腾腾的茶包上。

我觉得，汉弗莱因此颇为我感到心酸，想哄我开心，于是，我们开车去了考文垂，又在雷克汉姆百货店里兵分两路：汉弗莱去买他的第一套晨礼服，我去买我的第二套婚纱。

女装部里空无一人，连一扇窗户也没有。我感觉自己一脚踏进了灯光柔和的夜晚，身边只有一排排沉默的衣裳。一名女店员发现我正在四处打量，立刻走了过来。我感觉她疑心我是小偷，于是努力想要表现得正常些。

"要我帮忙吗？"店员笑道。

"我准备出席婚礼。"我说——我不知道自己为什么会说出这种话。

"嗯，真不赖。"她说，"什么时候？"

"下个周末。"

店员顿时露出一脸讶色，倒抽了一口凉气。很显然，下周末就要出席婚礼，竟然拖到现在才买礼服，已经晚到不能再晚——幸好刚才没有告诉她，我要出席的就是自己的婚礼。

"好吧，我们瞧瞧看，"店员一边说道，一边上下打量了我一遍，"你想要哪种颜色？"

"不要白的。"我说。

店员闻言笑出了声。"嗯，那还用说吗！"她以手抚额，仿佛很受不了我的说法：身为婚礼的宾客，这位顾客竟然暗示，她也许会穿白色礼服出席人家的婚礼呢。

"您不介意吧？"店员问。

"不，一点也不。"我答道，虽然我并不知道她问的是什么。不过，答案立刻揭晓了：女店员开始从不同的衣架上取下礼服，才花了区区几分钟，她的手里已经拿着至少十件礼服，有红色，有绿色，有蓝色，我自己却两手空空。

"来试试？"店员问，我跟着她进了试衣间。

我有种感觉：说不定，我是女店员今天的首位顾客。

试穿的头几件礼服糟得不得了，其中有一件处处不合身的鲜红色礼服，一件亮闪闪的绿色绸缎礼服。跟店员一起挑衣服让我很别扭，她却死活不肯走开。她时不时敲敲试衣间的帘子，让我把礼服穿给她瞧瞧。第四件礼服（也有可能是第五件），是我唯一好意思穿给她看的。那是一件海军蓝色的礼服，袖子长及手肘，膝盖处微微有点蓬。我迈开脚步，它便发出一阵沙沙声。

店员体贴地给了我一个蓝色头饰，别在头发上，又取来一件毛茸茸的蓝色开襟毛衫，袖子跟婚纱的衣袖一样长。

"太完美了。"当我审视镜中的自己时，店员夸道。我本想感谢她帮我挑到了婚纱，可惜我怕穿帮，因此当女店员帮我把婚纱装袋时，我只道了声谢。

我告诉店员："新娘会喜欢的。"

我在购物中心的咖啡馆里找到了汉弗莱，他正一边喝茶，一边伸长脖子望着天花板，透过高高的玻璃屋顶向寒冷的蓝天望去。

"怎么样？"他问。

"大功告成！"我指着购物袋回答。

"嗯，"汉弗莱把茶咕噜噜地吞下了肚，"我也一样。要是告诉你不算犯禁的话，我挑了蓝色。"

婚礼前夜，汉弗莱住到了他的朋友阿尔家里。"留点悬念！"我们在门口吻别时，他装出一副煽情的腔调。"婚礼红毯尽头见！"他边叫边钻进阿尔的汽车，手里紧攥着装礼服的购物袋。

再婚婚礼当天早上，我给自己做了吐司、果酱和一杯茶。缺了汉弗莱在家到处乱窜、把东西到处乱摆、把家里弄得一团糟，这栋房子安静得有些诡异。我烫了卷发，仔仔细细地上了妆，挑的是淡粉色唇膏——当初，它一度搁在伦敦那间出租公寓床头柜的一摞书上，算我走运，它居然还能用。

我独自走到教堂，教区神父跟我握了握手，向我露出一抹温暖的笑容，请我去旁边的小房间里等待。神父问我，是否还有其他人要来，跟我一起等。当我告诉他再无旁人的时候，我尽力不让自己感到心酸。

于是，我等着。我来教堂太早，小房间里只有几把长椅和几本《圣经》陪着我。

就在那时，房门开了，她就站在门口。

一时间，我竭力想要吸上一口气，又想要咽下一口唾沫，结果害得自己呛了一口。我戴着母亲为我初婚婚礼准备的白色蕾丝手套，而我不想冲着手套咳嗽，因此千方百计想要脱下手套，可惜手套实在太紧。米娜走上前，向我递来她那份婚礼程序单，正好赶上我咳出一口薄荷绿色的浓痰，咳上了玛戈·麦克雷与汉弗莱·詹姆斯举行结婚典礼字样。

米娜哈哈大笑，我却连声道歉。

我喘过了气，认真地看着米娜：她依然是一头金色卷发，别在耳后；面孔与我记忆中几乎一模一样，只是丰满了些；一身粉色礼服刚刚过膝，从她的大肚子上轻拂而过。

有那么好一会儿，我没有回过神，脑子里冒出了一个念头：我大可以牵上米娜的手，跟她一起逃之夭夭，逃到某个遥远的地方，在那里，她可以投入我的怀抱。

正在那时，米娜笑了，落跑的念头也随之被我抛到脑后，取而代之的是另一幕景象：汉弗莱的手覆上我的手，我们躺在床上，共赏星星。

尽管早已到了为人母亲的年纪，米娜看上去却依然宛若爱闯祸的少女。她对我耸耸肩膀，笑了笑，我顿时记起：有些时候，凝望她的双眸，会让我心中一痛。

我深深长吸一口气，仿佛马上就要跃入水中。我扑向米娜，紧紧搂住她，暗自疑心这是不是破镜重圆的滋味。我花了太久太久去回忆她，思念她，遥想她，以至于我已经忘记，她是个活生生的人，而此时此刻，她竟就在我的眼前。

"恭喜你。"她对我说。

"也恭喜你。"我对她说。

一阵遥远的响动在我的耳边回荡，过了片刻，我才悟到：这是风琴声，奏完这一曲，就该新娘出场了。刚开始，汉弗莱和我本打算配钢琴，谁知道神父力荐教区教堂的风琴师，我实在不好意思开口告诉神父：听到那位名叫艾尔丝佩思的好心肠驼背女士弹奏风琴，会害我心里发毛。

正对教堂停车场的窗台上，花瓶里插着一束干花，花束上系着一条丝带，正中的粉色花蕾是朵康乃馨。我从花瓶中抽出花枝，尽管我已经极度小心，几片枯叶却依然颤抖着散落了下来，落上了地板。

"给你。"我说着把花递给米娜，"来当我的伴娘吧。"

喝着一杯凉了的茶，我拖着米娜讲完了事情的始末。米娜竭尽全力讲得委婉一些，可惜我依然不时感觉心碎。

男方（指的是米娜肚子里孩子的生父）姓甚名谁并不重要，因为养孩子没他的份，米娜说。他的身份先是同事，再是朋友，再是情人，再是孩子父亲，最后则什么也不是。当然，我心里明白，男方便是"教授"。他（指的是肚子里的孩子）会跟米娜姓（也就是说，姓斯塔）；据米娜说，几年前，她终于把自己的法定名字改过来了。

"如果我能帮上忙……如果我们能帮上忙的话……"我开口说道，米娜却摇了摇头。

米娜肚子里的小家伙翻了个身，米娜攥住我的手，按到紧身裤袜的裤腰上。

一时间，我只觉得天旋地转——有些时候，我便会有这种感觉。地球在转，载着我们往前，数百万毫秒飞逝而过，而这一刻无比珍贵。这一刻，比我跟汉弗莱在一起的时光更加珍贵，因为跟汉弗莱在一起的日子还长得很，难以算作"珍贵"。而跟米娜在一起，时间总是如箭般飞驰，总是转瞬即逝。

我们目光相接，米娜站起身，一只手撑上椅背。

"你可以留下。"我说，却心知她不会留下。

她吻了吻我的脸颊。

随后，她离开了。

几个星期后，一封寄给"詹姆斯太太"的信搁到了我家的门垫上。信里有张宝宝照片，照片背面熟悉的花体字则告诉我：这个初生儿，名叫杰里米·大卫·斯塔，重 6 磅 10 盎司。

伦妮与第一次道别

不久前，我遇到了一位神父，一个老人，他的教堂空空荡荡。我握了握他的手，我们意外地成了朋友。我没能从他那里学到任何关于耶稣的知识；依我看，我倒是把他弄糊涂了。不过，这些并不重要。

今天，这位神父踏出他的办公室，准备最后一次主持主日礼拜。照他猜，来做礼拜的恐怕跟往常一样只有两个人，因此神父几乎连头也没有抬过，直到走到圣坛旁。随后，他抬起了头。眼前竟然是数不清的笑脸，神父不禁睁大了那双泛着泪光的眼睛：是皮帕教的好几个美术班里，比如六十岁以上组、七十岁以上组，以及八十岁以上组里我的那帮朋友，人数总共在四十左右。我们有的身穿睡衣，有的则身穿盛装，都在等着听亚瑟最后一次主持弥撒。我和玛戈、艾尔丝、沃尔特一起坐在前排。

"嗯，天哪，"亚瑟神父一边说，一边戴上老花镜，他的声音有些嘶哑，"欢迎！"

我朝他挥挥手，他朝我微微一笑，点头示意。所有人手上都拿着我制作的海报。没人敢肯定教堂礼拜用得着海报，可是，我们总得弄出些实物以示后辈嘛，这可是亚瑟神父精彩的收场盛事。

"你们大家都能来，真是太好了。"亚瑟神父说，"你们中有些人可能知道，这将是我在医院教堂最后一次主持礼拜。"

"我们知道。"艾尔丝说。她穿着一身黑衣，戴着一顶饰有亮片的黑帽子。我不知道艾尔丝住在哪间病房，但我敢说，她在病床边存的家什也太多了吧，我还从来没有见过艾尔丝穿重样的衣服呢。

"因此，如果我的情绪有点激动，请大家原谅。"亚瑟神父继续说道，

"不过，我还得补上一句……"说到这儿，他打了个喷嚏，道了声"失礼"，然后笑着继续说，"……我还感冒了。"

亚瑟神父走到圣坛后，花了片刻镇定心神。彩色玻璃窗上的姹紫嫣红给他的白袍染上了一层粉色。我呼吸着熟悉的气味，在脑海中记下了这一刻：亚瑟神父伫立在教堂中，那正是他的归宿。过了片刻，我们全都默不作声，亚瑟神父抬起了双臂。

"我们的天父，愿你的名受显扬……"亚瑟神父说。

《主祷文》中有些词我不太懂，但其中"艺术"一词我倒是能够听懂。《主祷文》提到了"艺术"一词，依我看，很有必要；我们都该当当艺术家嘛。尤其是如果上帝在天堂还不忘艺术的话，我们真该以他为榜样。

"我们的生活，福乐处处。有时候，我们会停步细数，有时候则不会。在这家医院工作了这么多年，我经常思考，我是否让这家医院有所改变。到了最后，我敢肯定的是，这家医院让我有所改变。在这里生活、工作、祈祷，我觉得自己很有福。我在这里所遇到的人们，他们的勇气，他们的胆量，他们的光，将永远改变我。"这时，亚瑟神父向我望过来，又深吸一口气，"认识到这一点，我们要感谢上帝……"

这一次，教堂里没有人打瞌睡，我也并不想笑。我想让时钟暂停，我想让亚瑟别走。此外，我还有点担心亚瑟——他会怎么样呢？他有退休金吗？他不当神父以后，希尔夫人还会给他做鸡蛋水芹三明治吗？他一天到晚究竟怎么打发时间呢？

时光真是匆匆，仪式结束了。

"平安入世，爱主，服事主。"[19]亚瑟神父说。我根本没有意识到自己在鼓掌，直到已经鼓了好几下。长椅另一头，玛戈也鼓起了掌。掌声越来越响，直到玫瑰画室的艺术家们通通加入了鼓掌的阵营。

亚瑟神父满脸通红，点了点头，说："谢谢诸位。"

我们慢吞吞地向门口走去，亚瑟神父问皮帕："我可以跟伦妮说句话

---

19 本句译文摘自新《普天颂赞》版本。

吗？用不了多长时间。"

皮帕同意了，跟其他人一起迈着碎步出了教堂。

"知道吧，"大家向教堂门口走去时，玛戈对艾尔丝说，"亚瑟神父看上去好面熟，但我又拿不准。你觉得他上过电视吗？"

"嗯，刚才那场仪式确实很不寻常。"我听见艾尔丝从走廊里说道，"我的首任丈夫是英国国教徒，第二任是卫理公会教徒，第三任是天主教教徒，刚才那一场，有点像是三者合一啊。"可惜，我没有听见其他人是否同意艾尔丝的看法，因为沉重的教堂门在他们身后关上了。

我沿着教堂通道走回去，亚瑟神父哀伤的笑容随即映入了我的眼帘。

"谢谢你。"他说。

"谢我什么？"我把他的那份海报递给他。

"我会想念你的，伦妮。"

我伸出手，给了他一个拥抱。神父的长袍上有股衣物柔顺剂的味道——对于圣袍来说，这也家常得有点离谱了吧？"谢谢您所做的一切，亚瑟神父。"我贴着他的肩膀说。

亚瑟神父往后一退。

"我能去探望你吗？"他问。

"如果您不来看我，我永远也不会原谅您。"我回答。我伸出一只手，撑上了一旁的长椅——我全身上下没一处不痛，而且，刚才我还（以死相胁）逼着皮帕把"我的"那辆轮椅放在了教堂外面。

"我保证一定会来看你。"亚瑟神父说道，接着住了嘴，"伦妮，我们刚认识的时候，你让我跟你说点实话。你还记得吗？"

"记得。"

"嗯，我要说的终极真相是：如果我有个孙女，我希望她和你一模一样。"

因为亚瑟神父看似就快掉出眼泪，我伸出了右手。他显得一头雾水。

"我们的友谊，始于握手。"我微微一笑。

亚瑟神父顿时会意，伸手覆上我的手。

"下次见，伦妮。"他说着跟我握了握手。

当我抽回手时，神父对我说："保重！"他的语调是如此有力，仿佛他认为他越是用力，事情就越有可能成真；仿佛只要我能好好"保重"，我就不会死。

我费了好大力气，才忍住没有哭，随后，我抛下教堂里的神父，费尽辛苦走回了轮椅旁边，路上好歹没有跟跄。确实很小心，正如神父所希望的那样。

于是，大戏收场了。皮帕好心地帮我推着轮椅，我们这群玫瑰画室"室友"又掉头准备回到颜料和画布身边。"谢谢你们。"我对大家说。当大家告诉我，这纯属举手之劳时，我不得不抬起头，紧盯着走廊天花板上明亮的灯光，才忍住没有让眼泪掉下来。

六　十

红发护士用轮椅把我推到玫瑰画室，庆祝玛戈和我的画作刚又突破了一个具有里程碑意义的数字。之前，达到五十幅的时候，我们忘了庆祝，因此六十必然不容错过。

"我不知道该把它们放到哪里。"皮帕边说边把大一些的几幅画作从水池上方的架子上取下来，放到桌子上。她小心地沿着画室把它们摆开，似乎还依照着某种顺序。彩色画作最为打动我：伦敦的夜空、一只几乎没毛的鸡、我那幅蹩脚的透视图，画中是我家刚搬到格拉斯哥时我住的新卧室。

"这幅是你画的，对吧伦妮？"红发护士伸出手，向玛戈所画的公园油画一指，嘴里说道——玛戈曾经坐在画中这座绿草茸茸的公园里，等待教授离开。

"嗯，你就毒舌吧。"我告诉红发护士。

"什么？"

"这幅当然不是我画的！"

我从轮椅上站起身，只等红发护士出手拦住我。但她没有拦我，于是我得寸进尺，打算撒腿跑上一跑、蹦上一蹦，不然就一屁股坐上桌子晃晃腿。我站到画着母亲和一辆等候中的出租车的那幅画作旁边。

"太棒了。"红发护士夸道。

"什么太棒了？"

"这一切。"红发护士回答，露出一脸严肃的神情，"你完成了一个了不起的壮举。当然，还有玛戈。"

"都是伦妮的主意。"玛戈说。

"她是个聪明姑娘。"皮帕笑了。

就在那时，我突然悟到：要不是有着六十幅画、纸笔颜料，再加上我的一颗心依然还在跳动，眼前的一幕也许就能照搬到我的葬礼上：大家聊起我，谈论着我的成就，感伤地把我往好里夸，同时细品着碟子里隔夜的三明治，想象着如果我还没有死，人生到底会过成什么样。

一时间，我满脑子都是这个念头。并非嘿，玛戈和我已经画出六十幅画啦；却是，正是如此，到时候她们一定会用上这种慈爱而又沉痛的口吻，当我……不管我结局如何。我原本希望，不仅如此；不过，或许每个人都希望，不仅如此吧。

我原本希望，大家会说，伦妮·佩特森？没错，我记得伦妮。是那个曾经奇迹般地痊愈，然后过上精彩人生的家伙吗？

我又一屁股坐回轮椅。若是你的上半身只使得出比蚊子大不了多少的力气，想靠一台手动轮椅争取自由，那几乎注定泡汤。因此，我想要不惊动她们三人就偷偷溜号，纯属痴心妄想。不过，值得夸赞的是，她们好歹任由我出了门，才出手前来捉我。

推着轮椅过了一半走廊，我听到身后响起白色帆布运动鞋发出的熟悉的吱嘎声。

"小妮。"她说。让我叹服的是，她并没有握住轮椅把手推我朝前走，却任由我自己继续挣扎向前。

"我只是要去一下某个地方。"

"哦，是吗？"她听起来有点担心。

"没错。"

"那你到底要去哪里？"

"离这儿远点就行。"

"去找亚瑟神父？"

我继续推着轮椅，沿着走廊往前。"不，请记住，他已经走了。"我说。

"那你要上哪儿去呢？"

"我只是想逃离它而已。"

"逃离你的画？"

"逃离你们几个在画室里为我举办的葬礼。"

当我来到走廊尽头，绕过转角时，她一句话也没有说。我来到一扇双开门前，红发护士干脆为我把着门，放我逃离。

我推着轮椅绕过了几个拐角，千方百计想要迷路。因为假如我真迷了路，我就可以躲开五月病房，直到被人找到。就在刚才，经过抽血室的时候，我瞥见了沃尔特和艾尔丝。他们两人身穿晨衣，肩并着肩，正慢吞吞地散步。沃尔特在用助行器：以前我可没有见过沃尔特用助行器，或许他刚刚做过膝盖手术吧。沃尔特说了几句话，逗得艾尔丝哈哈大笑。她笑得用一只手撑上了他的手臂。笑起来的时候，艾尔丝显得跟平时不太一样，仿佛她并不像看上去那么镇定，仿佛她并不是个时尚的法国杂志编辑，却另有内情，比如，或许她是个机械师。总之，没那么讲究。

他们拐过一个屋角，沃尔特一小步接一小步地往前迈，迈得小心翼翼，根本没有注意到我。

而我对医院道了声谢，感谢它让我瞥见他们两人的这一幕。

玛戈与太阳

玛戈身穿一件毛茸茸的紫色套头衫；我一进玫瑰画室，她就给了我一个热烈的拥抱——我正盼着她给我一个热烈的拥抱呢。她在我们那张桌子上腾出一块地方，开始画画。她用极淡的水彩涂出一层橙色，再涂上一层红色，继而又涂上一层黄色，绘成一只长柄鸡尾酒杯，直到那杯酒的颜色亮丽得让人几乎想要一饮而尽。

马略卡岛，1980 年 8 月
玛戈·詹姆斯，时年四十九岁

我从未好好度过假，汉弗莱也没有。我们本来不想去度蜜月，直到他妹妹向我们力荐马略卡岛的一家酒店；她告诉我们两人，是时候晒晒太阳了。

当然，汉弗莱和我压根儿不合群。泳池池畔的人们就很上道——我们还没有下楼去餐厅吃早餐，他们已经在日光浴床上铺好了毛巾；他们深知要一次点上三杯饮品，才能把包价套餐的好处榨干；他们懂得什么时候该把日光浴床拖到泳池的另一头才能尽享下午的阳光。

眼睁睁地看着汉弗莱竭力想用认知能力理顺一大堆与认知能力无关的破事，真是非常有趣（他能依仗的只有我从慈善二手店给他买来的一本间谍小说，再加上数小时的休息时间）。当我躺在阳光下，感觉发僵的自己渐渐舒缓下来时，汉弗莱却挣扎着想要过得舒服些，想找点乐子。

我们排队等待首次晚宴的时候，汉弗莱向一个陌生人问起对威灵顿天文台的看法。

"说不好，哥们儿，"素昧平生的陌生男子回答汉弗莱，"我不怎么穿威灵顿雨靴。"

第一天夜里，我们决定去逛逛酒店的酒吧。傍晚的微风驱散了白日的酷热，假如露天酒吧不是挤满了人，假如一名酒店代表不是正在翻唱《阿根廷别为我哭泣》（舞台灯光雪亮，唱得又很蹩脚），我们恐怕能够听见虫鸣声与海浪声。

随后，一对温文尔雅的情侣走过来，打听我们那桌的两张空椅子有没有人坐。现在，我已经记不起他们的名字了，不过，权且称他们汤姆和苏吧。汉弗莱示意小两口把椅子搬走，谁知道他们没有照办，却跟我们坐了一桌，害得汉弗莱和我都暗自心惊。

"你们有孩子吗？"伴着一曲精彩的《浴火重生》（由一位晒得黝黑的度假者激情献唱），大家闲聊起来，苏开口问我们。

对萍水相逢的苏，我本来准备使出一套客气的说辞，解释一下汉弗莱和我为什么没有孩子，谁知汉弗莱抢了个先。

"嗯，有啊。"汉弗莱说。我不禁惊掉了下巴。

"女孩。"汉弗莱补上一句，"两个女孩。"还用说吗，汤姆和苏立刻发出了一阵喟叹。

我赶紧抿了一口饮品，好让大家明白：我一时半会儿是开不了口了。

"叫什么名字？"

"贝蒂，还有玛丽莲。"汉弗莱回答。我差点失手摔了自己那杯色彩鲜艳的鸡尾酒——刚才，我本来竭力想用西班牙语点杯橙汁，结果一不小心下错了单。

"名字很不寻常。"苏说。

"我们都是货真价实的电影迷。"汉弗莱边说边举起双手，仿佛他刚刚犯法被抓了包。

尽管我使出浑身解数想要告诉汉弗莱：别再假装我们的鸡是我们的孩子啦，汉弗莱却把一只手搁到我的膝盖上。当汤姆问起，我们的女儿贝蒂和玛丽莲多大年纪的时候，汉弗莱露出了笑容。

　　"都是八岁。"汉弗莱说。

　　"是双胞胎？"苏兴奋地问。

　　"嗯，确实是一起来我们家的！"汉弗莱放声大笑。

　　"我好爱双胞胎，"苏说，"我祖母就生了一对双胞胎。据说会隔代遗传，所以如果我们有孩子，就可能是双胞胎。"苏满怀希冀地向汤姆望去，看得真让人心疼。

　　"一定很棘手吧？"汤姆说着猛灌淡啤酒。

　　"嗯，算我们走运。"汉弗莱说。他的双眸熠熠生辉——汉弗莱只有在真心快活的时候，才会露出这种神情。"只要有吃有喝，她们俩就开心。"

　　我又喝了一大口鸡尾酒。

　　"不过，女孩啊，少不了一大堆粉色玩意儿。"汤姆说。

　　"我家就不。玛丽莲和贝蒂都属于热爱户外的类型，"汉弗莱说，"虽然有时候积习难改——它们总爱拿鸡喙到处乱啄，不是吗，玛戈？"

　　我一口喷出了果味鸡尾酒，液体喷过桌子，在白色塑料桌面上溅成一摊又一摊。我赶紧道歉，汤姆却面带惊慌，苏用一块小小的餐巾纸吸着我刚刚喷出来的鸡尾酒。

　　"棋差一着啊，对不对？"汉弗莱嘴里问道，眼中则闪闪发光。

痛 苦

"你疼吗，伦妮？"

德里克问道，眼中隐隐露出惧意——若是我如实回答，只怕会吓他半死。不过，算他走运，我并不打算如实回答。

"不疼。"我一屁股坐下来，尽量不打哆嗦。

"几天前，我和一名女子聊了聊，"德里克说，"她的女儿得了……"他一时找不到字眼，最后只好向我摊摊手。就是伦妮得的那种病嘛。不管我得的是哪种病。不过，德里克不敢当着我的面直说，这一点让我喜欢。

"她说，她的女儿很疼，当她……"德里克又摊摊手，任由一只手搭上膝盖，发出哀伤的"啪"的一声。就连德里克也已经意识到了：聊天的时候，大家把我当成死亡的代名词，恐怕并不是当天最让我欣慰的一件事。

"不管怎样，"德里克爽朗地说道，仿佛一切立刻一笔勾销，"这让我想起了你，所以我想问问你。亚瑟不喜欢谈痛苦，但我喜欢。我觉得，坦诚面对我们自己的症状，意义重大。"

"你有医学背景吗？"我问。

"嗯……没有。"

德里克的脸涨得通红，我顿时记起来：当听说我要去教堂拜访德里克时，亚瑟神父曾经叮嘱我："嘴下留情。"

说起来容易做起来难。

德里克伸出一只手，抚摩着光溜溜的下巴："或许，我们可以举办一次祷告会。"

"你的意思是说，你还没有为我祷告？"

"我……"

"这话似乎有点扎心，德里克。"

"我跟你讲过了，别这么称呼我，你还是叫我'伍兹牧师'的好。"

"可是不押韵啊。"

"什么不押韵？"

我叹了口气，抬头向彩色玻璃窗望去。请赐我力量，绝美的紫窗。

"亚瑟神父就很懂押韵。"我说。

显然，德里克根本不知道该怎么办。我有一种感觉：德里克恐怕在脑海中预演过这段对话，但是，我已经害得对白远远地偏离了剧本，他实在想不出来该如何救场。

"你有没有盼过自己能够接受再培训？"我问。

"什么培训？"德里克试图掩饰声调中的几分沮丧。

"当医生，"我说，"或者当护士。知道吧，这样一来，你就可以为人们的痛楚做点实事。"

"伦妮，你的言外之意是？"

"我的言外之意是，把教堂建到医院里，活像想靠赏画推断天气。"

德里克不禁一呆，张开嘴想要说话，却又闭上了嘴，随后深吸了一口气。"医院牧师给有需求者提供支持。有时候，这便是我们的职责；有时候，我们也会遍洒耶稣基督的爱。我们尊重所有文化与宗教；除此之外，请恕我直言，尊重正是你颇为欠缺的一种品质。"

"就像黄油？"

"什么？"

"你说，你会'遍洒耶稣的爱'。当人们这么说的时候，我脑子里会冒出一幕：大家在遍洒耶稣的爱，就像大家在遍涂黄油。"

"伦妮，不是黄油……"

"那就是果酱。"

"耶稣的爱可不是果酱。"德里克说。

"为什么不呢？它明明可以是面包、葡萄、绵羊、狮子，为什么偏偏不能是果酱？"我问德里克。

德里克大声吸了口气，从我身旁的长椅上站起身，绕过我那空荡荡的轮椅，消失在办公室里。我本以为这代表着他已经举手投降，但过了片刻，他又拿着一本书出现了。

他迈步走回来，蹲到我身边的教堂过道上。这姿势跟他这么硬邦邦的人还真不搭，德里克只适合挺直腰板。

"给你。"他说着把书递给我。书名叫《关于耶稣的问题》，书籍封面上是三个不同种族的朋友，全都绕着一本《圣经》在微笑。"很显然，教堂召唤着你。"德里克说，"不然的话，你为什么一次又一次地重返教堂？"德里克对我露出一抹笑容。"我告诉你吧，你一次又一次地重返教堂，并不是因为你喜欢挑战别人，也不是因为你喜爱亚瑟神父，而是因为你在寻找某种信仰。"

蹲着的德里克站起身，我听见他的膝盖骨"咔嚓"作响。"好啦，"他说，"这次谈话到此为止。"

"你不打算给我任何答案吗？"我问。

"我要去斯科维尔病房，这早就安排好了。"

"可你不能走啊。我有好些关于耶稣的问题！"我说。

伦妮与玛戈麻烦缠身

我在深夜突然惊醒，一时喘不过气，感觉好像吞了强力胶，我的咽喉被堵住了。不管我吸气吸得有多努力，堵住的咽喉却毫不松动。我可以咳几下，可惜清不了嗓子，于是，我陷入了进退两难的地步，既喘不过气，也没有办法把"强力胶"咳出喉咙。我坐起身，拉开帘子。可惜，病房里其他人的帘子都关得好端端的。病房里很暗，但走廊的灯光从开着的病房门里照进来，投下一块又大又方的光影。要是能够让人注意到我，那就好了。我的胸中犹如火烧，我的眼中涌上了泪。"现在不行，"我想，"现在还不能死。玛戈和我尚未大功告成呢，我还有故事没有讲完。"

我想必是摔了一跤，因为等到回过神时，我已经两手着地，趴在五月病房光溜溜的塑料地板上了。

"见鬼！"杰姬一溜烟地向我奔来，"怎么回事？"

我摇摇头，又竭力想要吸气；杰姬听得出，我喘不过气来。

"你得镇定。"杰姬说。

我又尽力吸气，却依然喘不过气来。"我有麻烦了。"我心里清楚。

"伦妮，你得冷静！"杰姬说。

我感觉一滴泪正顺着脸颊滚落，而我满脑子只有一个念头：我竟然记不起要缺氧多久，人就会死翘翘？是两分半钟吗？我敢肯定，我喘不上气已经进入第二分钟了。

杰姬，五月病房那位狠心的女主人，这时蹲到了我身边。"你是吞了什么东西下去吗？"她问。我摇摇头。

她伸出双臂，扶住我的肩。"看着我。"杰姬吩咐。我又尽力呼吸，却依然没有喘过气来。"你不会有事的。"杰姬说,"你得确保呼吸道畅通,试着咳一下吧。"我照办了,可惜斗不过喉咙中的"强力胶",它害得我忍不住干呕,踉跄着向前迈步。

杰姬站起身,不见了踪影。

"给你。吞下去。"杰姬再度现身时,把一只塑料杯塞到了我手里。我喝了一大口水,闭上眼,咽下肚。水被喝下了肚,"强力胶"有所松动,我可以呼吸了。我猛吸一口气,谁知道,"强力胶"却又粘了回去。"再来一次。"杰姬说。于是我再次咽下一口水,"强力胶"总算让了道,我又可以呼吸了。

"好,呼吸放轻些。"杰姬吩咐道。我照办了,我终于吸上了一口气,随后一口接着一口。不过,"强力胶"依然紧粘着我的咽喉。为我的脑细胞着想,我再次吸了口气——要是缺氧,脑细胞可活不了。说不定,我刚刚就害死了好几千个脑细胞呢。"真乖。"杰姬说着,走过来跟我一起坐到地板上。她伸出一只手,放在我颤抖的膝盖上。

"等准备好了,你得使劲咳嗽一阵,务必把痰清出来。"杰姬说。

我正在享受呼吸的感觉呢,舍不得照办。

"伦妮,你必须现在就咳。"杰姬说。她这句话真招人厌,但我依然拼命咳了起来。刚开始,那口痰又堵住了我的喉咙,我呼吸骤停,顿时被再次封死的喉咙吓得浑身发颤。

"再吞一口水。"杰姬说。我乖乖地照办了。

我使劲地咳嗽,痰涌到了我嘴里,被我吐了出来。

杰姬从我滚烫的手上擦掉了血痰。

我又喝下一口水,却尝到了血腥味。

这下麻烦了。

顶着"咳血"的罪名,伦妮·佩特森被判处卧床休息,以免她那烦人的喉咙再被噎住。她上了黑名单,不许踏足玫瑰画室、医院教堂或任何可能给她带来幸福的地方；大家只是一味地吩咐她，多睡会儿吧。

当尽力沉入梦乡时，她不禁想到世上所有（在那一刻、在那一夜）试图入睡的人。候车室里的人们、登机口旁的人们、夜班火车上东倒西歪的人们、搂着新生儿的人们，一个个全在千方百计地遁入虚无。

"伦妮？"有人轻声说。

床边的帘子开了一条缝，缝里露出玛戈的面孔。我向她招手示意，她匆匆走进来，拉上身后的帘子。玛戈身穿一件淡紫色绗缝晨衣，在丝滑的晨衣衬托之下，玛戈显得满面皱纹。她穿着一双紫色拖鞋，我还从未注意到她的脚是如此娇小，那双鞋给小孩子穿也不为过；这一点，倒让玛戈显得更加值得被珍惜。

睡衣最见个人风格：睡衣给你打开一扇窗，让你一窥人们在认定绝无旁人的情况下会怎么穿。我想象得出玛戈待在家里的场景：开着一台老式电暖器，一边听收音机里的歌，一边玩拼图游戏。她才不会看电视呢，我想象不出玛戈看电视的一幕。

"你没事吧，伦妮？"玛戈小声问。我点点头。她走到我身旁，在我头顶上吻了吻。接着，她后退一步，用一种淘气的眼神向我望来。"伦妮，"她问，"我们要不要惹点麻烦？"

活像一对最手无缚鸡之力但又最不惹眼的女贼，我们逃出了五月病房，从我的轮椅旁边溜过；毕竟，玛戈依然对我的病能痊愈怀抱着信念。

玛戈没有揭晓要去哪里，但这份悬疑感很讨我的欢心。也许，我是刚刚被玛戈绑架了。我们在医院走廊迂回穿行时，我暗自心想。不过，被绑架者显然十分情愿，不然玛戈绝对拗不过我。首先，玛戈仅仅高及我的肩膀，我不禁好奇相关新闻会贴哪张照片。出生于瑞典、身患绝症的少女被同样身患绝症的苏格兰老太绑架。人家可能连玛戈和我的一张合影都找不到，因此，本报登载的是一张资料照片，显示的是池塘中的一群鹅。很有可能，在被找到之前，她们两人就已经双双丧命。

"我们得拍张照片才对。"玛戈和我继续往前走,我提议道。

"现在拍?"玛戈问。

"不用,不过尽快吧,拍张我们的合影。"

玛戈领我进了正门中庭,那里有着巨大的顶灯和高高的玻璃天花板。四周几乎空无一人,只有一个清洁工,手握一台大大的圆形地板抛光机。

玛戈牵起我的手,领我穿过一扇自动门,随后又穿过一扇自动门,紧接着,我们便踏出了大楼,踏进了新鲜空气和黑夜之中。

以前,我还从未离院出走过。我的意思是,我确实曾在医院里四处乱窜,但我从来没有踏出医院正门,逃之夭夭。我可没有料到,离院出走居然有这么容易。与此同时,我猛然回过了神:玛戈身穿这件晨衣和这双拖鞋,是有理由的。

天气很冷,医院前方灯火通明。一大帮同样身穿睡衣的人赫然映入我的眼帘:其中一个带着结肠瘘袋,一个坐着轮椅,其他人勾着腰站着,以免挨冻。我眼睁睁看见,香烟烟雾蛇一般向黑沉沉的天空蜿蜒飘去。这群人仿若雕像,冷冰冰的大理石雕像,唯一的动作是把烟叼上嘴、拿下来。

"你不是带我到这儿来抽烟的吧,玛戈?"我问。

"伦妮!"玛戈用手肘轻轻戳了戳我的腰,我笑了。

一名靠在灯柱上抽烟的男子迎上了我的目光,有那么片刻,我不禁很好奇,玛戈和我,在旁人眼中会是什么样?比如,像是一名少女和她奶奶溜出了深夜睡衣派对,正绕着医院悠闲漫步吗?抽烟的男子垂下眼皮,依我看,我从他脸上望见了一抹微笑。不过,我没时间在意你的看法啦,我暗自心想。

玛戈把我拽远了一些,经过这群烟鬼的身边,朝停车场走去。"你没事吧,伦妮?"她问,"会不会觉得太冷?"

"我没事。"我说。天气冰寒刺骨,却并不让人生厌,恰似你离开炎热的国度回到寒冷的家乡,而你感觉终于可以喘口气了。

"我们得离灯光远一点。"玛戈说。她带我朝左走，经过一栋被路标标注为"抽血室"的大楼和另一个入口，一直走到一扇静悄悄的消防门边（这扇消防门位于一栋看似储藏室的建筑附近）。到了此处，玛戈和我顿时成了隐身人。我们头顶的路灯坏了，周围一片漆黑。

在这里站了几分钟，我隐隐开始有些失落。玛戈在捣什么鬼？——我们只是手拉着手，傻站在暗处。

"玛戈？"我语速很慢，"我……"

"抬头，伦妮。"玛戈说。

我听了她的话，随后，我一眼望见了繁星。我猛然记起 1971 年在沃里克郡一条黑漆漆的路上，某位古怪的天文学家曾对某位女士说过的话。于是，我心里有数：此刻，我可以一眼望穿数百万英里。

我已经不记得上次见到星星是什么时候了。假如现在我们身在沃里克郡那条黑漆漆的路上，眼前的星星或许还会多一些，但在我看来，此刻眼前的繁星，已是整个银河倾巢而出。有了它们，世界似乎重显宏阔；毕竟，太久以来，我的世界小到只剩一家医院。

一时间，我仿佛数年来第一次真正呼吸到了空气，夜气寒冷、清新，却又美妙，我感觉它沁人心脾。跟医院那种暖融融、带药味的空气不一样，它显得清新、真实、面目一新。我呼出一口气，气息袅袅地飘向星空。

"今夜天气晴朗，"玛戈说，"按理说，今天该是几星期以来能见度最好的一天。"

我瞥她一眼。"你密谋多久了？"我问。

她一个字也没有说，紧盯着星星不放。

"我爱星星至深，又何须惧怕黑暗。"我说。

"你还记得。"玛戈笑了。

我们伫立原地，凝望着星空。

"我觉得，星星如此安宁。"过了片刻，玛戈对我说。

"我也是。"

"你知道吗？"她的语速很慢，"我们看得最清楚的那些星星，其实已经死亡。"

"嗯，听上去真让人压抑。"我从玛戈手中抽出了手。

"不，"她柔声道，挽起我的胳膊，"这并不让人压抑，这很美。它们早已死亡，我们却依然能够看见它们。星辉不灭。"

星辉不灭。

“你搞不定。”

“搞不定吗？”

“你的身体还不够好。”红发护士紧盯她的鞋，说道。

“我身体很好啊。”我告诉她。

“这招没用。”

“哪招没用？”

“假装没事。”

“我真的没事。”

“你……”

“什么？”

我用余光瞄了瞄红发护士，她正装作在我头顶上方读图。

她好一会儿没有说话。

“怎么啦？”我问。

“伦妮，你体温很高啊。这种新药在你身上不太见效，而且我知道，你一直没睡好。”

“你怎么会知道？”

“琳达告诉我的。”

“卑鄙。很显然，琳达不可信。”

“伦妮，琳达毕竟是夜班护士，她的职责就是……”

“她胡扯。我明明是睁着眼睛睡觉的。”

“你才不是呢。”

"活像弗兰肯斯坦造出的怪物。"

"什么？"

"不然就像蝙蝠。"

"蝙蝠是瞎眼。"

"嗯，那蝙蝠干吗要费力气闭上眼睛呢？"

"伦妮，别闹了。"

"没闹啊。你死活不让我去玫瑰画室，就因为我碰巧是睁着眼睛睡。"

"这……"

"除了琳达的说法，还有什么证据让你觉得我一直没睡？"

"这个。"红发护士伸手一指。

"我的眼睛吗？"我问。

"不，你的眼袋。"她说。

"你难道不知道人身攻击很失礼吗？"我问。

"我才没有失礼，我只是说，你有……"

"有眼袋，我知道。"

"伦妮，你能不能冷静一点？我都没法思考了。我只是说，或许本周你可以好好休息一下，你的身体需要休息……"

"我的身体不需要休息，需要休息的是我的大脑。"

红发护士望了我一会儿，恰似一个马上就要哭出声的小丫头，而我感觉自己活像个家长，正在开口告诉她：暑假已经过完，她最心爱的泰迪熊被一不小心忘在了酒店；另外，学校一早就要开学。

"伦妮，拜托你。"红发护士说。

"好吧！"其实，我本来不用叫得这么大声。我在胸前叠起双臂：我定要把发火的架势摆足。

红发护士朝我凑近了些，小声说："这还是他们第一次让我做重大决策呢。"

"好吧。"我又说一遍，同时放下了胳膊：也有可能，宾馆服务员会找到小丫头的泰迪熊，把它寄回家呢。

随后，红发护士离开了。

随后，再也没有一个人理我。

没有亚瑟神父，没有玛戈，没有皮帕。

连清洁工保罗一抹友好的微笑都没有。

即使杰姬恶狠狠地瞪我一眼，也不赖呀。可惜，就是没有一个人理我。

到了最后，我睡着了，一口气睡了好几天。

当行星连成一线

"你好，宝贝。"玛戈在我的帘子周围探头探脑。

我竭力想朝她微笑一下，但我不知道是否笑得出来。

她走进来，吻了吻我的头顶。"如果伦妮来不了玫瑰画室，"她说，"那玫瑰画室就自己来找伦妮。"

在我的床头柜上，玛戈放上了一个装满彩色马克笔的塑料杯、一碟炭条、一把铅笔，又把一张雪白的画布铺上我的腿，一屁股坐上访客椅，再把一张画布铺上自己的腿。

玛戈用的是一支黑色铅笔，画作很简单：星空之中，行星连成了一线。

西米德兰兹郡，1987 年 8 月 16 日
玛戈·詹姆斯，时年五十六岁

1987 年 8 月 16 日——这一天，我们已经足足等了三年。对汉弗莱来说，这一天无异于圣诞节。应该说，是所有圣诞节和生日加到一起的分量。所谓"和谐汇聚"[20]就发生在这一天，太阳、月球与太阳系中的六颗行星将精确对齐。

有言论声称，这一天将开启启蒙时代。该言论还在全世界广受颂扬。当然，汉弗莱对这种"瞎话"并不买账，但他确实不愿错过这"一生难遇的天文现象"。我告诉他，我们明明已经见识过一次"一生难遇的天文

---

20 和谐汇聚，又称谐波汇聚，是占星学术语，代表发生于 1987 年 8 月 16 日至 17 日的行星对齐。

现象"了，结果他挑挑眉，算是打发了我。

其实，更让我感兴趣的，是另外那两颗不会对齐的行星。它们偏偏不肯随大溜，很讨我的欢心；它们追随的是另一种力量，被另一种法则支配。

跟那两颗不循正道的行星一样，我也受邀要去参加一个派对，却没有答应。这个派对，将由汉弗莱的一帮朋友在伦敦天文台举办，预计将花上数小时观察天空，并记录观察到的内容，紧跟着便是一个美食、美酒、跳舞齐齐上阵的派对——要说欢庆天文现象，"天文一族"可拿手得很。

我说不清自己不想去派对的原因，我只知道我不想去。于是，我主动提出照料家里的母鸡，而不是被逼把它们送去汉弗莱朋友的农场。贝蒂和玛丽莲"升天"以后，汉弗莱和我养了两只老母鸡——多丽丝与奥黛丽，现在两只鸡都快十一岁了，用汉弗莱的话讲，对一只鸡来说，这是一项了不起的成就。

于是，多丽丝、奥黛丽和我留在家中，看着汉弗莱打包了他最上乘的那台望远镜、他的"派对专属灯芯绒服饰"，然后上了路。

汉弗莱的宅子里，浴室一向是最冷的房间，因此只有夏天才能泡澡。趁着天气暖和，我泡了个澡，读了几章书，刮了腿毛，随后出了浴室，想用新买的家用录像机看个电影。

没想到，门垫上搁着一件东西。汉弗莱出门的时候，门垫上还空空如也呢。这封信，是写给"詹姆斯夫人"的——通常，我得花上一点时间，才能想起"詹姆斯夫人"正是我。而我心里有数，寄信人是她。

她总叫我詹姆斯夫人，她是用这种方式提醒我：我当初的决定不可更改，而她却从来不曾为哪个男人改过名字。不过，我改姓汉弗莱的姓氏，并不是故意的，几乎纯属偶然。

我拾起那封信，放上沙发垫子，又坐到它旁边。正如装有薛定谔的猫的盒子，这封信难说是喜是悲，不过呢，这封信是她寄来的，因此很可能悲喜参半吧。

过了一两个小时，我才把信拆了封。据我推测，在这段时间里，汉弗莱应该已经下了高速公路，抵达了天文台。说不定，已经把他车上保温杯里的咖啡洒在了"派对专属灯芯绒服饰"上。阳光越过家里的地毯，一束光正照得我的脚趾暖融融的。多丽丝进了厨房，啄着石板之间的缝隙，只盼能够找到几颗玉米粒。

我拆开信封，三角形的封口一揭便开，上面的胶水还没有干——其实，早在这时，我就应该心里有数。

从拆开的信封中，隐隐可以瞥见米娜与杰里米。杰里米的八岁生日就快到了，但从信中这张照片看来，杰里米却还是个学步幼童，高举着双臂，身上只穿着条纹 T 恤和尿布。米娜伸臂搂着他的腰，笑容显得很灿烂。

我最后一次见到她时，她看上去与照片中一模一样。

*

当时，米娜与初生的杰里米住在阿克顿，跟一对年长的夫妇同住一栋老房子，这对夫妇都是伦敦一个管弦乐团的音乐家。杰里米大约一岁多，不到两岁。时值 7 月中旬，骄阳已经肆虐了好几个星期。当我在高速公路上经过指向伦敦的路标时，我的手心已经开始冒汗。我只觉得头晕目眩，好像我根本不在车里，眼下只是我又做起了驱车去找米娜的美梦（我已经一次又一次做过类似的梦），可惜的是，在类似的梦中，要么我会发现自己迷了路，要么我的车坏了，要么米娜就根本不在我驱车前往的地方。至于现在，与其说我自己在开车，不如说我感觉自己正眼睁睁地看着我的车从繁忙的高速公路上驶过。我先是疑心自己会死在寻访米娜的路上，紧接着又担心起了另一个问题：我竟然隐隐觉得，只要是在寻访米娜的途中，即使出车祸丧了命，也没什么大不了。

我在米娜家那扇薄荷绿的大门外慢慢地停下车，千方百计想在不拨到空挡的情况下关掉汽车引擎，可惜的是，我不记得该怎么拉手刹了。

我不禁直冒汗；不是脑门冒汗，而是浑身都冷汗直冒——我的脑门在冒汗，我的大腿在冒汗，我的脸颊在冒汗，我的两只手在方向盘上留下了一对湿漉漉的手印，我那件条纹太阳裙的腋窝下也渗出了团团汗渍。我打开车里的杂物箱：纸巾也行，湿巾也行，甚至一张地图也行，至少可以擦擦汗。可惜，杂物箱里只有一个甜品匙。我顿时恨死了自己：干吗非要把我的车借给汉弗莱用呢？

之前，我花了很长时间权衡该穿什么去见小杰里米，去见当了妈妈的米娜。我还做了头发（毕竟，我想在她面前显得美一点），结果在M25高速公路上流了一路的汗，我已经变得面目全非，变成了一团糟。我又恨死了自己：干吗非要在米娜面前显得美一点呢？

呆坐在烤箱般的汽车中，局面只会越来越糟。我从点火开关里拔出钥匙，钻出了汽车。街道很静，一座座房屋悠然暴晒在烈日下。

我尚未走下小径，就已经发觉一只小手正贴在前门的花饰玻璃上。这只小手忽然不见了踪迹，接着再度出现。小家伙杰里米并不是梦，他正在向我招手。

紧接着，米娜推开了房门。

"你好，詹姆斯太太。"她说。我花了片刻审视米娜：她剪了头发，眼下秀发垂到锁骨；身穿一件罩衫裙，怀中搂着孩子。米娜已满四十二岁了，看上去却显得年轻许多。还有那个孩子，竟然跟他母亲一样脱俗。他有一头金色卷发，长着酷似米娜的一双蓝眸。他并不怕我，还向我伸出手，想让我抱抱他。米娜把小家伙递给我。我被怀里沉甸甸的小家伙吓了一跳，他却挣扎起来，竭力想用小拳头去抓我的耳环。

我紧随米娜，走进厨房。厨房是蓝色的，天花板高高的，墙上贴满活页乐谱，角落里放着一把大提琴，厨房餐桌上摆着一只敞开的、空荡荡的小提琴匣。

米娜挪开餐桌一角的碟子和文件，随后在桌边坐下。我坐到她旁边，把杰里米抱到腿上。小家伙挣扎得更厉害了，拼命想要抓我的耳环。这个扭来扭去的小不点取了两个夭折的孩子的名字，却竟然真是个有血有肉的大活人，有着红润的脸颊、天使般的头发。我张开嘴想要说几句，可惜我并不知道该说什么，就在这时，米娜一跃而起。"你想喝点柠檬水吗？"她问。

"你备了柠檬水？"

"当然不是。是杰夫做的，算是他的一大亮点吧。家里还有柠檬糖霜蛋糕。"

两样我都要了。我望着米娜在厨房里走来走去，不禁为逝去的时光感到心碎。当米娜沦为又一个普通人时，我却始终不在她的身边。一个有着锅碗瓢盆、有着各种责任的人。诚然，她的儿子取了一只小鸡的名字，但他毕竟是她的亲生儿子，她的孩子。小不点的手指画被做成了拼贴，挂到了墙上。小家伙有一把高脚椅；小家伙有一个家。现在的米娜有了一份工作，就职于剧院的售票处。她已不再是我记忆中珍藏的那个米娜，她已不再狂野不羁。

我用膝盖轻轻颠着杰里米。沉甸甸的他，让我暗自惊叹，并非因为小不点特别重，而是因为他是个有血有肉的大活人，从无到有。

米娜一屁股坐下来，递给我一碟柠檬糖霜蛋糕，蛋糕的一角却探出一根黑头发。我把它拔了出来：头发很粗，不知道是不是杰夫的头发。柠檬水摆在厨房流理台上，已经被忘到了脑后，可我还口渴着呢。米娜把自己那碟蛋糕搁到膝上，掰下一角，递到杰里米嘴边，他吃了下去。

"我不敢……"

"怎么啦？"

"我真不敢相信，你居然生了个孩子。"我说。

她绽开了笑容。"我知道，很怪，对不对？"她把杰里米搂到怀中，用上衣的一角擦掉他嘴上的口水。

"你还不赖吧？"米娜问小家伙，"对不对？"她把杰里米高高举起，差点把碟子掉到地板上。杰里米开心地尖叫起来。

我真想坠入地面上那道正为我裂开的天堑。

*

在汉弗莱宅邸安静的客厅里，我伸手轻抚米娜的照片。我仿佛依然可以听到杰里米开心的尖叫声。不过，眼下他大了好几岁，应该更聪明、更谨慎了吧。不知道他的头发是否还是金色，他的耳朵是否长得跟米娜一样酷似精灵。除了一张照片，信里空空如也，但照片背面写着几个字。

米娜用跳跃的笔迹写道"我们搬家啦"，随后附上了地址。写的是英文，英文字母上却标着我不认识的符号。

一时间，这地址让人觉得既熟悉，又陌生。

米娜·斯塔与杰里米·斯塔

32 Nguyễn Hữu Huân

Lý Thái Tổ, Hoàn Kiếm,

Hà Nội, Vietnam[21]

她要搬到越南去了。还用说吗，她需要一场冒险，她已经脱离野性太久太久了。

我本想把照片钉到厨房的软木板上，在此途中，我拾起那封信，准备把它扔进垃圾桶。正在这时，我猛然悟到，这封信缺了点什么。本该有邮戳的地方，竟然空空如也；这封信竟然缺了主心骨。一时间，原本已经呼吸急促的我，不禁感觉喘不过气来。后来的情形我不太记得了，但我想必是抛下了照片和信，身上只裹着浴巾，湿漉漉的头发还披在肩上，

_____
21 越南河内市的一处地址。

狂奔出了家门。

汉弗莱的宅子坐落在一片田野正中，通往宅邸的是一条砾石小径，离宅子越近，小径就变得越发像是一片草丛。整片田野被一排又高又暗的树挡住，从主路上是望不见的。

地面有轮胎印，却并非通到汉弗莱经常停车的地方，却是向左绕去。

她曾经来过。

就在汉弗莱出门之后、我出浴之前的某一刻，米娜亲手投递了这封信。我伫立在8月的骄阳下，水滴从我的肩上滚落，我不知道自己是否马上会吐出来。面对一片寂静，我恨不得放声尖叫。

我拔腿奔到屋后——说不定，米娜和杰里米看鸡去了呢。

奥黛丽独自坐在草地上，迎着阳光闭起眼睛，妥妥地收起了一身羽毛。

我想她。这真是她最狠心的一招了。

就在我们的头顶，无垠的天空之中，行星即将连成一线，可惜的是，我和米娜却永远无法携手。

我从厨房地板上拾起照片。我并不希望米娜待在软木板上笑我，于是，我把照片塞进了汉弗莱的一本大书——《1972年卡尔加里第五届年度天文学会议》。照片轻松地从薄薄的白色书页间钻了进去；如此轻松，你压根儿不会发现它的存在。

她可以就此待在那儿，待在星辰中间。

来庆祝你有幸降生于世

"要来扎你一下了哟。"护士说。可我明白,"要来扎我一下"的不是护士,而是针头,它正扎进我的皮肤。

感觉活像雷霆闪电。

"真乖,千万不要动。"医生吩咐道。

我察觉到几滴眼泪正偷偷从我的脸颊滚落下来。

"以前我很坚强的呀。"我不知道是在对谁说。

玛戈用一只手覆上我的手。

"望着我,伦妮。"玛戈说。

"还要扎一下哟。"护士说。

"伦妮,"玛戈说,"你有什么地方想去吗?"

我点点头。

"你不能去……"医生开口给我敲警钟,玛戈却讲起了她的故事,瞬间带我回到了英格兰中部的某间农舍,一个我曾经"去过"的地方。有时候,我也会梦见那里。

西米德兰兹郡,1997 年 3 月

玛戈 · 詹姆斯,时年六十六岁

那张字条摆在汉弗莱的枕头上,上面是龙飞凤舞的墨水字:来庆祝你有幸降生于世。

我把字条读了好几遍。难道汉弗莱又引用了哪句名言？很有可能。汉弗莱时不时就设法劝我归降莎士比亚，但我心里有数：如果我真让步了，他恐怕会暗自失落。

这是 3 月一个明媚的清晨，窗户被阳光照得闪闪发亮，角落处则有一层轻霜。厨房传来一阵叮当声，我不禁露出了笑容：汉弗莱在厨房里，不知道在鼓捣些什么。

我掀开被子，换上晨衣和拖鞋；家里地上的石板永远都是冰冰凉。若是我站到起居室地面几块没铺地毯的空隙里，感觉就活像脚指头上插了好几根针。

培根和蛋糕的香味扑面而来。

我站在楼梯底部，望着厨房里的汉弗莱。他从烤箱里取出蛋糕的时候，煮蛋计时器又响了起来。汉弗莱一边挥起茶巾朝它拂去，一边搅着炖锅里的什么东西。不管炖锅里煮的到底是什么，总之是热气腾腾的。收音机在一旁悠然奏响音乐，汉弗莱失手掉了一个勺子，嘴里不禁骂了几句。场面本该十分温馨，但事实并非如此。

桌上摆着三只气球，一份包装得乱七八糟的粉色礼物，以及一张写给我的贺卡。

我悄悄走进厨房。

"汉弗莱？"我问。

"啊，"他微笑着转过身，说道，"重磅人物登场啦！"

我审视着他的脸，却没能厘出头绪。

"这是怎么回事？"我问。

"我家太太可不是每天都过六十六岁生日的！"话一出口，汉弗莱哈哈大笑，好像刚才的话格外逗乐。他跟着收音机吹起了口哨。

"你知道我的生日是什么时候，对吧？"我柔声问。

"当然。"汉弗莱说着，拍了拍我的鼻子。

"什么时候？"

"1月18日。"他向我露出困惑的笑容，仿佛我的举动十分诡异。

一时间，我不知道该说些什么。

"我给你做了朗姆酒葡萄干蛋糕。"汉弗莱说着，用隔热手套拍拍厨房流理台上的蛋糕。

看上去，炖锅里的东西就快熬成果酱了。汉弗莱用木勺搅了搅锅里的树莓。

"可我们已经为我庆祝过生日了。"我一边说，一边帮他关掉烤箱，"我们去了植物园，还跟你妹妹一起吃了午餐。就在1月的时候。"

"是吗？"汉弗莱问。

我哭出了声。

医生的灯芯绒裤子上有一块污渍，正好在他的膝盖上，很让我分心。绿裤上的黄渍。或许是咖喱酱吧，不然就是柠檬果冻。

医生正在一边解说，一边挥手。我从他的长裤上抬起眼神，试着集中注意力。

"我只是犯糊涂了。"汉弗莱说，"任何人都有可能遇上。"自从闹出"生日派对"事件以后，他每天都要把这句话念叨好几回。当天，他给我准备的"生日"礼物，是一条柔顺的丝巾，上面有蝴蝶花纹。"没必要大惊小怪，我真的没事。"汉弗莱说。

医生点点头，但他似乎并不赞同。

"这种事确实有可能发生，"医生说着瞥我一眼，"不过，鉴于您太太跟我交代的事项，为安全起见，我认为还是做些检查为好。"

汉弗莱点点头。他看上去很瘦小，苍老，很害怕。

"先验血吧。"医生说。这时，我的目光又落回了医生裤子上的那块污渍——不知道白葡萄酒能不能去除这块污渍。"接着做一些简单的记忆测试。"医生说。或许小苏打就能办到，我还可以拿一把干牙刷把污渍刷掉。"出了测试结果，我们再看下一步。"医生说。医生向汉弗莱伸出手，汉弗莱握了握。医生又向我伸出手，我们双双站起身，医生掸了掸自己的绿色灯芯绒长裤，我不得不移开目光。

"我真的没事，"在走廊里，汉弗莱对我说，"我只是一不小心老了而已。"

蠹鱼银闪闪

"蠹鱼又出现了。"

我还以为我跌下了床。我只觉得猛地一坠，地面猛地向我撞来。

我坐起身，上气不接下气。

"对不起，我没有反应过来。我还以为……"

过了一会儿，我才看清站在面前的那个人。他身穿牛仔裤、衬衫，外面罩了一件时髦的蓝色套头衫。

"亚瑟神父？"我低声道。

"哈喽，伦妮。"他低声道——谁让我压低了声音说话呢。

"您穿了牛仔裤。"

"我知道。"

"您看上去很……"

他笑了："怎么样？"

"很不一样。活像狗狗直立了起来，用后腿走路。"我说。

亚瑟哈哈大笑。"见到你真高兴，伦妮。"他在我的病床边坐下，竭力不扰乱我身上连着的新设备。

"我们有多久没见了？"我问。

"几周吧。"他似乎有点尴尬，"我参加了一个会议。我，呃，跟一些同事提起了你，不知道你是否介意？"

"他们怎么说？"

"他们非常感兴趣。我跟他们提起了你的一百幅画，他们觉得这是一个意义重大的尝试。"

"也就是说，我现在出名啦？"

"没错，在一群刚退休的神父圈子里出了名。"

"这可一直是我的梦想。"我说。

他哈哈笑出了声。

"知道吧，我已经画完第十七幅啦。"

"是吗？"

"是的。"

"那你到底画了些什么，来纪念你的十七岁？"

"依我看，这可能是我笔下最出色的一幅。我在白色画布上画了一百颗红心，其中八十三颗是紫色，十七颗是粉色。"

"代表玛戈和你？"

"对。"

"见到你真高兴，伦妮。"他又说一遍。

正在这时，我咳了起来。亚瑟神父往我的杯子里倒了些水，递给我。第一口咕噜下了肚，但接下来我就呛住了，咳得更加厉害，不得不用水杯接住从嘴里滴出的水。

亚瑟望着我，装出一副我没有吓到他的模样，可惜装得很蹩脚。

"我看上去病得很厉害？"我问他。

"我……嗯。"

"也就是说，您承认了。"

"早就有人教过我：切勿评论女子容貌。"亚瑟说着微微一笑，但那是一抹哀伤的笑容。

"话说回来，蠹鱼怎么样了？"我咽下几口痰，问道。

"嗯，没错。当时我在浴室里除尘，紧接着……"

"除尘？"

"怎么啦？"

"只是……浴室里能有多少灰尘？"

"说得对，我家浴室里从来没有灰尘，因为我会给它除尘。"

我笑出了声，亚瑟在塑料访客椅上往后一仰，好像那是一把厚实的软垫扶手椅，舒适且诱人。我简直以为它会把他搂进自己软绵绵的怀抱呢；不然的话，它就会凭空变出一个软绵绵的怀抱，再把亚瑟搂进怀中。

"要我给你讲这个故事吗？"亚瑟问。

我点点头，亚瑟先瞪我一眼，示意我切勿中途插嘴，随后开口说道："当时，我在浴室里除尘。"

我一句话也没有讲，于是，他接着讲了下去。"因为我不让希尔夫人用消毒剂给地板杀菌，所以我答应她，我会去打扫浴室。'有害身心健康，'希尔夫人一直念叨，'地板上满是细菌，对身心健康很有害。'我问她为何笃定地板上有细菌，她告诉我，她反正心里有数。我告诉她，我担心消毒剂会伤到蠹鱼。她问我为何笃定浴室里就有蠹鱼，我告诉她，我反正心里有数。结果希尔夫人笑了，也就不再管我了。

"所以，我在浴室里除尘，特意不去惊扰蠹鱼最爱钻的那片壁脚板，紧接着，我就发现了一只——它竟然在水池下面，信不信由你！水池离浴室门可远着呢，尤其是对于蠹鱼这种小家伙来说。我眼睁睁地看着那只蠹鱼溜到垃圾桶下面躲起来，于是我往回缩，小声说道'我没什么恶意啊'，然后关上灯、关上门，只盼这只蠹鱼可以安全到家，告诉它的朋友，我对它们没有敌意。"

我微微一笑。

"我可没疯。"亚瑟说。

"当然没疯。"

"我只是觉得，我该保护它们。"

我点点头。亚瑟叹了口气。

"你想听实话吗？"他问。

"一向如此。"我说。

他在椅子上前倾身子，手肘支在膝盖处的牛仔布上。

"退休以后，我说不清自己该怎么办。我感觉有点……"他顿了顿，"迷失。"

"您喜欢在医院工作吗？"我问他。

"我热爱在医院工作。"他回答。

"那就回医院来呗。"

"不行。德里克接手我的工作了，他是个好小伙，跟他抢可非常不妥。再说，我的年纪也太大了。嗯，伦妮，实在不好意思，明明你才是病人，我本来是来探望，结果光顾着自己了。"

"回医院来吧。"我又说一遍。

"不行。"

"明明可以。或许首席司铎是当不了啦，但您可以换个职位，比如当志愿者，读书给大家听，去画室帮皮帕。"

"也许吧。"

"说什么'也许'，明明百分之百行得通。"

"你真这么想？"

"对我来说，您简直活像我的蠹鱼。"

"你说什么？"

"我才刚刚开始给浴室除尘，您就已经到了水池旁边！难道您不该乖乖回到浴室门边的踢脚板那儿，回到您的归宿之地吗？"我告诉他。

我爱星星至深

西米德兰兹郡，1998 年 2 月
玛戈·詹姆斯，时年六十七岁

汉弗莱被确诊阿尔茨海默病后不久，我跟他达成了共识：等到汉弗莱不再记得我是谁的时候，我要跟他道别，给他一个深情的吻，深情得不得了，随后离开，永不回头。刚开始，我死活不同意。我告诉汉弗莱，我永远不会离开他，我会一直在他身边守到最后一刻，无论那时他还记不记得我。

不过，汉弗莱死活不让步。他还逼我签了一份合同，是他自己起草的，因此字迹难以辨认。"玛戈，"他说，"当我已经魂归星空的时候，要是能够确保你不会花上好几个月、好几年的时间跟我的皮囊苦苦纠缠，那对我来说意义十分重大。"

我掉下了眼泪。他也掉下了眼泪。我在合同上签了字。

到了最后，我们还算走运：整整十一个月，汉弗莱要么忘了过去的日子，要么忘了某些事，但他并没有忘掉我。快到十二个月时，他才开始犯糊涂：有时他是汉弗莱，有时却又不是。

合同还作了规定，阐明病情到了哪种地步，汉弗莱就将被送去护理中心。而这一天的到来，实在太快了。汉弗莱搬去护理中心时，他不许我随行，却让我帮着把他的东西打包，让他先走。我伫立在自家宅子里，这里处处是汉弗莱的影子，却又处处找不到汉弗莱的踪迹，顿时不知该如何自处，于是我去了阁楼，用汉弗莱最大的一台望远镜仰望天空——

据护理中心声称，这台望远镜太大了，汉弗莱的单人间放不下。

汉弗莱在护理中心待了三天，才允许我去看他。

"我那间房的窗户面向庭院呢。"我进了护理中心，汉弗莱对我说。他坐在一把椅子上，手握拐杖，看上去很别扭。

我在访客登记册上签了字，迈步走向汉弗莱。我本以为他会给我一个拥抱，但事实并非如此。

"庭院！"他又说一遍，好像刚才我根本没有听见。

"我们要不要找个地方坐？"我问他。汉弗莱领我走下一条长长的走廊。当初，为汉弗莱挑选合适的护理中心时，我们曾经一起参观过这个地方，但当时的感觉跟现在截然不同，仿佛我们在学校放假后偷偷溜进了学校，仿佛我们两人都根本不该待在这里。

"这可是护理中心最舒服的一间房，"汉弗莱说着，把我带进一间叫作"田野"的小休息室。"主休息室里臭气熏天，"他告诉我，"我不明白大家干吗装作没有闻到。它活像腐烂的卷心菜，整间屋全是屁味和被人忘光光的茶。在这家该死的护理中心，不管你躲到哪里，你都躲不掉牧羊人派的味道，虽然根本没人给我们送牧羊人派来。"他一屁股坐上一张高背扶手椅。

我忍不住笑出了声。我早就知道（或者说，我早就希望）汉弗莱会跟这里格格不入。

"所有人都好老。"他说。

"我们确实很老！"我说。

"我们还没那么老，我们永远都不会有那么老。我们两个永远不会投降，"他说，"这就是区别所在。"

"田野"休息室里只有我们两个人，屋里还摆着六七把扶手椅和几张咖啡桌，所有一切非黄即绿——墙壁、椅子、地毯。跟屋里其他窗户不一样，有一扇大窗面对着护理中心旁边的田野，田野十分广阔，紧挨着一长排树木。

"总算找到你喜欢这房间的原因了。"我说,"你见到什么美景了吗?"

"还没有。"汉弗莱回答,"如果我想穿过走廊把望远镜带到这儿,又不会像个学童一样被捉回去睡觉,那我必须先摸清夜班员工的轮班情况。"

"你也可以开口直接问,能不能把望远镜带进来。"

"结果逼得他们非填卫生安全表不可?没门儿。"汉弗莱说。

"你有没有遇到什么不错的人?"我问他。

"当然没有。"

"才不会呢。"我在他的膝盖上捏了捏。

他凝望我的眼睛,有那么片刻,我有一种说不清道不明的感觉,但我心知那种感觉不对劲。汉弗莱的胡子居然比他离开家门时更加整洁;我想问他,是否护理中心帮他打理了外表,但我心知,如果真是护理中心的功劳,汉弗莱绝不会愿意提起。

"话说回来,"我说,"你的卧室对着庭院吗?"

"有两盏泛光灯从下午六点到早上六点一直照着庭院,我连个星星的影子也看不到。"

"能让院方给你换个房间吗?"

"我让他们换了。结果他们说,三个月之内换不了。整整三个月看不见星星,我会疯掉。"

"那就回家吧。"我还来不及反思这个说法是否妥当,话却已经出了口——家长们去寄宿学校探望孩子的时候,势必也有类似的感受吧:内疚、哀伤,仿佛每次见到孩子,孩子已经摇身变成了另一个人,等到下次你再去探望,孩子又摇身一变,再次成了另一个人。

我只等汉弗莱答话,他却没有接过话头。

"没事。要不要玩多米诺骨牌?"他开口问道。我真想哭。

"我替你看星星,怎么样?"汉弗莱玩多米诺骨牌赢了我,等他得意完,我问他。

"嗯。"他说。

我没有接招，继续追问了下去："家里还有那台大望远镜。你告诉我该看些什么，我就会照办，接着我……"

"接着你就给我打电话，"他说，"讲讲你看到了什么。"

"我们要试一试吗？"

"试试吧，我恐怕会跟接到侍酒师电话的酒鬼差不多。"

于是，每天傍晚，我会坐下打个电话到汉弗莱的单人间，尽可能详细又准确地讲起我在天空中见到的一切。汉弗莱会问上几个问题，吩咐我调一调望远镜的角度，不然就问我，前几次通电话的时候，是否提过在同一位置见到过星星。每次通电话，我都能够听见他写字时铅笔发出的唰唰声。尽管后来他搬去了另一个房间，仰望天空变得容易了许多，我却依然会在七点半准时给他打电话，告诉他我可以观察到什么，他也会告诉我，他是否观察到了同样的内容。我与汉弗莱心连着心，因为我们凝望的是同一处星空，同在数百万英里之外。

2月的一个周二，我给汉弗莱打去电话，他没有接。于是，我又拨了一通。

"哈喽？"一名年轻女子接起电话。

"你好，请找汉弗莱接电话。汉弗莱·詹姆斯？"我说。

"嗯，请问您是哪位？"

"玛戈……我是他太太。"

"玛戈，不，詹姆斯夫人，我正想打电话给您。刚才，汉弗莱从浴缸里出来的时候摔了一跤，现在正在看医生，我们会尽快把相关消息通知给您。"

"要我去护理中心看看他吗？是否需要我过去一趟？"

"不好意思，詹姆斯夫人，今天的探视时间已经过了。不过，如果医生认定病情紧急的话，我们会破例。请等一等吧，等到情况明朗的时候。"

次日早上，我驱车去了护理中心，院方告诉我，汉弗莱的病情"只是擦伤而已"。不过，我却有种受骗的感觉：汉弗莱明明答应过我，我们永远不会变得那么老。到了现在，他却必须让人帮他泡澡，他用的浴缸居然还带门。

看上去，护理中心的护士显得年纪好轻，身上的开襟毛衫别着各种慈善机构的徽章。她领我到了"田野"休息室。"这是他最心爱的一间屋。"护士说。

"我知道。"我想挤出一抹微笑，可惜我的脸好像根本不知道该如何微笑。

"只是想提醒你一声：汉弗莱的腿上缠着绷带，我们让他把腿抬高，以便消肿，但除此之外，他的身体十分健康。"年轻护士面带笑容，替我把着门。

汉弗莱正凝望着窗外。正如护士所说，他的一条腿架在三个坐垫上，小腿上缠着绷带。

我坐到他身旁。

"亲爱的，你没事吧？护理中心通知我你摔了一跤。"我说。

他向我转过身。"我被大家看光光了！"

他发出一阵笑声，我也放声大笑。

玩了三轮多米诺骨牌以后（汉弗莱肯定在作弊），我忍不住前倾身子，在他的脸颊上亲了一下。他的脸颊已经失去了弹性，但这依然是汉弗莱嘛。

"你不会忘记我们的诺言，对不对？"他问。

我把椅子朝他拉近了些，一只手覆上他的手。

"我不会忘记。"

"我是认真的，玛戈，等到我失智之后，我不希望你再来护理中心。要是我已经失智，为什么还要把你困在这儿？"

"我明白。我记得。"

"你保证？"

"我签了一份合同，不是吗？"

"我是认真的。"

"我保证。"

"你知道我爱你，"汉弗莱说，"你是我的星辰，玛戈。"

"我也爱你。"

随后，他在椅子上朝后一仰，伸了伸脚趾——他脚上穿的是去年圣诞节我买给他的袜子。

"你收到她的信了吗，那位……？"

"哪位？"

"你那位伦敦的朋友，杰里米的母亲？嗯，她叫什么名字来着？"

"噢，米娜？"

"对，没错，你有米娜的消息吗？"

"我最后一次收到她的消息，是在最近一个圣诞节。她给我寄了一封信，说杰里米的十八岁生日开心得很。他开始念一所国际学校开设的大学课程啦。"

"她还好吗？"汉弗莱问。

"应该吧。"

"你该给她写信。"他说。

即使百般努力，我却依然想不起当天汉弗莱和我还做了些什么，甚至不记得我们是否说过"再见"，因为那一天已经跟我的每趟护理中心之行混在了一起，跟每次道别混在了一起。有些时候，我试着想骗自己去回忆，试着漫不经心地旁观那一天，试着让它像大幕般展开，向我揭示当天我们究竟做了些什么、说了些什么，可惜，我无法办到。

当天晚上，我望见了一颗流星——非当面告诉汉弗莱不可。

次日，我给他做了点好吃的，一块胡萝卜蛋糕。我罕少接连两天都去护理中心探望，算是给汉弗莱一个惊喜吧。

护士还穿着昨天那件开襟毛衫。

"你肯定猜不到他在哪里。"年轻护士笑道。

"'田野'休息室？"我说。

汉弗莱果然坐在昨天坐过的地方，新换了一双袜子，一条腿还搁在垫子上。屋里很静，阳光暖洋洋地照着地毯。汉弗莱遥望着窗外的田野。

我坐到他身边。

"哈啰。"我说。

他猛然一惊。

"哈啰！"他热情地说。

"不好意思，吓到你啦。"我说。

"没事。"

"我想，你或许会想吃胡萝卜蛋糕。"我从包里取出装蛋糕的盒子。

"多谢，"汉弗莱说，"胡萝卜蛋糕是我的最爱之一。"

"我知道。"

"你怎么会知道？"

"你告诉我的嘛。"

"是吗？"他皱起了眉。

"给你。"我说着切了一块蛋糕，放到带来的餐碟上——我在争取时间。

汉弗莱接过蛋糕，疑惑地望着我。

"你的腿怎么样了？"

他垂眼端详它，好像从未见过那条绷带。

"知道吧，我压根儿不知道！"汉弗莱说。

"我……"

"还有，请恕我直言，我实在想不起来你是谁。"

我顿觉自己直直地坠入了深渊。但说不清怎么回事，我依然安坐在原地。

"我是玛戈。"我说。

"玛戈。"汉弗莱嘴里念叨着我的名字，看上去根本认不出我，"名字真美。"

"多谢。"我说。我的心跳得好快，我的胸膛起伏不定。

"我们是怎么相识的，玛戈？"汉弗莱问。

"嗯，我们属于老友。"

"是吗？非常抱歉，"他说，"我实在不记得了，真失礼！"

"没关系，"我说，"我们相识，已经是很久以前的事了。"——至少这句是实话。"不过不要紧，我是来找别人的。"

"是个很重要的人吗？"汉弗莱问。

"我的另一半。"我答道。

我能感觉到泪水盈满了眼眶，于是，我放下胡萝卜蛋糕，站到汉弗莱面前，双手捧起他那讨人喜爱的面颊，直视着他的双眸。

"我曾经答应过你。"我对他说。

他露出和善的笑容，神情中却仍有一丝迷惘。我竭力想要记住这双明亮的眼睛，记住他那温暖的面颊贴在我手心的感觉。随后，我在他的唇上印下一吻，吻了好久好久。出乎我的意料，他也回吻了我——即使身处迷惘之中，汉弗莱也还是那种机会来临便会抓住的人。紧接着，我开口告诉了他。

"再见，汉弗莱·詹姆斯。遇见你十分荣幸。"我说。

他对我露出怪异的笑容。

"嗯，"我走到门口时，他说，"刚才你在找谁？"

"我的爱人。"我想要擦去脸颊上的泪珠，以免他发现我在哭。

"嗯，"他说，"我相信，你会找到他的……或者是她。"

"谢谢你。"

"留意一下今夜的天空吧，会是一生难遇的天文现象。"

那一刻，我不得不马上离开；不然的话，我便永远不会离开。可我若是永不离开，就会违背我对他许下的最后一个诺言。

"我得走了。"我的声音几近耳语。

"好，那就再见了，玛戈，"汉弗莱说，"谢谢你的吻。"他冲我挤挤眼睛。

几个月后，汉弗莱·詹姆斯坐在窗边的扶手椅上，紧挨他的望远镜，于睡梦中平静地离开了人世。

晨

西米德兰兹郡，1998 年 5 月
玛戈·詹姆斯，时年六十七岁

紫色，晨之色
那一刻
当沉郁的星球徐徐旋转
漆黑
渐渐变为湛蓝
晨光
　　黎明
　　　　白昼

被日光占据的时间
据预测，今天会比昨天多上几分钟
而我们把它叫作
星期三
但今天不是星期三，不是一星期的七分之一
却是，新的一天
是黑暗与黑暗之间的
一道光
谁敢肯定

如此一天，还会再临？

在日光之下，他们抬着棺

在这个星期三，我们说再见

我们的哀伤，是光与光之间的

一抹黑暗

而一名神父

身上的长袍紫白相间

他告诉我们，

"紫色，是哀悼之色"

汉弗莱的葬礼来了不少人：天文台全体员工、几位海外人士、汉弗莱自家的一大帮亲戚（亲戚们由他妹妹领头，葬礼之前，她陪我待了整整一个星期，帮我筹备葬礼），就连护理中心穿开襟毛衫的护士也前来告别。

葬礼上，我读了汉弗莱在我们初次见面后抄录的那首诗，那首莎拉·威廉姆斯的诗歌——有些话，就让它代我说吧。葬礼当天晚上，我为汉弗莱写了一首诗，因为当时我辗转难眠，只好仰望星空，让自己静下心来。

葬礼已经结束。汉弗莱的妹妹回家了，我发觉自己孤身一人，正在收拾打扫。

收音机开着，以免我思念汉弗莱，以免我不时记起：他的尸体就躺在教堂的那具棺材中，而我们全都静坐一旁。他躺在棺材里，浑身冰凉，好像正在沉睡。收音机里传出了一支流行歌曲，我开口唱起了歌。我跟着唱起了一支歌，而我竟不知道自己记得它的歌词。当脑海中浮现出汉弗莱的棺木下葬的一幕，我唱得大声了些。当脑海中浮现出他妹妹哭着向墓穴撒下一把黄土的一幕，我唱得更加大声了些。紧接着，我仿佛瞬间离开了葬礼，去了护理中心，置身于"田野"休息室中。我捧着汉弗莱的脸颊，他抬眼凝望着我。

当时，我吻了他。

当时，他说……

我刚刚把一只餐碟搁到炖锅上，炖锅又放在沥水架上，但就在这一刻，餐碟滑下了炖锅，在地面摔得粉碎。

我发觉，我也腿一软瘫在了餐碟旁边的地板上，因为就在这一刻，从骨子里，我已经知晓：我最后一次见到汉弗莱·詹姆斯的时候，他并没有忘记我。他是在装。

当时，他回吻了我。他露出了微笑。他说："会是一生难遇的天文事件。"一生难遇的天文事件。

更要紧的是，当他叮嘱我去寻找所爱时，他说"找到他……或者是她"，而就在前一天，他曾向我问起米娜，尽管我们已经好多年没有提过米娜。

那个狠心而又深情的男子，竟然假装再也认不出我，好在他在还认得出我的时候跟我道别。他让我再也无须前去探视，他用自己的方式，给了我自由。除此之外，毋庸置疑，他当然也可以验证，我是否真会遵守自己的诺言。

我不禁放声大笑，笑了大约二十分钟，因为汉弗莱竟然装作认不出我，是如此让人恼火，如此之傻，如此像他。随后，我掉下了眼泪。

晨光……黎明……白昼

我爸爸伫立在我的床尾。

也有可能并非如此。

（最近，我身体有点差嘛。）

看上去，他比我记忆中矮小一些。

我想跟爸爸说几句，却意识到我正戴着面罩。刚刚出口的话，在我的耳边响起。我摘下面罩，却记起一名护士曾与我有过一番对话：面罩要么是用来助眠，要么是用来让我保持清醒；要么是用来帮我保命，要么是用来帮我丧命。总之，应该是二者择一吧。

爸爸用瑞典语说了几句。

"嗨，宝贝。"他握住我的手，伸出拇指轻抚着插管处，来来回回，颇有节奏。其实有点疼，但我不记得该说些什么拦住他，不管是英语，还是瑞典语。

隔了这么久，本以为会有太多话要讲：我的经历一段又一段根本讲不完，他的经历也一段又一段根本讲不完。谁知道，我们双双一声不吭。或许，眼前的一幕终究是个梦，我的大脑正忙着构想爸爸的声音：爸爸的声音到底是什么样子？尖不尖？沉不沉？

"伦妮。"我跟爸爸说，接着立刻疑惑自己为什么这么说；不过，话已经出了口，我只好眼睁睁地看着爸爸困惑地皱起了一张苦瓜脸。一个人影从旁经过，爸爸一把攥住人家的手臂，又让我把刚才的话再说一次，可惜我已经不记得了。

"是说我妈妈吗？她八十三岁啦。我们俩快一百岁啦。"我说。

"麻醉剂可能会让人意识模糊。"人影告诉我爸爸，他一屁股坐了下来。

"你去波兰了吗？"我觉得，我问了个问题。

爸爸点点头，又把一张图片给我看，看上去像是黑灰色的豆子。

"刚刚核实，所以我一定要告诉你，你要当姐姐了。"爸爸说。

"是亚瑟。"我说。

"什么？"

我摇摇头：我们父女俩到底以为对方在说什么呢？

"是亚瑟神父。"

爸爸向阿格涅丝卡扭过头，惊慌地说："她认不出我了。"

"她穿紫衣，是为了汉弗莱。"我终于摸清了头绪，"因为她在服丧。又是早晨。所以，她总穿紫衣。"

"伦妮？"

阿格涅丝卡站在床尾，但她显得有点异样。不仅仅是她的秀发变了样，她的面孔也变了样。刚才她就一直站在那里吗？还是她向来都是这副模样？她在渐渐消逝，消逝，消逝……

"伦妮？"爸爸问道。

我摇摇头，因为摇头比说话轻松。

"伦妮，护士给我打来了电话。"爸爸说。我微微一笑。

"你遵守了你的诺言。"我说。

玛戈与包装箱

"我不想让你失望,伦妮。"有人说。

直到这时,我才发觉玛戈在我身边。我睁开双眸。我不得不眨眨眼,才能把她看个清楚:毕竟,刚开始的时候,我那张访客椅上有两个玛戈在俯身向我凑过来。

"让我失望?"我问。

"你已经画完你那一半啦。"

"我那份可只有百分之十七。"

"是一半。可是,我还没有画完我那一半。"玛戈低声说。

她摇摇头,好像本想说些什么,却又没有说出口。

"大家都在帮忙。"她终于还是说出了口,"艾尔丝、沃尔特、皮帕,还有玫瑰画室的其他人……大家分了组,各有分工。我先打素描草图,再让他们帮忙上色,然后在一旁'督工'。"

"哇!"

"唯一的遗憾是,"玛戈说,"当我指挥所有人干活儿的时候,就没人听我讲故事了。"

"所以你来找我?"

"所以我来找你。要把下一个故事讲给你听嘛,如果你乐意听的话。"

"向来都很乐意。"我说。

西米德兰兹郡，1999 年春
玛戈·詹姆斯，时年六十八岁

汉弗莱过世后，我活像冷不丁染上了晕船的毛病，仿佛整个世界歪倒了，角度还很奇异，一切都显得不对劲。平地突然成了斜坡，我发觉自己紧攥住扶手，在台阶上步履蹒跚——这可是从未有过的事。失去汉弗莱的痛苦，并未像人们所说的那样日渐散去。

汉弗莱的妹妹问我要了些他的旧书，打算捐赠给他们两人曾经念过的那所大学；当初，也正是在那里，汉弗莱开始钻研起了天空。她给了我一份书单，我把她要的书籍装进了蔬果贩子给我的包装箱。客厅两侧都摆有汉弗莱的书架；自从我跟他相识以来，其中大多数书都没有动过，但汉弗莱坚称，这些书缺一不可。这些旧书在家里搁了这么久，似乎已经跟墙壁融为了一体，再也不是一本本拿来读的书了；它们似乎已经成了另外两根大梁，撑起了汉弗莱的小农舍。每从书架上拿下一本书，我就感觉像是从宅子的墙壁上拆下了一块砖。没了汉弗莱和他的书，一切势必轰然坍塌。

我竭尽全力想要避开一个念头：我正在把最该留下的东西送出去。但话又说回来，我什么时候才会去读它们？假如它们只是待在某寡妇家的角落里等着发霉，又有什么用呢？

《1972 年卡尔加里第五届年度天文学会议》——这是书单上的最后一本，一本白色大书，可以完美地塞进那个一度装载巴西香蕉的包装箱。谁知道，书中的秘密悄无声息地落在了地板上，而我根本没有察觉。

直到把箱子搬上车，我才一眼望见了她：照片中的米娜满面笑容，似乎就要开口，怀中抱着天使般的宝宝杰里米，从冰冷的石头地板上向我望来。

我拾起她的照片，握在手中。一时间，我感觉她离我如此之远；今生今世，我恐怕也就只能这样将她"揽在怀中"了。自从去年圣诞节以后，我就一直没有收到米娜的来信，杰里米估计满十九岁了，不知道会不会长得越来越像他的父亲——虽然多年前，那位衣冠楚楚的教授就很不讨我的欢心。他们母子搬去越南时，我曾心存希冀，盼着米娜半途而废，回到英国，谁知后来他们搬到了南方，在一个以胡志明先生命名的城市定居了下来——很久以前，这名男子也曾给过我绝佳的忠告。

我审视着静悄悄的客厅。

有时候，我会把汉弗莱的爱视作理所当然；只有某人的爱意给足你安全感时，你才会这样做。不过，我心知汉弗莱过得很开心，我心知自己也过得很开心。

"你会找到他的……或者是她。"汉弗莱与我最后一次见面时，他说。

于是，我驱车前往旅行社，给自己订了一张飞往胡志明市的机票。

回到家后，我坐下给她写了一封信。紧接着，趁自己还没有来得及改变主意时，我寄出了这封信。

你我之间，竟已隔密林

最初的一片静寂中，在你我之间，嫩叶与嫩芽纷纷冒头；杂草如此细小，若是你我愿意，便可将它连根拔起。但你我默不作声，从不朝对方迈出一步，白白放过了已然冒头的一片荒芜。

随着时光流逝，你既不来，我亦不去，你我之间因而荆棘渐生，树木拔地而起，挡住了我的去路。于是，我再无勇气去跨越我们之间的距离。高高的树丛会刮伤我的膝盖呢——一念及此，我便心生倦意。

随着四季更替、岁月变迁，荆棘已然越发浓密；到了这时，若要到你身边，少不了高举链锯披荆斩棘，劈开岁月给我们造就的重重阻隔。

直到有一天，你我之间的参天密林竟已枝繁叶茂，如此葱葱郁郁，如此密不透风，如此暗无天日，浑然成了一堵高墙，而我再也无法从另一头望见你的身影。

时至今日，若要到你身边，我只能以命相搏。

只不过，若是我披荆斩棘，辟出一条血路，终于抵达另一端，是否会发现：你竟早已离去？

玛戈

以吻封笺

故　友

"玛戈？"

"怎么啦？"

"如果我说我爱你，会很怪吗？"

"一点也不。"

"我其实就是想让你知道，我爱你。"我说。

"我也爱你，伦妮。"

"越南是什么样子？"我问。

"无比神奇。非常热，非常繁忙，非常有生机。真让人难以置信，我一个人孤零零地住在汉弗莱的旧农舍里，越南却如此生气蓬勃。当然，越南还有米娜。"

"你找到她了吗？"

"找到了。"

"然后呢？"

"我们将密林付之一炬了。"

跟随玛戈的脚步，我来到了 1999 年，某机场。在一趟两次经停的长途飞行之后，我随玛戈降落到了新山一国际机场。时值夜晚，我们忐忑地下了飞机，走到静悄悄的航站楼，迎面袭来的并非高温，而是湿气。我们的航班是当夜抵达的最后一班。我没有带行李，因此我来去自由，紧随在玛戈的身边：玛戈正在忙着摆弄文件、常用语手册和护照。玛戈甜美的笑容、玛戈的年纪，都让她在一群游客中显得与众不同。她很紧张；

我几乎可以看到，她的一颗心快要蹦出胸膛了。之前，玛戈尚未做好心理准备，就已经预订了航班，打包了行李——算是祸福参半吧，要是她再等上一等，时间可能会让她不那么冲动，但也有可能，会拦住她。

不过，玛戈其实不必担心。她对远隔半个世界的那人信任满满，而那个跟她素昧平生的人，果真正在等她。他看上去酷似米娜，脸型像她，眼睛也像她。不过，他个子高挑，虽然尚未完全长开；他举着一块手写的标牌，上面标有玛戈的名字。玛戈一眼望见他，不禁松了口气，一溜烟地向他奔过去，给了他一个热情的拥抱。

我紧随他两人，听着他们聊天，听见玛戈提起当初见到他时，他还是个天使般的婴孩。他也告诉玛戈（依我看，他那些话或许会让玛戈一时心脏停跳），他一眼就认出了她：因为不管他们母子搬到哪里，从他记事开始，母亲就一直在家挂着一张金框照片，是一张模糊的合影，照片中的米娜和玛戈正在参加派对，玛戈身穿一条绿裙，相拥的两人翩翩起舞。他说，他们母子搬到哪里，这张照片就会被带到哪里。

当他嘴里说出"上车"时，玛戈被逗笑了，随后便是好一番放声大笑。他递给玛戈一个头盔，潇洒的玛戈坐上了他的摩托车，坐到他身后，她的行李箱夹在两人中间。他载上玛戈，一头扎进了繁忙的车流（那是一条由小摩托和出租车汇成的城市命脉，时刻喧嚣不停），融入了人群之中——但对人群而言，这只是又一个傍晚，并无出奇之处。

他们到了一条又窄又斜的小巷，米娜与杰里米就住在此地的一间高层公寓里。我伫立到杰里米身边，望着米娜奔向玛戈，一头冲进她的怀中，冲得如此用力，以至于她们两人都差点摔倒。米娜伸出双臂紧紧搂住她，一副无忧无虑、自由自在的派头，嘴里欢呼道："Tao yêu mày!"[22]

---

22 越南语，意为"我爱你"。

生　日

　　见到蜡烛时，我以为是我的生日。我不得不先坐起身——不然的话，我怎么才能弄明白到底是怎么回事呢？刚才我想必是睡着了，因为我不记得有人关过灯。

　　就在这时，大家带着一根蜡烛悄然现身。玛戈、皮帕、沃尔特和艾尔丝（两人手拉着手）、亚瑟神父、红发护士、清洁工保罗。他们都在微笑，有那么一瞬间，我怀疑自己是否已经死掉了。蜡烛闪烁着，照亮了他们的面孔；蜡烛插在蛋糕上，蛋糕端在玛戈手中，玛戈则缓慢又小心地把蛋糕端到了我的病床边。

　　她慎重地把蛋糕放在我的桌子上，接着把它拉近一些，好让我看个清楚。蛋糕上面有几个龙飞凤舞的字，用黑色糖霜写成：百岁生日快乐，伦妮＆玛戈。

　　"我们一百岁啦？"我问，"我们大功告成了？"

　　皮帕举起一幅我从未见过的画，它也堪称我见过的最出色的一幅。画中是玛戈与我，我们肩并着肩，身穿睡衣，我在笑，我们头顶的天空繁星密布。

　　油画下方的一角写着："格拉斯哥公主皇家医院，玛戈·麦克雷，八十三岁。"

　　"你八十三岁的这幅画，画的是我们俩？"我问。真不敢相信，玛戈竟然把我画进了画里，画中的我看上去十分逼真。

　　玛戈微微一笑，拍拍我的手。"当然啦。"她说。

　　红发护士帮大家搬来椅子，他们围坐在我身旁，像一群朝圣者。

蛋糕上的发光物竟然不是真蜡烛，而是一支塑料圣诞蜡烛，侧面有着假烛泪，明亮的 LED 灯泡正在闪烁。这看上去倒是很逼真，像极了真蜡烛。"严禁明火。"红发护士解释道，随后举起蛋糕，举到我们面前。

"许个愿吧。"红发护士说。我和玛戈对着蛋糕吹了一口气，不知道该感谢巫术还是魔法，塑料 LED 蜡烛竟然顺势熄灭了。

皮帕先给大家分纸碟，然后切下一块又一块蛋糕。我已经不记得上次吃蛋糕是什么时候了。蛋糕很美味，无可挑剔；现在，我总算可以夸口，声称我已经尝过自己的百岁蛋糕了。

"真没想到，我会见证自己的百岁生日啊。"我说。

"祝你年年有今日，岁岁有今朝。"艾尔丝笑道。

"当之无愧。"亚瑟神父补上一句。

"了不起。"皮帕说，"另外，看来是时候告诉你们一声了：我跟城里一位画廊老板聊过，她想用你们的画来办个画展。当然啦，如果你们感兴趣的话。"

"你怎么想？"玛戈向我望来，问道，"算是遗愿清单上最后的心愿？"

我点点头。

"百岁寿诞，感觉怎么样？"亚瑟问。

"有点怪。"我说，"感觉昨天我才十七岁嘛。"

"有人告诉我，我看上去可不到八十三岁。"玛戈朝我挤挤眼睛。

于是，我们吃了蛋糕，谈笑风生。玛戈与我共同欢庆我们在世间度过的百年时光——漫长的一生，亦是短暂的一生。

人们离开之后，他们所带来的光却久久不灭。

玛 戈

我们已满了一百岁零一天，我这间病房的窗边突然出现了一张小脸。刚开始，我以为是伦妮。

据说，刚开始衰老时，自己并不会留意。通常，迹象出现得颇早（五十岁左右），一步紧接着一步：你上下楼梯得小心，进出浴室得小心；你得慢跑，切勿撒腿狂奔；你得步行，切勿慢跑。不过，我一直心里有数：这都是一些瞎扯的鬼话。这一刻，我的腿脚可比过去数月，甚至数年都要利索。我正在撒腿狂奔——定是一处值得一看的奇观，不过大厅里很安静，毕竟现在天还没有亮。

亚瑟坐在她的身旁，握着她的手。伦妮的护士在跟我一起往前奔，嘴里忙着跟我解释，可惜都被我当成了耳边风。

伦妮戴着面罩，每一次呼吸，都会发出"嘎啦"声。她的呼吸上气不接下气。我坐到她的另一侧，握住她的手。她的手冰冷而沉重，但我没有放手。

"也许，是时候说再见了。"红发护士忍不住掉下了眼泪，泪珠顺着脸颊滴落，滴在她的制服上。她把樱桃色的红发别到耳后，伸手抹掉眼泪，迈步走向伦妮，吻了吻女孩的额头。

"伦妮？"红发护士说，"玛戈来了。"

伦妮的眼帘抖了抖，眼睛半睁半闭。她看见了我。

"嗨，宝贝，我来了。"我说着，挤出一抹微笑。她动了动，算是点了点头。我眨眨眼，以免泪水害我无法看清楚。

"我爱你，伦妮，我永远爱你。"我告诉她。她捏捏我的手，在面罩后面动了动嘴，做了个口型。

"将来，你会过上幸福的日子，"我告诉她。"你会嫁给一名高挑的男子，他会有一头黑发，一双浅色眼眸，他会唱歌。他会一天到晚唱歌给你听。你们小两口会找间小公寓，然后买上一栋房子，给我寄明信片，生一两个孩子，其中一个叫亚瑟，另一个叫斯塔。你们会有一个满是蜗牛的花园，不过你们不会介意它们。你会如此幸福，你会记得医院的一大帮人，觉得一切回想起来是多么有意思。我会拜访你，你会用花朵床单帮我铺床。"我根本停不下来，但伦妮似乎并不介意。

她向亚瑟神父扭过头，拽下氧气面罩，轻声问道："依你看，我会上天堂吗？"

听到她的话，亚瑟心酸地闭上了眼，接着用笃定的目光望着她："当然啦，伦妮，还用说吗？"他说。他轻抚伦妮的手，她合上了眼眸。

"还有啊，伦妮，等你到了天堂……"亚瑟又说。

她又睁开眼。

"给他们点厉害尝尝。"亚瑟说。

整整一天，这是她第一次露出微笑。

还是玛戈

我以为我会先一步离开人世。

她怎会走得如此悄无声息？我以为她会走得如烟花般绚烂，一时间灯光乱闪，警报乱响，除颤器被人一溜烟绕过屋角送过来。总之，会是她中意的一幕。混乱与骚动——她一生中最形影不离的两名同伴，却在她生命的最后时刻抛弃了她。她的死神圣、宁静；我们大家一直守在她身旁，能守多久就守多久。

后来，她却被院方带走了。她看上去只是在沉睡，假如医护人员没有拔掉那些帮她维系生命的管子和电线，将它们规整地收拾起来放到她手边的话——毕竟，她再也用不着了。

于是，眼前只剩下了一间病房，房内曾经有过一张床、一个女孩。我们也不再是亚瑟神父与玛戈，只是一个神职人员与一个老太太，一对刚被夺走宝贝女儿的"父母"。

我开始恐慌，哽咽起来，亚瑟紧紧搂住了我（愿上帝保佑他吧）。

等到我收住眼泪，亚瑟陪我回到病房，我们两人坐到我的病床上，一起痛哭。

一星半点

我母亲有个口头禅，当她不耐烦、累了或者害怕的时候，她总爱用"一星半点"这个词。她会对我扭过头，嘴里说上一句"我说不好，玛戈，不过时间只剩一星半点了"，不然就是"我们能做的怕是只有一星半点"，或者"橱柜里的东西只剩下一星半点啦"。

我过去常常想象，宝物"一星半点"到底是副什么模样。或许是个玻璃玩意儿，蓝莹莹，在光下熠熠生辉；当你把它握在掌中，必须慎之又慎。若是你想把它带去某个地方，那就一定要用纸巾包好，但我总会把它揣进口袋。我想象着一幕场景：母亲和六岁的我，各坐在厨房餐桌的一头，宝物"一星半点"就放在我们中间，我们苦苦思索着该如何分它，好美餐一顿。

至于此刻，时间似乎真的"只剩下一星半点"了。我只觉得无所适从，满脑子只想把故事讲完。

胡志明市，2000 年 1 月

玛戈·麦克雷，时年六十九岁

在机场，我与米娜紧紧相拥，我顿时感觉自己无比渺小——我们恰似两颗粒子，在尘云中意外相撞。感谢诸神，竟让米娜和我撞见了彼此。至于是否还会再见，我们既没有说定，也没有许下任何誓言。离七十岁只差一年了，我还不至于糊涂到许诺再去越南的地步，再回到这个潮湿、热闹、遥远的地方。这座城市一度属于我和米娜，尽管只有短短数月。米娜和我一起跨入了新千年，其意义十分重大。

"再见，我的爱人。"她搂紧我，在我耳边说道。

我感觉心中无比平和。

因为，当初两张床间的那道空隙，如今终于有了解答。

格拉斯哥，2003 年 12 月
玛戈·麦克雷，时年七十二岁

当初，大卫的葬礼过后不久，我与强尼去了大卫的墓前。我带了一束用蓝丝带扎起的鲜花。当我把它放到儿子的墓前时，我向丈夫望去，他也向我望来。那一刻，我有一种强烈的感觉，仿佛我们两人身处万丈海底，离水面如此之远，因此再不可能重见阳光。我们听不见对方在说什么，因为只要放声高呼，我们的嘴里便会灌满水。

五十年后，伫立在同一个地方，我的手中拿着一束鲜花，花枝上系着一条黄丝带。

光阴已经过去了五十载，格拉斯哥墓地里的这一处却并未改变多少。那块刻有我儿子名字的墓碑，已历经五十载风霜；那块沉睡着我儿子的土地，已历经五十载骄阳。这些年，尽管我已走过万水千山，却一直没有踏足此刻所站的这一处。

墓园里好安静。昨夜十分寒冷，草丛结了冰。难道在地底深处，也会如此寒冷吗？我带来的鲜花，好像是在可怜巴巴地致歉。我依然能够清晰地记起大卫的模样：他皱起额头，一双大眼睛打量着每一件新事物；他的手长得丁点小，让我不由得惊叹。

我跪在冰凉的草地上，露水渗进了我的长裤。

"你好。"我小声地跟大卫打了个招呼。就在不远处的小径上，两名身穿深蓝服饰的女子正穿过墓地，其中一位手拎一个环保袋，一束白色郁金香从环保袋里支出来。

"对不起，过了这么久才来。"我告诉大卫，"希望你能原谅我。"之前，我从越南离开，是因为我必须再跟我的大卫见最后一面。在离开人世之前，我必须跟他道别。因此，从越南回来以后，我卖掉了汉弗莱的农舍，搬回了格拉斯哥。

我将鲜花放到大卫墓前，裹着花束的玻璃纸看上去有点皱。

"我曾经很怕你。我怕我如此想你，如此爱你，如此辜负了你。"我告诉他。

我深吸一口气：有些念头，实在太过强烈。

"如果你父亲在这儿，他肯定会提醒我：得心脏病，怪不到爸妈两个人的头上。不过，他不在这儿。事实上，我也不知道他在哪儿。"

"不过，或许你知道。"我告诉他。

冰凉的草地上，就在我刚刚摆上的那束鲜花旁边，有一支放在玻璃烛台上的白色小蜡烛。我伸手拾起了它：玻璃烛台的侧面写着"安息吧"，整支蜡烛又新又干净，虽然已经点过，但显然没点多久，蜡只烧了浅浅的一层。

大卫左、右两侧的墓前都没有类似的蜡烛，因此，蜡烛必然不是来自教会的。我实在想不通，哪个陌生人会在一个离世已超五十载的幼童墓前放蜡烛呢？我不禁打了个寒战，站起身，一股寒意透过膝上的水渍凉透了我的全身。

手中的蜡烛让我十分惊异：会记得大卫的人，世上明明少之又少。

当然，多年来，我也不时想起强尼，不过，当初米娜把那份失踪人口报案表格扔进垃圾桶的时候，她也把我的一份执念扔进了垃圾桶：那个抱有执念的我曾经认定，我有义务找到强尼，无论他是否愿意被我找到。

看上去，11月似乎跟墓园很搭。天空一片灰扑扑的，与墓碑浑然一色。

我把蜡烛放回原处，又吻了吻刻着大卫名字的墓碑。尽管时光荏苒，但多亏了这块墓碑，大卫的名字才依旧如此清晰。

格拉斯哥，2006年7月
玛戈·麦克雷，时年七十五岁

"下午好。我可以坐在这里吗？"

"请坐。"我说。我在长凳上腾出空位，那位教区神父坐了下来。落座时，他叹了口气。他的衣服发出一股衣物柔顺剂的味道，他穿这么多热不热？天气如此晴朗，他居然还穿着一身黑衣黑裤，一定很热吧。

"我以前在这一带见过你吗？"他问。

"我最近常来。"我回答。

"是来凭吊某人？"他问。

"算是吧。"

"今天的天气倒很适合。"他说。

我没有摸透，他话里的"适合"，到底指的是什么。是"适合"哀悼吗？是"适合"苦等某个留下蜡烛的人再度现身吗？今天的天气真的很"适合"吗？无论怎么样，我对他的话表示同意。他从包里掏出午餐：是一个用塑料包裹的三明治，切成了四小块。他拿出其中的一块递给我，我下意识地接了过来。

他咬了一大口三明治。

"每到下午，墓园这一区的光照就很不错。"他嘴里说道。

"确实。"

我们沉默地坐了一会儿。我望着他大嚼三明治，心中暗想：多客气的一个人，怎么会来如此寂寞的一间教堂当神父呢？

"好啦。"他说着站起身，"恐怕我得走了。如果不赶紧赶回办公室的话,我整个人估计会化掉。敲钟人三点钟要来,非让我朝曲库里添一首'雪巡警'乐队的歌。"

"哎哟!"我叹道。

"完全同意。"他回答,"那就再会吧。"

不过,后来我再也没有见过这名神职人员。不管那个在大卫墓前放上蜡烛的人是谁,我都没有再等下去。我隐隐有种感觉:摆蜡烛的神秘人恐怕再也不会现身了。

神父迈步穿过墓园,掸了掸他那条时髦黑裤上的面包屑。

等到他的身影消失在教堂里,我咬了一口三明治。是鸡蛋水芹三明治。

穆兰兹护理中心,2011 年 9 月
玛戈·麦克雷,时年八十岁

"我只是一不小心老了而已。"——当初,汉弗莱的记忆刚开始衰退,我第一次带他去看医生时,他说。等到我在私人护理中心醒来,开始归护士管,又蹒跚着走进休息室去吃早餐的时候,我才终于懂了汉弗莱的话。这家护理中心无可挑剔(员工个个友善且整洁),可惜的是,这里的必备设施总是透着一股凄凉:比如插座(当我自己无法呼吸时,员工总得插上呼吸机的插头吧),比如求救警报(当我恐慌发作时,总得向别人发出求救警报吧),比如天花板上的滑轮(当我自己没办法从床上起身时,总得安装升降设备吧)。

有位住客即将年满七十岁,因此,护理中心会为我们提供一顿丰盛的午餐——千层面。于是,当天我站在自己房间的桌前,面对着镜子,莫名地感到有点紧张。我涂着口红,是从玛莎百货买来的唇膏,浅浅的红褐色,希望能给我的脸提气色吧。我凝望着镜中的双眸,自己的双眸,那是多年来我的容颜中唯一不曾更改的地方。此时此刻,不知道米娜在

做些什么呢？之前，把新地址寄给她的时候，我特意略过了"护理中心"一词，不让她知情。

尝上去，这份千层面跟我印象中的千层面大不一样，有种诡异的塑料味。不过，我已经一头扎进了跟两个老住户的聊天中，两人分别叫伊莲和乔治娜（"拜托，叫我乔治就好。"乔治娜说）。两人跟我讲起，她们在普利茅斯附近的一处海滨度过了童年时光，有着许多共同的朋友，彼此却互不相识。我们三人正慨叹世界之大，紧接着，他便出现在了我的眼前，仅仅隔着几张桌子，正在孤零零一个人进餐。他依然有着一副高瘦的身形，但被岁月折磨得稍微有点驼背，头发还没有掉光，但仅剩的白发显得很蓬乱。他正放眼向屋外望去，好像可以立刻扬帆驶出窗外，继续航行，一路向前，驶向万丈碧波。

强尼。

我的手臂顿时起了一层鸡皮疙瘩，我再也听不见乔治在跟伊莲说些什么了，听不见乔治的拖鞋织的究竟是什么花样；因为他就在我的眼前。

他用勺子舀起千层面吃着，仿佛犹在梦中。

我有点疑心自己花了眼，毕竟，我曾将许多人误认成他——伦敦街头的陌生人、雷迪奇图书馆的来客，甚至越南会安市的一名高个儿男子——不过，眼前就是他。我心里明白，我从骨子里确信。

我还记得当初法庭的一幕：那是20世纪70年代末的一天，当时我递交了离婚申请，要跟一个下落不明的男子离婚（我提交了表明我曾努力找过他的证据、所知的最后一处地址、从未从他家人处收到回复的信件，以及我和他已分居近三十年的证据）。当时，汉弗莱耐心地站在我身旁。强尼知道我已经跟他离婚了吗？

我犹豫了一下，怀疑自己会不会亵渎汉弗莱留给我的记忆。汉弗莱曾经告诉我，让我去寻找爱人，我照办了。强尼并非我的爱人；现在不是，当初或许也不是。汉弗莱会怎么想？当我的左手还戴着婚戒，我该迈步向强尼走去吗？此刻，我手上的戒指，可不是借来的，却是属于我自己的。我扪心自问了一大堆问题，但我心里清楚，如果汉弗莱在我身边，他只怕早已经走了过去，跟强尼握了握手，问他对海王星有什么看法。

当初，我的心就属于那个幽默而又星光璀璨的男子，正如此刻。是他将我那破碎的人生拼到一起，帮我重启另一段人生。当然，我的心，也属于那个教我释放自我的女子。不过，正如此刻，我的过去却属于那个高挑、瘦削的小伙，他曾在我刚满二十岁时单膝跪地，向我求婚。不开口问上一声，装作看不见这一未解之谜的样子实在说不过去吧；再说，汉弗莱本就深爱解谜。

我的心怦怦直跳，强撑着站起身。

我走到他坐的椅子旁边，目光落到他身上。我的心中涌起了一种熟悉感，好像听到一首老歌。我仔细看着他，对方抬起头，我们互相对视。

我微微一笑：八十岁的我与二十五岁的我相比，不知道有什么区别？与强尼上次一别后，我又经历过多少种人生？多少个瞬间？多少天？假如知道我终将与他在这里相遇，我还会选择同样的道路吗？

"强尼？"我开口问道。

他眯起眼打量我，嘴微微张开。

"玛戈。"他说。听他的口吻，这不是一个问题，却是一个答案。"怎么可能……？"

就在那一刻，真相已渐渐水落石出；我必须承认，我的心仿佛猛地一沉。

原来是强尼的弟弟正紧盯着我。

我摇摇头，泪水在眼眶里打转，我只觉得喘不过气。

好一阵鸦雀无声，我又回过了神。托马斯依然瞪眼盯着我。

"很抱歉。"他说——仿佛长得酷似他哥，是他的错一样。想当初，十五岁的托马斯拖着伤痕累累、瘦巴巴的两条腿，站在我家门口，扮成强尼的时候，就跟眼前的一幕颇有相似之处。

"嗯……"托马斯露出了笑容，"……真没想到还会见到你！"

我竭力回想上次见到他的情形。我一直以为托马斯会早早结婚，搬到美国，当个空军学开飞机呢。不过，听他的口音，事实并非如此，他的口音依然带着浓浓的格拉斯哥腔。我上次见到他，或许是在庆祝大卫出生举办的那个派对上吧。我竭力回忆托马斯当时的模样，可惜我脑海里的几段回忆交织在了一起，每一段似乎都不太对。

"这么说，是你干的？"我问。

"什么？"

"那支蜡烛。你是去过大卫墓前吗？"

他点点头。"没错，很久以前的事了。强尼走之前拜托过我，要我帮着照看，知道吧？"

"嗯，谢谢你。"我告诉托马斯，"我本来应该常去，但我去得不勤。"

托马斯摆摆手，让我别说下去。他不愿意对我评头论足——这一点，不管是现在，还是在他少年时代，倒是一直没有变过。

"我……"托马斯结巴着说道。"我该从哪里说起呢？"他问了一句，随后就自嘲起来，"天哪，玛戈。一切如何？"

依我猜（或许我会错意了），托马斯应该是在问，我过得怎么样？过去五十八年的人生究竟如何？跟想象中一样吗？过得快活、自由、幸福吗？不过，他那一句问得太泛、太深奥，我说不清自己是否听得懂。

"我很好，"于是，我回答道，"你怎么样？"

他伸手朝周围一指："老啦！"他放声笑起来。我顿时记起托马斯当初为什么会讨我的欢心：他比强尼轻松许多，快活许多。

"强尼是什么时候过世的？"我问。

托马斯点点头，脸上的微笑渐渐退去。

"大约两年前。"他说，"很遗憾，还要我来告诉你这个消息。他从楼梯上摔了下来，摔断了腿，后来成了肺炎。没拖多久。"

"当时你在他身边吗？"

"不在。"他说，"但他身边有人陪。"

我点点头。

"那你自己呢？"我问，"小托马斯·多彻蒂后来怎么样了？"

"强尼甩手离开以后，我接替了他在达顿氏的职位。到了最后，全归我和另一个哥们儿管。"

"所以没有学开飞机？"

"开飞机？"

"当初你格外中意飞机嘛，我记得你有一架带螺旋桨的红色玩具飞机。"

他笑了："真不敢相信，你居然记得。有意思的是，我对飞机的爱并不长久。"

"你结婚了吗？"

"结婚了。大约三年前，我太太离开了人世。我们有个宝贝女儿，叫艾普莉，她刚刚怀了第三胎。"

我们沉默地坐了一会儿。见到托马斯是如此离奇，我只觉得如在梦中；要不然，我便是穿越了时空，探头到了一个我原本不该发觉的世界。多年来悬而未解的问题一个个有了答案，尽管我一直以为，我永远也不可能找到这些问题的答案。

"我找过强尼，"我告诉托马斯，"他离家出走以后，过了几年，我也去了伦敦。"

"是吗？"

"但我没有找到他。话说回来，那终究是个错。事实上，我根本不知道他是否去了伦敦，都是我猜的。"

"你猜得对。"托马斯回答。

"我一直想知道，后来他过得怎么样。"

"他确实去了伦敦，大约待了一两个月，但他待不下去，所以后来搬到了布里斯托，在造船厂工作。"

"他过得开心吗？"

"开心。"

"他一生幸福吗？"

托马斯前倾身子，用一只手覆上我的手。"幸福。"他说。

我深吸一口气。我想问的都已经问完了。

"他这一辈子，大部分时间都住在布里斯托，大约十年前才搬回这里。人们常说，叶落归根，对吧？"托马斯说道。

"所以，我们回来了。"我说。

"我们回来了。"他笑道。

格拉斯哥公主皇家医院，2014 年 2 月
玛戈·麦克雷，时年八十三岁

穆兰兹护理中心的小房间里，我的胸口传来了一阵刺痛，顿时惊醒过来。我本来以为是消化不良，谁知道事实证明：并非如此。

那个应急按钮直观地预言着一件事：我总有一天用得着它——它没有说错。我确实需要它。除此之外，我还很恐慌，很期盼有人能够发现我的病情，有人会把我放在心上，或者干脆踏进我的房间陪我一起恐慌。

紧接着，我的眼前出现了一张脸，我认不出对方是谁，但我心里清楚：我理应认得出对方是谁。之后，一切变成了一团迷雾。我记得医护人员在急诊室脱下了我的上衣，又贴上贴片给我查心电图；我也记得，当时我衷心期盼自己还戴着胸罩。

等到我再回过神的时候，已经是次日早晨。我刚刚经历了一次探测手术（结果还留下一堆悬而未决的问题），正在恢复过程中。女医生带着听诊器，身穿一条满是白花的长裙，声称可能要过上好几个星期，我的

身体才能恢复到可以再动手术的地步。听到这话，我旁边病床一位非常时髦的女子不禁啧啧作声。

"好几个星期！"她说。

我留意到：时髦女子的红色晨衣上有两个缩写字母——W.S.。什么样的生活才会让人感觉有必要标榜自己的晨衣与众不同，因此想出绣上姓名首字母这一招呢？

女医生拉上我的帘子，朝我凑近了些。她的香水是甜蜜的香草调。"不要担心，"医生说，"好好休息，你很快就会康复。"

在这块用帘子隔开的小天地中，我开开心心地过起了日子。住了大约一星期后，那位在晨衣上绣姓名首字母的女士借给我一本书，又从床头柜上的私家果盘里拿给我两个梨。她告诉我，她当了三十年妇科医生，另外，用她自己的话来讲，"恨死了自己现在这副鬼样"。在她出院之前，她的前夫会帮她打理房产，谁知道她又是感染又是各种治疗的，已经拖了好几个星期了。假如换成她来当自己的医生，她恐怕早就因为病人占了床位死活不走心生恶意了。

"吃个梨试试看，"她告诉我，"这可是荷兰绿啤梨噢。"

几天后，我收到一封信。

或许，这本不是什么不可思议的奇事。

但对我来说，它堪称不可思议。

如今怎么还会有越洋信件？在电邮与短信满天飞的时代，纸质书信怎么还能飞到世界各地？

这封信来到了我在穆兰兹护理中心的信箱，又有人把它取了出来，交给了艾米丽。艾米丽是护理中心的一名助理，正准备给我带来一只手提箱，箱子里都是我的睡衣和生活必需品。

"你的信。"艾米丽一边说，一边把手提箱塞到我的病床下。

信封上贴着一张邮票，邮票上是个我不认识的男子；寄信人的地址，则是胡志明市。

有那么一会儿，我已经听不见可爱的艾米丽在说些什么了，因为我一心只想打开这封信。可惜，艾米丽非要聊一聊强尼的弟弟托马斯，说他的女儿艾普莉邀他过去跟家人同住，正好赶上他的第三个孙辈出生。艾米丽待在医院没有走，我们聊了一会儿，接着护士来给我打针以防血栓，随后，晚餐送到了。

我一觉醒来，感觉很讶异，主要是因为，我根本不知道自己已经沉沉入睡。我的晚餐托盘和昨天的报纸都被拿走了。另外，还少了一样东西。是什么呢？

我箭一般从床上跃起。我从床下拉出手提箱，在睡衣和开襟毛衫里到处乱翻，心里却很明白：它不在手提箱里面。我掀开床单，又掀起两个枕头。我穿上拖鞋，拉开帘子，走到隔壁床位的妇科医生面前。

"清洁工来过了吗？"我问。

"你说什么？"她摘下眼镜，眯起眼睛向我望来。

"清洁工。他们……不，他已经带走垃圾了吗？"

"没错。"

"什么时候的事？"

"嗯……"她回答道。我真恨不得猛晃她一通，让她说快些。"大概……有好一阵了，没错。"她说。

我不知道自己是否跟她道了谢。自从入院以来，我第一次独自在医院里乱窜开来，只觉得自己像个逃犯。不过，我是个步履缓慢的逃犯。我竭力追随着那个清洁工。到了现在，我已经认得出他；他有好多文身，如果那些文身文在我身上，只怕会经常害得我很烦心，谁让它们个个东倒西歪呢。

我溜出老龄护理区，走向产科，可惜大门旁边有视频监控，于是我转过了身。我沿着一条略有坡度的长走廊前进，感觉自己好像梦游仙境的爱丽丝，在摇身变小之后钻过钥匙孔。我千方百计回想着那个信封：黑色的文字，上面有几个海关和航空邮件印章。至于邮票，则是一位男子，背景为绿色。我遇上了好几个岔道，只好把自己想象成那位有文身的垃圾清理工，想象他会走哪条路，然后我就走哪条路。他的大垃圾桶带有滚轮，分成四个独立垃圾桶，分别是医疗垃圾、可回收垃圾、厨余垃圾和其他垃圾。假如运气够好，我的信应该在可回收垃圾桶里。

紧接着，垃圾桶赫然出现在了我的眼前，正在耐心地等待，周围无人看管。我蹑手蹑脚地凑近它，踮起脚尖察看垃圾中是否有我的信，可惜没办法看清楚。我环顾了一下四周：有文身的清洁工在关着门的护士站里。周围一个人也没有。我爬上了垃圾车的一侧，弯下腰，把手伸了进去，千方百计想要搅散纸巾。我可以望见一个尖角——就是它，可惜我伸出手也够不着……

正在这时，我听到身后传来一阵响动，于是转过了身。走廊另一头站着一个十六七岁的女孩，她长着一头灿烂的金发，身穿粉色睡衣，正饶有兴致地望着我。紧接着，护士办公室的门开了，我顿时呆在原地。我一定会被当场抓包吧，谁知道，粉衣女孩开口说话了，文身清洁工和苦瓜脸护士立刻把注意力转移到了她身上。

一团白色的纸巾下，躺着我的那封信。我再次弯下腰，伸出一只手。我的手指从信上拂过，终于拿到了它。

我原本以为，等我转过身，文身清洁工和苦瓜脸护士一定正瞪眼盯着我；谁知道，等我转过身的时候，他们却已经离开，正朝五月病房走去。只有粉衣女孩还在这里，她微微一笑。

我紧攥住米娜的来信，回到了自己的床位。

写回信的时候，我告诉米娜，*我刚刚把手伸进了医院的垃圾桶，就为了找你写来的一封信。这便是爱。*

当然，对米娜所提的问题，我的回答是"我愿意"。

昨天，亚瑟神父突然来探访我。他倒是常来探访。我们聊的基本都是你，伦妮，你听了一定很高兴吧。

我给亚瑟神父看了米娜的信，又告诉他，当初你是如何帮我从垃圾桶里救出了这封信。

随后，我深吸一口气，开口问起亚瑟的看法：若是我带上这身咔咔作响的老骨头和一颗伤痕累累的心，搭机飞去越南，去见我的灵魂伴侣，回答她之前提出的那个问题，斩钉截铁地答上一声"我愿意"，然后让她把自制的戒指戴上我的左手无名指（既然是米娜自制的戒指，我敢肯定会是铜制，戴了之后会让我的手指染上一片绿），不知道亚瑟会怎么想呢？

亚瑟露出一抹哀伤的笑容（也有可能，是若有所思的笑容），又在身上到处翻找纸片，最后从口袋里掏出了一张收据，写下几个字：《传道书》9：9。

他拿起围巾，向我挥挥手，回家去了。

我拜托护士帮我找本《圣经》，毕竟医院里到处都是《圣经》，因此并不难找。不过，走廊对面那间病房的一位美国女士把她那本借给了我。

我小心地翻开薄薄的书页，同时给自己打气。

"或许是关于石刑和永罚之类的话吧。"我暗自心想。我对她的爱令人震惊，或至万劫不复，害得亚瑟无法当面对我把话说出口。或许，这正是身为神父的难处之一，有时不得不提醒罪人们，他们的命运究竟如何。

可是，我大错特错。我翻开那一页，读着《传道书》9：9。

在你一生虚空的年日……
当同你所爱的妻，快活度日。

格拉斯哥公主皇家医院，2014 年 3 月

我刚刚小睡醒来，病床床尾却出现了一名女子。她身穿一件厚厚的羊毛套头衫，上面粘满了狗毛，圆点连衣裙的裙边也沾着绿色颜料。她告诉我，医院新开了一间艺术诊疗室，欢迎所有年龄段的患者，还邀我入班上课。她微笑着，递给我一张传单。

当我出现在专为八十岁以上高龄患者所开的那一班时，她又笑了。我找了个靠窗的座位，心里暗自思忖：不知道什么时候可以画星星？其实，当天的课程教的不是画星星，而是别的内容，但我已经不记得了，因为我记忆中满满都是伦妮。就在当初，伦妮一脚踏进这间满是耄耋老者的屋子，带着一种远超同龄人的自信；伦妮坚毅、瘦削，有着一头北欧孩子的灿烂金发；伦妮有一张淘气的脸，有一件粉色睡衣。

她走到我的桌前，改变了我的人生，让它变得翻天覆地，变得更加美好。

玛戈道晚安

伦妮，世道如此不公，竟让白发人送黑发人；我已垂垂老矣，且会越来越老，而你已不在身边。

如果能把活在世上的日子分给你，我一定愿意。

没有人能说清，你怎么会葬到大卫沉睡的那个墓园。

我会想念你的实话，我会想念你的笑，但我最想念的，是你的魔力。

正因为有了你，画室里静躺着一百幅画。不久的将来，它们会在城里一家大型画廊中展出，为玫瑰画室筹集资金。或许，我将独自观展，或许，我们将在冥冥中一起观展，手牵着手，走过我们的百年。

我的"大手术"安排在下周一早上，你那位可爱的红发护士带着豆袋猪笨尼到了我的病房，告诉我：你希望我进手术室的时候带上它，以免我害怕。那时，我不禁哭出了声。我原以为，你或许想让它陪着你，在冷冰冰的黄土之下，可我立刻回过了神：你并不在黄土之下，你已经去了别处。美丽，自由，再无病痛。我保证，我会好好照顾笨尼。我用鼻头蹭了蹭它的鼻头，跟它打了招呼，以便好好互相认识一番；我会随身带着它，直至生命的最后一刻。

我已经打包好了行李，伦妮。依我猜，你也会赞同。行李就在我的病床下，等待着。除此之外，我还有一件宝贝，是一张纸——看似不太像一张登机牌，但它显然是一张登机牌，是亚瑟神父用他的电脑给我打印出来的。如果手术顺利的话，我会去搭飞机，跟米娜再次聚头，瞧瞧她给我打造的戒指是否合衬。还有，我会终于说出一句"我愿意"。

如果术后醒不过来，我也会登上飞机，去找你。无论走的是哪条路，都会是一场惊天历程。

我发现，你已经在这本日记的最后一页上写了几句话；既然你已经留下了遗言，我也就不再多写，只想祝你好梦。

伦妮，不管你在哪里，不管你身处哪个美好世界，不管那炽热的心、那一身才华、那难挡的魅力到底在什么地方，请记住，我爱你。我们相识的时光虽短，我却像爱亲生女儿一样爱你。

你找到了一个忘年交，我将永远感恩。

因此，请务必让我道声谢。

谢谢你，亲爱的伦妮。你让走向死亡之路变得趣味非凡。

伦妮：日记的最后一页

当大家提到"终"字，我脑子里冒出的词，是"终点站"；冒出的场景，是机场。

此刻，我已只待登机，毋庸置疑。

我会全心全意想念玛戈，但她尚未准备好登机，她还有事情要办。比如，买块超大的瑞士三角巧克力、讲完我们两人的故事，以及再活一百年——以上三者，一件都不许遗漏。

这里好静，阳光映照着闪亮的地板，因此处处熠熠生辉。我伫立在候机室里，身处一群乘客之中，透过大玻璃窗遥望窗外的飞机，心中暗想：就这样？这就是我一直以来在怕的那个"它"？

没什么大不了啊。

细看之下，"它"也算不上什么惊天大事。

致　谢

2014 年 1 月的某个夜晚，伦妮的形象闯入了我的脑海。当时，我本该动笔撰写硕士论文，可惜始终静不下心。于是，秉着"好学生"的做派，我把要做的正经事抛到了脑后，一头扎进了小说创作中。在过去的七年里，伦妮和玛戈的世界便是我的家。今天，她们的故事终于得以问世，这令我激动不已。

在此谨向我的经纪人——C&W 公司的苏·阿姆斯特朗献上一大束黄玫瑰，以示谢意。自从苏收到了伦妮与玛戈的小说稿件，她便给予了我诸多支持和指导。如果没有苏，伦妮与玛戈的故事就不会这般顺利地问世了。此外，C&W 公司团队以无比充沛的热情和能量在世界各地力荐我的小说，我也要向该公司的卓越团队表示感谢，尤其是亚历山大、杰克、凯特、玛蒂尔达和梅雷迪思。

非常感谢我的编辑，Transworld 出版社的简·劳森。简始终不吝惜与我分享她的智慧、幽默和耐心，并在整个编辑过程中支持我。当初与简甫一谋面，我便心知：伦妮与玛戈的故事已经找对了编辑。与此同时，感谢 Transworld 出版社的全体成员，他们对伦妮与玛戈的故事有信心，并非常努力地推广这部小说。

我要向我的家人致谢，他们给我打气，任由我念叨稿件字数，听我给他们读草稿，每次听完都只讲夸人的话。此外，我也要感谢曾经同行的各位好友：念天主教中学时，在那些令人困惑、惊心的岁月中结识的朋友；大学时光中结识的朋友；一起看即兴剧、一起爆笑的朋友；等等。总之，这一路我与友人们分享喜乐，这一路精彩纷呈。老实讲，本书的某些情节正是受到了这群亲朋好友的启发才创作出来的：比如，少年时跟我一起在奇奇怪怪的地方开过派对的朋友、我那已故的亲爱的祖父母（他们两人正是在火车上相识的）、一位离别时分跟我握了握手的朋友。

我嫁给了一个从一开始就深爱伦妮与玛戈的人，他令我十分感激。当我怕得不敢打开自己的收件箱时，他会帮我读拒信；当看完小说的结局后，他哭着回到家，还给我起了个绰号叫"文字女巫"；当我的书稿第一次收到报价时，他跟我一起在厨房里欢蹦乱跳。谢谢你的信任，古斯。

不过，最重要的是，我无比感激伦妮在 2014 年 1 月那一晚"造访"了我。当初浮现在我脑海中的伦妮的形象是如此栩栩如生，本书理应属于她。当我孤独难耐时，伦妮陪伴着我；当我发觉自己的心脏出了问题，心惊胆战地听人们提到"心源性猝死"一词时，伦妮这个人物又体现出了我内心的惧意。伦妮教会了我耐心和毅力，伦妮给我的人生添光增彩。

对玛莉安·克罗宁的访谈

首先，请问你在何时何地写作？

我花了六年多一点儿的时间写完了《五月病房与玫瑰画室》——现在说起来，感觉花了好久好久的时间呢。2014 年 1 月，我在卧室的书桌前动笔写下了关于伦妮的头几段文字（基本上也正是本书开篇的几段，后来几乎没有改动）。我是个彻头彻尾的夜猫子，这一点我倒是一直想改变，因为在"早鸟派们"如鱼得水的世界里，当个夜猫子可舒服不到哪里去。不过，我偏偏喜爱在晚上写作，因为晚上写作没那么容易分心，一切都比白天安静几分。我通常在家写作，而且通常是在没有旁人的时候写作。假如写作时有人在旁边探头探脑地窥探，我会觉得非常不好意思，感觉活像让别人窥探我的内心一样。

其实本书的初稿并没有花太长时间，只用了大约三四个月，几乎都是在晚上写成的。但接下来，我必须不断打磨初稿，所花的时间可就长得多了。当时，我正在全职攻读学位兼授课，因此只能在傍晚和周末抽空改稿。不过有时候，我在办公室里写的也并不是论文，而是伦妮和玛戈的故事。

你喜爱的书有哪些？为什么？

我的最爱之一是雅阿·吉亚西的《回家之路》（*Homegoing*），它也是我最爱向大家推荐的一本书。该书的层次极为丰富，从中可借鉴之处颇多；再说了，从没有哪本书能惹我掉那么多眼泪。我也很喜欢努弗莱特·布拉瓦约的《我们需要新名字》（*We Need New Names*），书中人物达林是如此有胆魄，这让我印象深刻。露丝·尾关的小说《不存在的女孩》（*A Tale for the Time Being*）是另一本让我难忘的书，我喜欢该书的怪异感。

写《五月病房与玫瑰画室》的初期，我深受乔纳斯·乔纳森那本《百岁老人翘家去》(*The Hundred-Year-Old Man Who Climbed Out of the Window and Disappeared*)和蕾秋·乔伊斯的《一个人的朝圣》(*The Unlikely Pilgrimage of Harold Fry*)的启发。一个平凡人，却千方百计达成不凡之举，这种作风，让我心有戚戚。上述两本书都以各自的方式提出了同一个问题："人生究竟是什么？"而这一点，正是我在创作本书的过程中一直思考的问题。

除此之外，我一直很开心自己十四岁时读过莎拉·迪森的《安眠曲》(*This Lullaby*)。书中主角的妈妈是位作家，她会把写着角色和故事情节的笔记记得到处都是，这害得我以为大家都是这么做的呢。读那本书时，我在心里嘀咕：我也爱随手记下自己的想法，或许是因为这些想法本该写成故事吧。于是，它们最终变成了一个青少年爱情鬼故事，藏在我床下的一只盒子里。尽管现在我觉得这部"著作"很丢脸，但当初动笔写作的时候，我已经心里有数：我有能力写书。俗话说，一回生，二回熟嘛。

你最爱的电影或电视剧是哪部？

我有点不好意思承认，我最喜欢的电影是一部儿童片，改编自奥利弗·杰夫斯的《迷路的小企鹅》(*Lost and Found*)。该片简单却动人，讲的是友谊，以及友谊如何救赎彼此。我都记不得哪次看这片能忍住不哭！我也爱看电视剧，虽然这听上去显得格调不高，但我真心爱看！我最爱的几部电视剧都影响了我写对白的方式，尤其是《我为喜剧狂》(*30 Rock*)、《我本坚强》(*Unbreakable Kimmy Schmidt*)、《间谍亚契》(*Archer*)、《绿翼》(*Green Wing*)、《窥视秀》(*Peep Show*)、《新生六居客》(*Fresh Meat*)、《星期五晚餐》(*Friday Night Dinner*)和《同妻俱乐部》(*Grace and Frankie*)。依我看，光是关注对白的节奏和结构，就足以让我写对白的时候下笔如有神了。

最近有哪本书惹你哭过吗?

惹我哭的好书可太多了,最近的一本是安娜·霍普的《期望》(*Expectation*),书中探讨了女性之间的友谊,也探讨了女性在成年后不同阶段对生活的希冀。我并不想剧透,但该书临近结尾处有一幕让我猝不及防,惹我掉了眼泪。

最近有哪本书让你笑过吗?

蒂娜·菲的《管家婆》(*Bossypants*)在我的"阅读清单"上待了好几年,等到终于抽出时间读它的时候,我爱它爱得不得了。书中金句频出,我不得不时常歇口气,好把书中词句念给身边人听——不管身边的人是谁。从没有哪本书能让我笑得这么厉害!不过我五岁时写的一本书除外,那是我妈妈最近刚从阁楼里翻出来的。书名叫《幸运方糖》,讲的是一块会哭会笑的小方糖,它戴着一顶由鲜花制成的帽子,而且非常倒霉。公共汽车上,雨丝透过一扇打开的窗户淋湿了小方糖。在五岁的我看来,对一块会哭会笑的小方糖来说,恐怕没有比这更惨的遭遇了。

你觉得怎样才算一部佳作? 就你的写作而言,必不可少的要素是什么?

我认为,即使是虚构作品,精彩的佳作也必然体现某种真实。对我来说,创作《五月病房与玫瑰画室》就始于我对死亡的恐惧。当时,有两件事让我开始认真思考死亡(我也太搞笑了!):第一件发生在一次例行体检的时候,医生发现我的静息心率竟然在每分钟二百次左右,害她有点担心。于是医生让我又是扫描又是测试(其中有一次,我必须只穿内衣在跑步机上跑步,身上还连着一台心电图机,总之不太好受)。而在医院就诊时,我发觉自己满脑子想的都是:我真的很怕死。差不多就在同一时段,我的一位同学去世了。我跟她并不太熟,但她多年来一直直面死亡,她的勇气让我思考:心知自己时日无多,是一种什么样的感觉呢?

说到我自己的写作,我会被那些有所缺失的角色所吸引,尤其是孤独的角色。《五月病房与玫瑰画室》中,伦妮一亮相,就显得非常孤独:她的身边不仅缺了父母，还缺少真正的朋友。并不是说伦妮生性如此，只不过她当时处境如此。依我看，伦妮踏出孤独之路，才真正揭示出她的本性：玛戈、亚瑟和红发护士，被伦妮变成了不是亲人却胜似亲人的"家人"。离开人世时，伦妮被众人的爱簇拥着，那是她自己寻求来的爱。

不管从哪方面看，伦妮和玛戈都算得上是离经叛道的人。如此妙不可言的人物个性，其灵感从何而来呢？

我很爱不循常规的人。我热爱的诸多书籍、电影和电视剧都刻画了不同寻常、古里古怪的人物；在现实生活中，我也会被某些多多少少有点古怪的人吸引。直到本书进入改稿过程，我开始谈起伦妮和玛戈的故事，才意识到自己笔下的许多角色都有我曾经在他人或自己身上见过的个性或小怪癖。

刚开始写作的时候，我感觉脑海里似乎活生生浮现出了伦妮的形象（我该裹条围巾、手持水晶球再说这句话吧）。但说真的，伦妮的声音在我脑海中是如此清晰，我深知她遇事会有什么反应，深知她会出什么招惹别人生气，深知她会如何对待善意和冷漠。在某种程度上，伦妮便是"高浓度""高对比度"模式下的我——再添上几分勇气和桀骜不驯。也许，这正是我一开始就能清晰感知到伦妮的原因。我曾提到，关于伦妮的头几段文字后来基本没有改动，在整个编辑过程中，文字被改得面目全非，但伦妮出场的第一幕却维持了原状。想到读者与伦妮初遇的场景，也正好是我与伦妮初遇的场景，我便开心不已。

米娜是书中一位迷人的角色，请问该人物的创作灵感来自何处？你在现实生活中认识像米娜这样的人吗？

在创作本书的早期阶段，米娜的灵感来自于一个我在现实生活中匆匆打过照面的人。她的非凡之处在于，她丝毫不在乎别人对她的看法；她无比自由。我则属于相反的类型，放不开，恨不得每个人都喜欢我。如果有个陌生人对我无礼，我会在心里琢磨好几天。在此基础上，米娜的角色一步步丰满起来，那种不管不顾的劲头和能量是我塑造角色的起点。除此之外，我并不想把米娜塑造得太理想化。她或许有点自私，有点不靠谱，玛戈深知她的缺点，却依然爱她。书中我最喜欢的情节之一，正是米娜终于得以袒露心声，将她的感受告诉玛戈（当然啦，用的是越南语，因为米娜从不按常理出牌）。假如伦妮能有长大成人的机会，她会变得跟米娜有点像吧——自由自在，毫无悔意。

你笔下的作品画面感极强，书中处处是色彩与图像。请问你是否有视觉艺术方面的背景，还是对视觉艺术格外感兴趣？

不管当初给我的 GCSE 艺术课"作品集"打分的老师是谁，他恐怕会告诉你：此人绝对当不成艺术家。不过，我热爱色彩和艺术。在我的生活中，无论过去还是现在，我时常可以将遇到的人与某种颜色、物品或形象联系在一起，或许这便是我看待他人的方式吧。虽然我不擅长绘画，但却觉得绘画确实很有宁神的效果，所以我还是会时不时画一画。当我构思出伦妮与玛戈的友谊始于艺术治疗课这一情节时，我就去报了一个"品酒兼绘画"课程班，体验了一下艺术课的感觉（书中有一幕，伦妮因为不知道如何将她脑子里浮现的画面描绘出来而感到沮丧，那可是我的亲身经历！）。我还在网上收集业余艺术爱好者的画作图片，以便揣摩伦妮和玛戈可能会画些什么画作。

至于"笔下的作品画面感极强"，或许人人各有不同吧，但对我来说，当写作的时候，我的脑海中会浮现出想要描绘的画面，恰似我正在脑海里看一场电影，并赶在画面消失前把它写下来。

你准确地把握了主人公的心理，而且是一老一少两个角色。请问你是对两代人之间的友谊感兴趣吗？这样的友谊吸引你的原因何在？

友谊与年龄无关——这种友谊观，我很欣赏。依我看，并非只有伦妮从玛戈身上学到东西，其实玛戈也从伦妮身上学到了很多。我记得，几年前曾经有人告诉我，他们感觉四十岁时的内心跟十八岁时一模一样，他们的躯体在衰老，但他们的本性分毫没有改变，我觉得这话非常有趣。尽管伦妮和玛戈的年龄差有六十六岁，但她们两人初心未改，个性也很相投，她们正是对方需要的那种朋友。至于亚瑟和伦妮，他们之间也是如此。两人的年龄差极大，世界观也截然不同，但两人偏偏自然而然就成为了朋友，毫不费力。

你的书中处处是幽默，你的朋友觉得你在生活中是个搞笑的人吗？还是只有你的文字搞笑？

噢，天哪，我觉得，你只能去问他们啦！反正有件事大大出乎我的意料：除了我的至亲，其他人读到《五月病房与玫瑰画室》的时候，动不动就会评论说，这本书很搞笑。我可不是特意要写一本搞笑的书的。有时伦妮确实会冒出几句对白，让我不禁莞尔（通常是在她跟亚瑟对话的时候），但我发现大家竟然都觉得搞笑，倒是个不赖的惊喜。

算我走运，我身边有风趣的朋友和家人，又曾在西米德兰兹的即兴剧场中与一群有趣的人共度时光。即兴表演，正像在一张已燃着火的纸上写作华章。等到收场的时候，它已一去不复返，再也无法追溯。刚开始会让人感觉很危险，但它教会了我要果断出击。